論創ノベルス

真相崩壊

Ronso Novels 002

小早川真彦

論創社

本書は、創業50周年記念「論創ミステリ大賞」の最終候補作『真相崩壊』を単行本化するにあたり、一部加筆・修正したものです。

目次

序章　深層の形成

1

がたがたと、家の軋《きし》む音がした。

激しい雨が絶え間なく、屋根を打ちつけている。

神田《かんだ》ふねは家がわずかに揺れるのを感じ、初めて恐怖を覚えた。

台風第十号は四年前の〈りんご台風〉並みの勢力で、県内各所の避難所には多くの住民が身を寄せているという。いままでこんなことは一度もなかった。

「ばあちゃん、ぼくらも逃げようよ」

孫の健次《けんじ》が唾を飛ばす。

「逃げるといってもねえ」

神田家は山の中腹、標高七百メートル付近の場所にあり、避難するのも容易ではない。

雑木林の山道を四十分ほどかけて下り、新興住宅地を抜けてようやく甲府盆地《こうふぼんち》の避難所に到着する。

「ぼく、ばあちゃんをおぶっていくからさ。ぼくを助けるためだと思って逃げようよ。なにもなければ、あとで謝るから。ばあちゃんに肩叩き券、百枚あげるから。早く行こっ、ばあちゃん」

健次は二女の長男で高校一年生、東京からひとりで遊びに来ていた。万が一のことがあれば、娘夫婦になんと詫びたらいいかわからない。

一時間ほど前、どどんと足に響く振動《しんどう》があった。あのとき決断すべきだったのだ。

「わかった、避難するよ」

ふねは窓の外に顔を向けた。ぼんやりと家の灯《あか》りが見えた。ふねの家から六百メートルほど離れた、隣家の的場《まとば》さん宅も家に留《とど》まっているようだ。

的場一家はご夫婦と、真帆《まほ》さん奈帆《なほ》さん姉妹の四人家族である。

敷地内の別棟《べつむね》にご主人の弟で、岩見《いわみ》という男性が住んでおり、的場家の畑を管理している。急用ができたとき、互いの畑をみるようにしていた。近所では一番、岩見と親しい。

隣家のことを健次に伝えた。

「じゃあ、ぼくが一緒に避難しよって、声かけてくるよ」

健次は家を飛び出した。

神田ふねは避難の準備をし、リュックサックを背負い、玄関の土間《どま》に出た。

そのとき勢いよく引き戸が開いた。

「た、大変だ、ばあちゃんっ」蒼白になった健次が叫んだ。「的場さん家《ち》の庭に、女のひとが倒れてた。血だらけになってるよー」

「女のひとって？」

「高校生の女のひとっ。この前、畑の前で会って、ばあちゃんがマホちゃんて教えてくれたじゃん。そのひとだって。ばあちゃん、早く警察ぅ」

ふねは応接間の電話に駆け寄り、受話器を取った。

「血だらけって、庭がか？」

後ろからついてきた健次を見た。

「外に突き出た廊下みたいなとこっ。庭の外灯《がいとう》で、赤っぽいのが見えたんだっ。あれは血だよっ」

外に突き出た？　庭に面した縁側《えんがわ》――濡《ぬ》れ縁《えん》だと気づいた。

足元が激しく振動し、床がずれ動いた。

ふねは健次とともに転倒した。壁時計が落下して、ガラスの破片が飛び散った。

針は午後八時十分を指している。

次の瞬間、ふねの目の前に、天井が崩れ落ちてきた。――

2

一九九五年七月三十日日曜日。

凄《すさ》まじい雨だった。

甲斐新報《かいしんぽう》編集局社会部記者の江藤亭《えとうりょう》は助手席から空を見上げた。大粒の雨が報道用バンのバンパーを激しく叩き、水飛沫をあげている。

「台風十号は、いまどのあたりなんだ」

江藤は、後部座席の甲斐放送《かいほうそう》報道局報道部アシスタント《A》ディレクター《D》に声をかけた。

「駿河湾《するがわん》あたりです。もうすぐ静岡に上陸するそうですよ」

八日前、マリアナ諸島で産声をあげた台風第十号は、勢力を増しながら北上し、七月三十日午後に、静岡県の南海上付近にあった。

〈大型で非常に強い〉台風第十号は、一九九一年の台風第十九号に匹敵する勢力で、台風の中心が離れていても、その北側の外側降雨帯《そとがわこううたい》による大雨に、厳重な警戒が必要だと聞かされた。

昨晩から雨が降り続いているのは、外側降雨帯の幅が非常に大きく、長時間、山梨県にかかっていたためだ。台風の進行速度が遅いのも、長く雨の影響を受ける一因となっている。

台風第十号は静岡県に上陸後、富士山の西側を北上して、日本海に抜ける予想となっていた。

すでに台風本体の内側降雨帯《うちがわこううたい》による豪雨が始まっている。

大規模災害が予想される緊急時には、〈甲斐新報・甲斐放送メディアグループ〉の内規で新聞、放送の垣根を越えて、共同取材することになっている。

江藤たちは車を南に走らせた。車の外から、ごごうっと弾け散る雨音が聞こえた。

こんな光景を目にするのは、三十五年の人生で初めてだ。

これまで山梨県に大災害をもたらした台風はすべて、駿河湾から富士山西側を北上するパターンだった。山梨県にとって極めて危険なコースである。

昨二十九日からの総降水量は三百ミリを超えていた。七月の平年値の二倍に相当する量だ。山梨県は四囲《しい》に山脈が連なる。山並みの急坂にも住宅が建てられ、土砂災害危険個所が数多く存在する。これらの地域には、避難勧告や避難指示が発令されていた。

甲府地方気象台が〈厳重な警戒が必要〉と頻繁に気象情報を発表し、山梨県防災担当部局から〈過去、山梨県に大災害をもたらした台風に匹敵する〉と県民に呼びかけたことが功を奏し、県内各所の避難所には、計七百八十世帯を超える住民が集まっている。

「江藤さん、まずは近くの避難所に向かいます。そこで取材して長赤山《ちょうせきさん》付近をまわります」

ＡＤが本局の指示を伝えてきた。

避難所を二カ所取材したあと、報道バンは甲府市を南下して笛吹川《ふえふきがわ》を渡り、目の前の山並みに近づいた。

東西に連なる山々のなかの一つが、標高約千百メートルの長赤山だった。

甲府盆地――笛吹川の北側の標高はおよそ二百五十から二百六十メートル。笛吹川を渡って南に向かうと山側の斜面が始まり、標高が上がっていく。標高およそ四百から六百メートルのなだらかな坂の途中には、〈長赤《ちょうせき》ニュータウン〉と呼ばれる住宅地がある。麓の森林を伐採し、開発された新興住宅地だった。

長赤ニュータウンには一戸建て住宅が建ち並び、二百二十五世帯四百二十六名が暮らしている。住宅地には児童公園、公民館、ショッピングセンターなどがある。

ニュータウンの麓の平地に、長赤小学校と長赤中学校があり、両校の体育館には現在、ニュータウンの住民が大勢避難していた。

長赤ニュータウンの最上部、標高六百メートル付近から登山道が始まる。雑木林を四十分ほど登ると、標高七百メートル付近、長赤山二合目にあたる場所に出る。そこにはおよそ千五百平方メートルの田畑があり、そのなかに民家が数軒、点在していた。

畑からさらに二十分ほど森林の山道を登ると、標高七百五十メートル付近の三合目に、千二百平方メートルほどの拓《ひら》けた場所に出る。休日には登山客やピクニック客も訪れるスポットだ。

取材中、十名ほどの若い男女が山を登っていたと、同僚記者が避難所の人から聞き込んだ。

彼らはみな登山用の服装で、大きな機材を背負っていたという。ニュータウン最上部の駐車場には、長野県の松本《まつもと》ナンバーの乗用車が四台停められていたようだ。

報道バンがニュータウンの公民館に到着した。車の時計を見ると、針は午後六時四十八分を指していた。

江藤は目を凝らした。

大粒の雨のなか、視線の先の暗がりに、黒い山体《さんたい》が見えた。先着していた甲斐放送のスタッフがテレビカメラで周囲の映像を撮影していた。

どどんと、かすかな音が聞こえた。

「いま、なにか……小さな音が聞こえなかったか」

江藤はＡＤに声をかけた。

「そういえば……雨音のかなり先のほうから、かすかに『どん』か『どどん』か、そんな音が聞こえましたね」

ＡＤが頷く。

「なんか嫌な感じがするな」

江藤は心に浮かんだ不安を口にした。

「土砂災害の前ぶれに、こういう音がすると聞いたことがあります」

「引き返したほうがいいぞ」

江藤は先着隊に指示した。

江藤たち報道バンと甲斐放送スタッフは、その場を離れることにした。

一時間後、江藤は周辺の様子を取材したあと、バンを避難所の前に停めた。車を降り、全速力で玄関脇の軒下に入った。

雨はさらに激しくなっている。腕時計の針は午後八時十分を示していた。

振り返ると、長赤山の頂上付近が目に入った。ぼんやりと長赤ニュータウンの灯《ひ》が見えた。

そのとき、山体全体が振動したように思えた。

ごごごっという轟音とともに、長赤山山頂付近の樹林帯が大きく揺れて、崩れ始めた。山の斜面全体が、そのまま下方に沈み込んでいく。

一瞬の出来事だった。長赤ニュータウンの光が見えなくなった。

江藤はそこに立ち竦《すく》んだ。

大量の土砂が扇状《おおぎじょう》に広がり、甲府盆地から洩《も》れる灯《あか》りに照らされて、灰色の細かな粒が舞い上がった。

3

一九九五年七月三十一日月曜日。

被害状況が判明したのは、夜が明けてからだった。

昨夜、大規模な土砂崩れを目撃した江藤は110番通報を行い、ADは報道バンの無線設備を使って甲斐新報・甲斐放送メディアグループに連絡した。甲斐グループを通じて、県警や消防署に情報を伝えていた。

日の出とともに、本格的な救助活動が始まった。

台風第十号は日本海に抜け、いまは雲一つない晴天となっている。

午後二時過ぎ、江藤亭は土砂災害現場に向かうため、社の契約ヘリコプターに乗り込んだ。

離陸してすぐ長赤山付近を望むことができた。大量の土砂が盆地まで流れたが、ニュータウンから少し離れた場所にある長赤小学校、長赤中学校は無事だった。

ヘリコプターが災害現場上空に到着した。

江藤は眼下に広がる光景に息を呑んだ。

崩落した土砂の塊が、住宅地に覆いかぶさっている。薄茶色の山肌が出現し、そこにあるはずの長赤ニュータウンが消失していた。無事なのは盆地に近い一部の住宅だけだ。

山の容態《ようだい》が一変してしまった。かつての長赤山の姿はそこになく、山が崩れ落ちたあとの断面に、鮮やかな地層が見えた。

「やっぱり、そうだったか……」

隣の席から野太い声が聞こえた。

気象学や災害史に詳しい、甲斐大学理工学部の教授に急遽《きゅうきょ》依頼して、視察に同行してもらった。

「先生、なにがやっぱりなんですか」

回転翼《ローター》による爆音のなか、江藤は大声で訊《たず》ねた。

「深層崩壊《しんそうほうかい》現象が起きたのだと思われます」

答える教授の声も大きい。

「しんそうほうかい、ですか」

「そうです。山崩れ、がけ崩れなどの斜面崩壊《しゃめんほうかい》で、すべり面が表層《ひょうそう》だけのものを表層崩壊といって、ほとんどの土砂災害がこれにあたります。それよりさらに深いところで発生して、表層面だけでなく、地下深くの深層の地盤から根こそぎ崩れる大規模な崩壊——それを深層崩壊というんです」

深層崩壊現象は過去にも起きており、一八八九年八月奈良県の〈十津川《とつかわ》大水害〉では、台風に伴う大雨により大規模な山体崩壊《さんたいほうかい》が発生したという。

「どうして、そんなことが起きるんですか」

江藤は声を張り上げた。

「日本列島の成り立ちに関係しています。日本付近は海のプレートが陸のプレートの下に北西側に向かって沈み込むため、地層が北西方向に向かって傾くんです。この傾きこそが山が根こそぎ崩れる原因となっています」

江藤は昨夜の目撃談を伝えると、教授が頷く。

「地盤に裂け目ができて、そこに大量の雨水が浸み込みます。それが膨張して、その上の層がごっそりとすべり落ちてしまったと考えられます。だから山体ごと、根こそぎ崩れたんです」

目測《もくそく》で、長赤山頂から二百メートルほど下方――八合目地点の標高九百メートル付近からすり鉢状に落ち窪み、長赤ニュータウンは大量の土砂に呑み込こまれた。

山頂から八合目付近までが、かろうじて崩れず山容《さんよう》を残していた。

「深層崩壊は地盤がまるごと崩れ落ちるため、〈山そのものが動いた〉と表現されるほどの大規模な土砂災害なんです」

教授の声が震えていた。

江藤亨は取材を終えると、現場に近い最前線本部に向かった。

三十一日午後二時の時点で、発見された遺体は八十五体で、住民ほかおよそ二百名弱の消息がつかめていない。

山梨県にとって、最大級の台風災害になるのは確実だった。

一九九五年八月五日土曜日。

土砂災害の発生直後から、大規模な救助活動が昼夜を問わず行われ、警察発表のたびに、死者の数が増えていった。

その犠牲者のなかに、江藤の長女と同じ幼稚園年長組の児童がいて、身につまされる思いになった。

江藤は二十五歳のとき、大学時代から交際していた女性と結婚した。その四年後、娘が生まれ、二年前二女が誕生した。もし子どもたちが災害に巻き込まれたらと考えるだけで、背筋が凍った。

さらに江藤が憤りを覚えたのは、今朝県警から発表された盗難事件だった。避難していた数軒の家屋で盗難被害があった。

「こんな大災害のときに、なんてことをするんだ」

江藤がそう口走ると、同僚が答える。

「どんなときでも、こういう輩《やから》はいるもんだよ」

ことし一月に起きた阪神・淡路大震災のときも、同様の報告がされている。

この日、第一回目の合同葬儀が行われることになった。

場所は甲府市の体育館で、江藤は取材スタッフとともに開催時間の少し前に訪れた。スタッフと打ち合わせをして、会場の裏口から入ったとき、暗幕の袖に髪を七三にした中肉中背の若者が立っていた。

江藤が近づいて声をかけると、行方不明者の家族で、名取陽一郎《なとりよういちろう》と名乗った。彼は県内有数の進学校、甲斐第一高校の三年生だった。

そのとき、二人の女性があらわれた。彼女たちは名取の姿をみつけて、立ち止まる。

江藤は女性の一人に見覚えがあった。

甲斐第一高校の長内美智子《おさないみちこ》だ。彼女は同校陸上部の女性スプリンターで、百メートル走と二百メートル走の全国標準記録を持っていた。

江藤は取材を通じて、長内美智子と知り合っている。非常に朗らかで、真面目な生徒だった。ストイックに自分を追い込むところも、アスリートとして好感が持てた。

美智子の隣には姉妹だろうか、面立《おもだ》ちのよく似た女性が立っている。長内の両親は数日前、相次いで遺体で発見され、葬儀のあと、荼毘《だび》に付されることになっていた。

美智子はボーイッシュな短髪で、大人びた表情をしている。もう一人の女性は美智子より落ち着いた雰囲気で、セミロングの髪に黒のカチューシャをつけていた。

最近、甲斐新報紙面を賑わした事件があった。甲斐第一高校で、数名の生徒が飲酒と喫煙をし、火の不始末でボヤ騒ぎを起こしたのだ。

伝統校であるがゆえに、学校側はこの不祥事に対して過敏に反応した。

不良生徒たちの停学処分だけでなく、校内活動及び部活動全般を自粛する措置が取られた。野球部は県大会出場を辞退し、ほかの運動部も大会や試合への参加を見送ることになった。

その被害を直接こうむったのが、唯一、全国高校総合体育大会《インターハイ》の出場を決めていた、長内美智子だった。

インターハイ鳥取大会は八月一日の総合開会式を皮切りに、鳥取市の布勢《ふせ》総合運動公園陸上競技場などで行われている。本来なら、長内美智子は数日前の短距離走に出場していたはずだ。

長内美智子は一直線に名取に近づいた。

「美智子、やめなさい」

傍らの女性の制止をきかず、美智子は恨みの言葉を発すると、大きく右手を振りかぶって、名取の頬を勢いよく張った。

ぱしっと乾いた音が響いた。名取は防御することなく立ち尽くしている。

目に涙を溜めた長内美智子が踵《きびす》を返す。

女性が美智子を追いかけようとする足を止めて、ちらりと名取を見た。無表情のまま小さく頭を下げて、彼女も出ていった。

瞬間、名取が不良行為をした当事者なのだな、と江藤は気づいた。

4

一九九五年八月九日水曜日。

江藤亨が報道フロアで記事をまとめていたとき、共同通信電が入った。

災害報道キャップが電文を手に取り、ペーパーに目を落とす。たちまち緊張した面持《おもも》ちになった。

「きょう、あらたに遺体が発見されたようだ」

これまで百八十二遺体が発見されていた。その多くは、腕がもぎ取られたり、脚がなかったりと、押し流される土砂によって、あるいは倒壊した家屋やその木材により、激しい傷を負っていた。現時点で、百名近い人の所在確認が取れていない。

若い犠牲者も多く、昨日は東京から祖母の家に遊びにきていた高校一年生の遺体が発見された。祖母の神田《かんだ》ふねは一昨日、発見されている。

――高校生か……。

江藤は合同慰霊会場で目撃した、平手打ちの場面を思い出した。

あとで調べたところ、美智子とともにいたのは姉の美沙子《みさこ》で、彼らは偶然あの場に居合わせたようだった。

美智子はボヤ騒ぎが原因で、全国大会に出場できなくなった。長内の両親は、そのことで抗議をしに名取家に向かった。長内夫妻と名取陽一郎の両親はともに中学時代の同級生で、昔馴染みだったため、直談判《じかだんぱん》に行ったのだろう。

長内美智子は両親が雨のなか外出するのを見て行き先を訊ねると、「名取に文句を言ってきてやる」と父親が告げたという。そして長内夫妻は長赤ニュータウンにある名取家を訪れ、土砂災害に巻き込まれた。

名取家のひとり息子の陽一郎は当日、担任の女性教師に呼ばれて登校し、大雨で学校に留まっていた。名取の両親の遺体は災害発生六日後と八日後に、それぞれ発見されている。

また共同通信電が入った。災害報道キャップが、ペーパーから顔を上げた。

「遺体は女性二体だ」

江藤は行方不明者のなかの、女性の何人かを思い起こした。

高校生と中学生の姉妹が、まだ発見されていない。ほかに長野県松本市にある安曇野《あづみの》大学の学生数名が行方不明で、うち一名は十九歳の女性だったはずだ。

災害が起きた当時、安曇野大学の映画研究サークルの一行十名が長赤山の三合目付近にある拓けた場所で自主映画の撮影を行っており、土砂崩れに巻き込まれた。

助かったのはちょうど買い出しに出ていたリーダーの二十一歳の男性と、同じ学年の男女二名、合わせて三名だけだった。彼らが甲府盆地に下りた直後に土砂災害が発生し、まさに間一髪で難を逃れていた。

「その遺体の一人は、安曇《あづ》野大の女子学生ですか」江藤は訊ねた。

「身許はわからん。一人は中年女性、もうひとりは若い女性だ」

中年女性は学生ではなさそうだ。若い女性は安曇野大生の可能性がある。

「二人とも……生前に傷つけられていた形跡《あと》があったらしい」

意味がわからない。江藤やその場の同僚たちはキャップに詰め寄った。

「それって、どういうことですか」

「生前の傷って、なんですか」

数人が訊ねると、キャップが答えた。

「遺体には災害に遭う以前《まえ》に、刃物かなにかで傷つけられた形跡があったようだ」


その夜、遺体の身許が判明した。

長赤ニュータウンの最上部から雑木林を登った、田畑のなかに、数軒の家屋がある。その一軒の、的場秀雄《まとばひでお》の妻見輪《みわ》と長女の真帆《まほ》だった。

的場秀雄と二女奈帆《なほ》は発見されていない。的場は地元特産物を取り扱う、甲斐《かい》ふじ加工《かこう》に勤務する営業マンだった。見輪は元高校教諭で、専業主婦である。

真帆は私立城北《じょうほく》女子高等学校二年生で、非常に真面目で成績も良かった。奈帆は市立中学校の一年生で、とても活発な生徒だった。

発見された二人のうち、見輪は土砂災害発生時、すでに死亡していたという。右腰部に鋭利で太い刃物による割創《かっそう》が一カ所あり、右腰骨まで抉られていた。外傷の具合から即死ではなかったようだが、土砂に流される以前に失血死していた可能性がある、と推測された。

一方、真帆の傷は浅かった。左脇腹部《ひだりわきふくぶ》に鋭利な刃物による創傷《そうしょう》が一カ所認められた。傷は深いが、骨まで至っていない。土砂災害時の、木材やコンクリート片などによる外傷に生活反応が認められたことから、災害発生時はまだ絶命していなかった可能性があった。

その後の司法解剖の結果、見輪と真帆の身体に認められた割創は、ともに斧や日本刀などの有《ゆう》刃器《とうき》で傷つけられたと判定した。土砂災害に巻き込まれた際、流れてきた木片やその他の鋭利な刃物類で損傷した可能性も視野に入れて調査されたが、あきらかに強い外力《がいりょく》によって生じた傷であると認められた。

見輪の割創が骨まで達していること、傷口の形状などから、凶器は斧のようなものだと推定された。また真帆の咽喉《いんこう》内や肺内で細かな土片《つちへん》や砂が検出されたことから、真帆は失血死ではなく、土砂災害による窒息死と認定された。

死亡推定時刻はともに七月三十日正午から午後九時までの間で、通常より時間幅が大きかった。

5

一九九五年八月十三日日曜日。

土砂災害から二週間後、懸命な捜索活動により、的場家の二女奈帆《なほ》の遺体が発見された。

奈帆の遺体も、斧のような太くて鋭利なものによる割創の痕跡があった。

見輪同様に、右腰部に一カ所裂傷があり、それが骨まで達していた。そのほかの傷には生活反応がなく、また肺内から土砂片が検出されなかったことから、災害時以前に失血死していたと判定された。

「真帆の咽喉内などからは細かな砂が見つかった。つまり、土砂災害による窒息死と判断されている。だが災害が発生していなくても、適切な手当をしなければ、失血死していた可能性はある」

災害報道キャップが説明する。

兇器は皮膚や骨などの裂傷痕《れっしょうこん》から、斧であることが判明していた。

またそれぞれ身体《からだ》の一部が土砂災害による衝撃で損傷を受けており、着衣《ちゃくい》も一部が剥げていた。

そのため性的暴行を受けた可能性もあるとして調べられたが、三名ともその痕跡はなかった。

「真帆の着衣から見輪、奈帆の血液が検出された。見輪の身体にも真帆の血液が付着していた。二人あるいは三人は折り重なるようにして、倒れていた可能性がある」

「悲惨《ひさん》な光景ですね」

江藤は呟いた。


その後の捜査で、的場見輪が午後六時十分に、実家の母親と電話で話していたことがわかった。

「電話をかけたのは見輪だ。見輪は二十八日から翌日にかけて、体調を崩した母親の面倒をみるため、実家に戻っていた。この日も母親の具合を案じて電話をしたようだが、逆に母親のほうが、台風のことでそっちは大丈夫かと訊ねていた」

キャップの言葉に、江藤は口を開いた。

「その時間に、見輪はまだ生存していたということですね」

「そういうことだ。つまり、犯行は午後六時十分から土砂災害が発生した八時十分までの間と考えられる。的場見輪の母親は、その後、台風のことがやはり心配で、午後六時四十分に再度的場家に電話を入れているが、このときは応答がなかった。不安になった母親は、十分おきに何度も連絡したが、まったく電話に出てこなかった」

見輪の母親はテレビの台風情報を観ながら電話をかけていたので、正確な時刻を覚えていた。

「そのとき、すでに的場母娘《おやこ》は殺害されていた……」

「そう考えられるな。犯行時刻は午後六時十分から六時四十分までと考えられるが、あくまでも可能性にすぎない。犯行の最中で、単に電話に出られなかったのかもしれないからな」

「安曇《あづ》野大生三人の証言からも、午後七時二十分くらいまでには犯行が終わっていたはずですよね」

江藤が確認する。

「そういうことだな」

食料の買い出しに出て難を逃れた男女三名は、長赤山を下りる際、午後七時二十分前後に、的場家脇の畦道を通っている。

警察の事情聴取に対して、彼らはこう証言している。

——地面がかなりぬかるんでいて、ずっと足元を見ながら山を下りました。大雨で、カッパのフードを深くかぶっていたので、視野が狭くなり、周囲に目をやる余裕はありませんでした。ただ的場さん家の前の畦道《ち》を通ったとき、足元がわずかに明るかったので、庭の外灯は点いていたと思います。

このことが報じられたとき、「彼らが少しでも的場家に目を向けていれば、もっと確かなことがわかったはずだ」と批難する声があった。

しかし、たとえ彼らがなんらかの行動を起こしても、結果は変わらない。

安曇野大生たちがそこで足を止めていれば、彼ら三人も長赤災害に巻き込まれていたからだ。

「的場母娘《おやこ》を殺害する動機を持っている者は、どうなんですか」

「捜査中だが、いまのところ容疑者らしい人物は見つかっていない」

江藤を含めてその場にいた者の頭に、一つの考えが浮かんだはずだ。

それを言葉にしたのはキャップだった。

「もしかすると、的場秀雄が犯人かもしれんぞ」

父親の的場秀雄は、いまだ発見されていない。

所轄の長赤警察署に〈長赤山殺人事件捜査本部〉が設置されていた。流れ者や変質者などの捜査が行われた。また警察は一家に恨みを抱いている人物の洗い出し、的場秀雄の仕事や交遊関係を調べ始めた。

しかし現場状況の把握ができないため、捜査は難航した。

6

一九九七年九月三十日火曜日。

長赤災害から二年と二カ月後のこの日、的場秀雄《まとばひでお》の遺体が発見された。

一九九五年の暮れ、本格的な捜索活動は一旦終了したが、遺族や関係者たちは捜索隊を結成して、月命日に活動を続けていた。そのなかでの発見だった。

遺体は白骨化しており、はじめ身許はわからなかったが、司法解剖などにより的場秀雄と判明した。解剖の結果、斧のような兇器によるとみられる割創《かっそう》が、左胸部の第四肋骨《ろっこつ》と胸骨《きょうこつ》の二カ所に確認された。

激しい土石流によるためか、着衣はほとんど剥ぎ取られていた。

「着衣もないのに、どうやって特定できたんですか」

江藤は訊ねた。

的場事件の担当デスクが手帳を開いた。入社二十年、かつて県警キャップも務めたことのある事件捜査のベテランだった。彼が続ける。

「的場秀雄の遺体は、エックス線歯列《しれつ》画像で判定できたようだ」

なるほど法歯学《ほうしがく》かと、江藤は思った。

法歯学は古くから行われていた学問である。

一般に知られるようになったのは、一九八五年八月の日航機墜落事故のときだった。当時、数多くの遺体の個人識別を行うため、歯形や歯の治療痕跡の記録を活用した。

歯は酷似しているものがあっても、指紋と同じ万人不同《ばんにんふどう》である。

「的場は静岡県静岡市の歯科医院にかかったことがあるらしい」

「県外なのに、どうしてそんなことがわかったんですか」若手記者が訊ねる。

「山梨県警が、犠牲者や身許不明者の氏名を日本歯科医師会に照会をかけ、歯科医師会から全国の医院に依頼がされたんだ」

山梨県警は、身許不明者たちの診療録《カルテ》、問診票、各種エックス線画像記録を入手した。その歯列の照合の結果、的場秀雄の身許確認が取れたのである。的場は歯が丈夫らしく、歯科医院にかかったのはその一件だけだった。

社会保険の診療録から遡っても、過去の記録はなかった。

「どうして静岡県の歯科医院だったんですか」

江藤が疑問を口にすると、デスクが答える。

「的場は日ごろから営業で全国を飛び歩いているため、県内より他県《よそ》で医者にかかることが多かったようだ」

「歯科医院のエックス線の記録と、遺体の歯列が一致したんですね」

的場が診察を受けたのは事件の二年前で、受付時に書いた問診票の筆跡が的場のそれであることも確認されていた。

歯科医院の記録によると、親不知の痛みがあり、立ち寄ったとのことだった。同時期、会社の出張で静岡県を訪れていたことも判明している。

記録では、問診票に記載した住所は山梨県の自宅で、健康保険証を所持していたので、それを利用したようだ。かなり痛がっていたため、その日のうちに歯のエックス線撮影をして、麻酔をかけて抜歯した。

これで、四人が斧と思われる兇器で死傷されていたことがわかった。だが、犯行に使われた兇器はいまも発見されていない。

事件二日前の一九九五年七月二十八日午後五時半過ぎ、的場真帆が高校の通学路にある金物屋で斧を購入していることがわかっている。顔見知りの店主に訊ねられて、真帆は「条《じょう》叔父さんに頼まれたんです」と話していた。

条叔父さんとは、的場秀雄の腹違いの弟の岩見《いわみ》条という男で、彼は的場家の敷地に建つ2Kの家に住んで、的場家の手伝いや畑仕事などをしていた。的場家のリビングには大きな薪《まき》ストーブがある。岩見が薪割《まきわ》りをしており、いま使っている斧が古くなったと聞いていたため、店主も不思議には思わなかった。

店主によると、斧は初級者から上級者まで愛用されているグレンスフォシュ製のもので、斧身《おのみ》一五八九グラム、柄長《えちょう》六九〇ミリ、値段は一万円弱だった。

グレンスフォシュ製の同型の斧と傷を受けた部位の照合確認を行い、それが兇器である可能性が高いと判断されていた。

的場見輪と真帆の惨殺遺体の発見後、山梨県警察本部は捜索で斧の発見に尽力した。深層崩壊による崩壊土砂量は約二千五百万立方メートル、東京ドーム二十杯分となる。そのなかから七十センチメートル程度の斧を発見するのは至難の業で、ほぼ不可能に近かった。

この二年間、的場秀雄と岩見条が行方不明になっていたことから、的場犯人説と岩見犯人説がマスコミ内で飛び交った。

的場が、岩見条と浮気をした妻を殺害したという説や、岩見条が的場見輪あるいは二人の娘に劣情を抱いた末、暴行を加えようとしたところ、それを見咎めた的場に殺害されたというものなどだ。

「今回の事件の特殊性は――」デスクが口を開いた。「殺人現場が土砂災害によって消失したというだけでなく、容疑者となりうる人物が全員、土砂災害の犠牲になっている、ということだ」

江藤はデスクの言わんとすることがわかった。

我慢できずに、江藤はデスクの言葉を奪った。

「つまり、今回の災害の死者、行方不明者のなかに、犯人がいるかもしれないと……」

デスクはちっと舌を鳴らして言った。

「そういうことだ」

7

二〇一〇年七月十日土曜日。

午前二時過ぎ、河野隆市《こうのりゅういち》はあくびを噛み殺した。

映画『カラッカゼ惚れた』の撮影は、クライマックスに差しかかっていた。原作は同名の漫画作品で、中高生を中心に人気を博している。

撮影場所は、群馬県の廃校になった小学校の教室だった。五台の大型ライトに照らされて、新人女優がリハーサルながらいきいきと演技をしている。

河野はカメラスチールを抱えながら、ライトに合わせて角度の調節をした。

河野の専門は音響関係だが、映画の撮影現場に入れば、下っ端《したっぱ》は雑用係としてなんでもやらないといけない。

教室で、助監督の坂石直《さかいしなお》が床に置かれた機材を動かしていた。役者やスタッフが怪我をしそうな機材を移動させているのだ。

「またやってるよ」

スタッフの誰かが小声で囁く。

坂石直は〈慎《しん》ちゃん助監督《ジョカン》〉とあだ名されている。〈慎重派〉を揶揄してのことだが、本人はまったく気にしていない。

坂石の〈安全〉に対する想いは、当然だった。

一九九五年七月三十日に発生した、現在〈長赤災害《ちょうせきさいがい》〉と呼ばれている山梨県の大規模土砂災害で、坂石は安曇野《あづみの》大学の友人七名を亡くしていた。だからこそ、深い悔恨《かいこん》の念があるのだろう。

一九九五年台風第十号による死者・行方不明者は、全国で三百五十名を数え、そのうち二百八十七名が〈長赤災害〉の犠牲者だった。いまでは日本の災害史に刻まれる大災害として、ひとびとに記憶されている。

その記録的な災害が起きる直前まで、坂石たちは自主映画の撮影を強行していたのだ。

山梨県の長赤災害は、大きな謎を残した。

それが的場秀雄一家惨殺事件だ。被害者は夫の的場秀雄、妻・見輪、長女・真帆、二女・奈帆の四名で、全員同じ斧と思われる兇器で襲われていた。その斧はいまも発見されていない。

その後の警察の捜査でも、一家に恨みを持つ容疑者は見つからず、徹底的に流れ者、変質者などの捜査を行ったが、犯人逮捕には至っていなかった。

長い時間が経過したいまも、長赤災害で四名の行方がわかっていない。一人は船津希望《ふなつのぞみ》長野県松本市出身十九歳、安曇野大学映画サークルの女性だ。あとの三人は長瀬陶也《ながせとうや》山梨県甲府市出身二十七歳、田神文生《たがみぶんせい》東京都田無《たなし》市出身四十四歳、そして岩見条《いわみじょう》静岡県静岡市出身四十五歳である。岩見は的場家に寄宿《きしゅく》していたため、いまでは一家惨殺事件の犯人だというのが、世間一般の見方になっている。

一方、安曇野大学の犠牲者全員に、容疑の目が向けられたことがある。船津希望が、撮影場所から近い的場家のトイレを借りる約束をしていたからだ。的場家と接触のあった安曇野大生が、真帆や奈帆、あるいは見輪に対するわいせつ目的で犯行に及んだのではないかとの噂もあった。

河野は安曇野大学の犠牲者、船津希望の話を坂石直から聞いたことがある。彼女は将来、映画業界の音響関係の道に進みたかったという。

それは河野も同じだった。河野は子どもの頃から、この世で発生するさまざまな音に興味があった。小学生のときは〈音集め《おとあつめ》〉と称して、レコーダーで街中の生活音や、牧場での牛や馬の啼《な》き声を録音していたことがある。

船津にもそれと同じ趣味があったと聞いて、さらに親近感が湧いた。自分と同じ夢を持つひとがいたと知って、嬉しかった。

船津希望は河野とほぼ同世代で、災害に遭わなければ、いまごろ一緒に仕事をしていたかもしれない。

河野は東京郊外にあるマンションの一室に、自宅兼自分専用の音響施設を設けて、日々技術を磨いている。北海道で酪農を営む父親の援助のおかげだが、河野の進む道を応援してくれる坂石直やその妻瑛子《えいこ》の支えもあったからこそ、ここまでやってこられた。瑛子も坂石と同じ大学の映画サークル出身で、当時から交際していたという。

先は長いが、夢に一歩ずつ近づいている実感がある。

亡くなったひとたちの分までがんばろう、と河野は思った。

第一章　土砂災害

1

名取陽一郎《なとりよういちろう》は、身体《からだ》を起こしてベッドを降りた。

カーテンを開けると、夏の眩しい光が差し込んできた。午前五時にもかかわらず、外はすでに明るく、きょうも暑くなりそうなけはいだ。

名取は洗面所で洗顔し、水を拭ったあと、鏡に映る自分の表情《かお》を見た。

七三の髪型は子どものころから変わらない。卵型の顔に、やや冷めた目をしている。このところの暑さで寝不足が続いているせいか、頬がこけている気がした。

名取は、ライティングデスクの端に置いた両親の位牌に掌《て》を合わせ、両親ともう一組の夫婦の冥福を祈った。

二〇一〇年七月三十日金曜日。きょうは命日であるため、二百八十七名の御霊《みたま》にも掌を合わせ、いつもより長く黙祷《もくとう》した。

名取は夏用のスエットに着替えると、電気ポットに水を汲み、スイッチを入れた。湯が沸くまでの間に、ノートパソコンを開いて、ネットにつなげる。

メールが数件入っていた。そのうちの二件が、東都新聞《とうとしんぶん》出版書籍編集部の羽生《はにゅう》はるかからだった。

羽生は、名取が現在執筆している新書本の担当編集者である。

メールの一通目は八月二日の大阪取材の手配が済んだという知らせで、二通目には七日の長野取材に同行できなくなるかもしれないと記されていた。

名取はこれまで三冊の書籍を出版していた。ノンフィクションとして事実を的確に伝えながらも、読むひとの心に響くものでありたいと常に考えている。

パソコンのワード文書を開き、昨日執筆した原稿を読み返し、続きの文章を書き始めた。

夏季の原稿執筆は、できるだけ早起きして、朝の過ごしやすい時間帯に行う。そのほうが効率的で、はかどるからだ。

一定の分量を仕上げたあと、パソコンを閉じた。

朝食の準備にかかろうとしたとき、携帯電話が鳴動した。

相手は藤堂健吾《とうどうけんご》所長だった。

応答ボタンを押すと、藤堂所長の声が聞こえた。

「大変申し訳ありませんが、少し早めに出勤していただけませんでしょうか。用件はそのときにお話しします」

「なにか、ありましたか」

「名取さんに頼みたいことがあるのです。詳しくはのちほど研究所で」

通話を終えると、名取は身支度を始めた。

名取の勤務先である明央《めいおう》防災科学研究所は、明央大学の付属機関として発足したため、大学に近い東京都練馬区光が丘にある。同区平和台の名取の住むマンションからは、車で十分もかからない。

職員や研究員には、明央大学の出身者も多い。

所長、副所長をツートップに、総務部、総合研究部、地震・火山研究部、地盤・水害研究部、気象・大気研究部の部署に分かれており、名取は地盤・水害研究部の土砂災害グループに籍を置いている。研究所の所員数は二百名弱で、規模は比較的小さい。

しかし近年の自然災害の多発と、マスコミなどで活躍する研究員のおかげで、最近は世間から認知されるようになった。

始業時刻は午前九時半だが、名取は一時間早く出勤し、四階の名取専用の研究室に荷物を置いて、所長室に向かった。

少し気持ちが焦った。朝早くから呼び出すのは、内容の精査《せいさ》を依頼している論文のことかもしれない。母校の京都大学で論文博士《ろんぶんはくし》を取得するため、原稿をチェックしてもらっている。防災に関する書籍を三冊、上梓《じょうし》しているが、博士号はそれらの仕事とは別格のものだ。急がせるのは、重大な瑕疵《かし》が見つかったためだろうか。

名取が所長室のドアをノックすると、返事があった。

室内では、藤堂所長がデスクの席を立つところだった。勧められるまま、部屋の中央にあるソファーセットに腰掛ける。

藤堂所長は柔和な目を向けてきた。

「お忙しいところ、申し訳ありません」心なしか、早口になっている。「さっそくですが、きょう山梨県で〈七三〇鎮魂祭《ななさんまるちんこんさい》〉が開催されるのは御存知ですね」

名取は頷いた。

〈七三〇鎮魂祭〉は一九九五年七月三十日午後八時十分に発生した、〈長赤災害《ちょうせき》〉の慰霊祭で、毎年同日に開催されている。

ことしも例年どおり鎮魂祭が実施されたあと、明日三十一日午前に防災講演会を開催し、午後には慰労会という名のもとに、遺族や関係者の懇親の場が設けられている。

その講演は、同僚で先輩の高持主幹《たかもちしゅかん》研究員が行う予定だ。

「昨晩、高持さんの御身内にご不幸があって、急遽高知のご実家に戻らなければならなくなりました。そこで、大変急なことで申し訳ありませんが、明日、甲府市で行われる防災講演会で、一時間ほどプレゼンをしてもらいたいのです」

以前もピンチヒッターを頼まれたことがある。

「大変恐縮ですが、ここはわたしを助けると思って、受けていただけませんか」

名取の両親は、いまでは深層崩壊と認定されている、大規模土砂災害〈長赤災害〉の犠牲者だった。

所長は名取の両親のことを知っているはずだ。あれ以来、山梨県を一度も訪れていないことも。

「わかりました」

名取は藤堂所長の依頼を受けた。急を要するため、断ることはできない。

「では講演会の事務局長を務めている、甲斐大学《かいだいがく》理工学部の長内美沙子《おさないみさこ》講師を訪ねてください」

意外な名前が出た。甘い思いと苦い痛みが、同時に胸を駆け巡る。

美沙子は、名取のかつての恋人だった。もちろん、そのことを所長は知らない。

高校時代の親友三人、そして美沙子の妹の美智子《みちこ》も、誰にも知られていないはずだ。

「長内先生も名取さんと同じように、長赤災害でご両親を亡くされておられます」

「はい……」

言葉がうまく出てこない。

「高持さんの都合がつかなくなって、今朝七時ごろ、代役を立てたい旨をメールで伝えたところ、もし代わりの方が来られるのであれば、どうしても名取さんに来てほしいと長内先生から要望があったんです」

「長内先生から……ですか」

「そうです。それに名取さんのご著書《ほん》は、小学生にも読まれているくらいですからね。相手方も喜ばれるんじゃないですか」

いつも所長にからかわれる逸話だった。

二年前、修学旅行中の小学生の女子児童が、名取の著書を携えて訪ねてきた。名取はちょうど外出しており会うことはなかったが、「名取先生のファンですと、伝えてください」と言って彼女は立ち去った。

時間にして五分程度で、担当者が名前や学校名を聞こうとしたが、すぐに帰ってしまったようだ。

「もしかして、名取さんは長内先生のことを御存知なんですか」

「高校の先輩です。わたしが一年のとき、長内さんは三年生でした」

つき合い始めたのはそのころだ。

中学生のとき、長内美智子の姉の存在は知っていたが、顔を合わせたことはなかった。

甲斐第一高校に進んだあと、一年の名取と三年の長内美沙子が英語スピーチコンクールにともに入賞し、その授賞式に一緒に出席した。その帰り喫茶店に入り、初めて話をした。はじめは名取が先輩に教えを請うような感じだったが、互いの趣味のこと、家のことに話題は移った。そんなことが続き、三カ月後に初めて愛し合った。

二人の関係は周囲の誰にも話していない。互いの両親は、地元中学校の同級生同士で、仲が良かった。だからこそ、高校生の身で交際し、男女の関係まであることを知られたくなかった。

それも一年半ほどで終止符が打たれることになる。

美沙子との交際は、彼女が甲斐大学に進んでからも続いていた。

そんなこともあり、少しいきがっていたのかもしれない。ダーティーな存在に憧れていたのだろう。学校内の少し不良気味の、悪友三人とつるむようになった。

不良といっても、県内随一の進学校だから、煙草や飲酒をするだけの可愛いものだったが、名取の火の不始末で、学校内の用具小屋の一部を燃やした。すぐに消し止めたものの、そのボヤ騒ぎもあって、名取たちは停学になった。

それがいまに続く苦悩の始まりだった。美沙子の妹で、クラスメートだった長内美智子を思い出すたびに、記憶が蘇る。

——あんたがうちのお父さん、お母さんを殺したのよ。あんたは人殺しよ。

美智子から怨嗟《えんさ》の言葉を投げつけられたのは、一九九五年八月五日に開催された、彼女の両親を含む災害犠牲者の合同葬儀のときだった。

その会場の暗幕の袖で、名取は偶然美智子と顔を合わせ、直接的な恨みの籠った言葉を浴びせられた。

名取の両親も発見されておらず、絶望の淵にいたなかで、美沙子姉妹の両親が巻き込まれた原因が自分にあると知り、名取は衝撃を受けた。自分のしでかしたことの大きさと結果の重さに、どうすることもできなかった。

自分は生きていていいのか、とさえ思った。

美智子の行為は当然だと考えている。あのときの平手打ちの痛みを思い出せるうちは、自身の過《あやま》ちを決して忘れないだろう。そう胸に刻んでいた。

結局、ボヤ騒ぎと長赤災害の発生により、長内美沙子との関係も断たれた。その後、言葉さえ交わしていない。

あれから長い月日が流れた。

自身の著書で〈長赤災害〉を取り上げるため、いつかは山梨県を訪れる必要があった。だが、講演会の仕事で、山梨県に戻ることになろうとは思ってもみなかった。

名取を呼び戻すのは、あのような別れ方をしたかつての恋人で、いまは母校の講師をしている長内美沙子だ。

「とりあえず、ホテルはおさえています。出勤させて申し訳ありませんでしたが、高持さんが準備していた資料を持ち帰って、きょうのうちに現地に向かってください」

藤堂所長の声で、名取は現実に引き戻された。

2

山梨県は、ＪＲ新宿駅から特急〈あずさ〉で約一時間半の距離にある。行こうと思えば、いつでも訪れることができた。それなのに、高校を卒業してからは一度も帰っていない。

これまで足を向けなかったのは、精神的な拒絶感があったからだ。だが、藤堂所長からの要請とあれば、故郷に戻らないわけにはいかない。

名取は一度帰宅して、身支度と準備をしてから〈あずさ〉に飛び乗った。

自宅を出るとき、東都新聞出版の羽生はるかに留守をする旨のメールを入れると、「名取先生、いよいよ故郷に帰る日が来たんですね」との返事があった。

昔のことは、一部を除いて羽生も承知している。名取も、いつまでも故郷《やまなし》に背を向けているわけにはいかないと思っていた。

名取はいまも鮮明に憶えている。両親の遺体を目にしたときのことを。

二人とも汚れや泥が取り除かれていたが、顔の所々に傷があった。

母親は腹部を、父親は脚部を、白い布で覆われていた。悲惨な姿を子どもに見せないようにとの大人の配慮が感じられ、隠された部分に想像をかきたてた。涙が止まらなかった。

長内姉妹の両親の遺体もひどい状態だったようだ。長内美智子が号泣したと聞く。

中学一年のころ、美沙子の両親が名取の家に遊びに来たことがある。

長内は無骨な顔つきで、妻は笑みを絶やさない人だった。四人は中学時代の同級生で、長内夫妻が来訪したときからざっくばらんに打ち解けていた。

長内は書斎の本棚を見て、「なんだよ、おまえら、相変わらず本好きだな」と感嘆していた。

長内は父と母が中学時代、一緒に図書委員をしていたことを教えてくれた。

「あのころからおまえら、仲良かったもんな」

長内が言うと、父親も応じる。

「おまえたちだって、いつも陸上部で一緒だっただろ」

「部活してただけだよ。帰宅部のくせに、運動部なめんなよ」

この日は終始、楽しく賑やかに過ごした。

夫妻が帰宅する際、長内がちらりと陽一郎に目を向けた。

「名取ジュニア、おまえ勉強できるんだってな」

突然のことで返事ができないでいると、長内が続けた。

「うちの長女もな、けっこうできてな、来年甲斐第一高《いちこう》校受けるんだ。スゲーだろ」

合格していないのに自慢する、長内がおもしろかった。

その後、名取も一高に合格し、同級生の美智子も夏休みから猛勉強して同じ高校に進学した。

そして二年後、長赤災害が発生し、互いの両親を喪《うしな》うことになる。

それから数年間、名取は悪夢に苦しんだ。高校の校舎から自宅のある方角を眺める夢を何度も見た。

京都に移り住んでから大学近くの心療内科に通い、自分が〈心的外傷後ストレス障害《PTSD》〉だと知った。大規模災害により家族を亡くした深い喪失感、悲観が、悪夢に現れているとの診断だった。

悪夢のなかで決まって登場するのが、長内美智子の言葉だった。

――あんたは人殺しよ。

深夜、決まってこの言葉で目が覚める。毎夜のようにひどい寝汗をかいていた。

長赤災害が起きてから時間が止まっているように思えた。

どんなことがあっても、物事を冷静にみる癖がついて、心を動かすことが少ない。

ストレス傷害になるきっかけとなった故郷を、意図的に避けていた。それが思いもかけず、長内美沙子から声をかけられた。

美沙子から拒絶されていないと知り、名取はほんの少し安堵していた。

〈あずさ〉のなかで、隣席の乗客が甲斐新報《かいしんぽう》を開いた。

甲斐新報は、〈あずさ〉が発着する新宿駅プラットフォームのキオスクで販売されている。その紙面に、〈的場秀雄一家惨殺事件〉の見出しが見えた。

記事の片隅に、被害者のひとり、二女奈帆の写真が掲載されていた。

彼女が肩からかけた黒色のポシェットに、タヌキかキツネのような絵が縫われていた。

世間の注目は、長赤災害よりも殺人事件に集まっていた。的場事件への注目度が高いのは、残虐な犯行であるだけでなく、犯行現場が土砂災害によって跡形《あとかた》もなく消えたという特殊性のためだ。

〈表層崩壊《ひょうそうほうかい》〉〈深層崩壊《しんそう》〉という、土砂災害による崩壊の形態を表す用語がある。的場事件は〈現場崩壊〉事件だった。

捜査の基本は「現場百回」だと、聞いたことがある。

近年では、最新科学による捜査や鑑識技術が事件解決の大きな役割を担《にな》っている。その現場が土砂災害によって消失《しょうしつ》した状況では、殺人のあった場所を特定することさえ困難で、科学捜査も活かすことができない。

いまだ犯人はわかっていないが、推測の域を出ないまでも噂になっていることがある。

事件の二年後――的場秀雄の遺体が発見された直後から、マスコミでまことしやかに流れた伝説が〈岩見条犯人説〉だった。その岩見を含め、いまも四名の遺体が発見されていなかった。

一方、的場見輪については、犯罪の被害者であるにもかかわらず好奇な噂が絶えない。

子どものころから直情的で、感情の揺れが激しかった。自分で決めたことは決して曲げない性格で、教師になる夢を叶えている。

見輪が唯一、自分の意志を曲げたのが的場秀雄との結婚だった。

的場は、父親と仕事づき合いのある取引先の息子で、父親から懇願されて見合いをした。本人は仕事を続けるつもりだったが、結婚後は家庭に入ってほしいと的場秀雄から頼まれて、教職を一年で退《しりぞ》いている。

見輪は一途な性格だが、身近なひとの頼みを断れない面があった。それで不都合が生じると、ずっと根に持つ傾向がある。

ある年の四月、友人から「桃見《ももみ》に行こう」と強引に誘われて、断り切れずしぶしぶ参加した。風の冷たい日で、風邪気味だった見輪は数日寝込むことになり、友だちをずいぶん恨んだという。

「あとでそんなに恨まれるなら、頼んだときに断ってくれればよかったのに」と友人は抗弁したが、関係改善はされないままだった。

そうした背景もあって、見輪は夫の秀雄に興味がなく、あるいは反発心から、その復讐もこめて、義理の弟である岩見条と不倫していたという噂も流れた。

夫の的場秀雄は甲斐ふじ加工という地元特産物を取り扱う会社の営業マンで、東京をはじめ大阪、神戸、名古屋と全国を飛び歩いていた。

的場家は5ＬＤＫの平屋の日本家屋で、畑のなかの山頂側に近い長赤山への登山口近くにぽつんと建っており、一番近所の家は六百メートルほど離れた神田家だった。

住宅に塀はなく、高さ一メートル弱ほどの西洋ツゲの生垣があるだけだ。畔道を少し外れた脇道を進むと、的場家の玄関前に出る。

玄関から入ってまっすぐ伸びる廊下は、濡れ縁と接しており、ガラス窓とシャッターで仕切られていた。

廊下を進むと、左手に和室が二間あり、その奥には十五畳程度のリビングがあった。リビングの壁には、大きな薪ストーブが設置されていた。

リビング奥の扉を開けると、ダイニングキッチンと内廊下に出る。廊下に面して夫婦の寝室、真帆と奈帆の勉強部屋が並んでいる。トイレと浴室は玄関の左側にあった。

芝生の庭はキャッチボールができるくらいの広さで、夜は一帯が暗くなるため、庭の脇に外灯を設置していた。

的場家の敷地内に、それとは別棟となる岩見条が暮らしていた2Kの住宅があった。二間と台所、トイレ、浴室があるだけの簡素な造りだった。

離れ家のそばには作業用の納屋が備えられ、その横に畑仕事用のトラクターなどが置かれていた。畑仕事全般は、岩見条が請け負っていたようだ。

凶行はこのどこかで発生したと考えられているが、いまだ犯行現場の特定に至っていない。

的場秀雄は評判の良い男だった。寡黙《かもく》でおとなしい性格で、感情を表に出すことはなかった。職場でも大変な仕事をいつも引き受けていて、愚痴一つ言うことなく、黙々と業務をこなした。

出張で家を空けることが多かったぶん、子どもたちとの時間を大切にして、ＰＴＡや地域の役員などを可能なかぎり引き受けた。

楽しみは週末に、長赤ニュータウンに住む知人の老夫婦宅で、将棋を指すくらいのものだった。その老夫婦も災害に遭っている。

長赤災害による犠牲者のなかには、安曇野《あづみの》大学映画研究サークルの学生も含まれていた。彼らは三合目付近の広々とした平地で自主映画を撮影しており、参加した十名のうち七名が巻き込まれていた。

安曇野大学映画研究サークルは大学創立後すぐに設立され、長い歴史を持つ。同サークルからは映画会社や映画関係者を数名、輩出していた。

食料の買い出しに出て難を逃れたメンバーの一人は、かつて名取の取材を受けてくれた、映画会社に所属する坂石直《さかいしなお》助監督だった。

事件当時、安曇野大学映画研究サークルの学生のうち、女性二人は的場家のトイレを借りていた。彼らが三合目の撮影場所から山を下りる際、的場宅脇の畦道を通過するからだ。

名取は子どものころ、三合目の広場に家族で訪れたことがある。畑のなかの幅の広い畦道を歩きながら、的場家のそばを通った。生垣の向こうに的場家の広い庭と、青い瓦葺の平屋の屋根が見えた。

安曇野大生たちが山を登る際、的場宅の濡れ縁にいた見輪と「こんにちは」と手を振って挨拶をしていたという。そうした経緯で、安曇野大生の犯人説が囁かれたことがあった。

一方、事件直後から犯人は的場秀雄、岩見条のどちらかではないかと憶測が流れた。

一九九七年に発見された白骨遺体が、静岡県の歯科医院の歯列記録で的場秀雄だと判明したのち、疑惑の目は岩見に集中した。

岩見は定職がなく、国民年金を支払っておらず、健康保険証も持っていなかった。

的場秀雄が自分の扶養に入れようとしたとき、「そこまでは世話になりたくない」と岩見は断ったらしい。もともと非常に頑健で、風邪一つひいたことがなかった。

怪我をすることもほとんどなく、事件の二年前、飼い猫に引っ掻かれて、右の利き腕にひどい炎症を起こして、しばらく不便な思いをしたくらいだという。

畑仕事のほかに、ときおり肉体労働のアルバイトなどをしていた。いくばくかの支援は的場家からも受けていた。

的場家の家族関係は特段悪くなかった。

事件の直前――夏休みに入った直後の七月二十二日から、三泊四日の北海道旅行に出かけている。岩見も誘われたが、彼は遠慮して、同じ期間に子どものころ過ごした長野県に旅行に出ることにした。その間、隣家の神田ふねに畑の様子をみてもらうようにお願いした。

結果的に見輪の母親が体調を崩し、その看病のため見輪だけが同行できなかったが、それ以前にも家族四人で県内の温泉地などに出かけている。近所でも仲睦まじい家族の姿が目撃されていた。

真帆にはエキセントリックな面もあり、また思春期特有の親への反発心で、ときに真帆と母親が言い争いになることもあった。

真帆は東京の体育大学に進みたいと考えていたが、見輪が地元の大学に進学させたかったことも、母娘《おやこ》がぶつかる原因になっていた。見輪は学校に何度も足を運び、担任教師に進学について相談していた。

的場奈帆は真帆の四歳年下の十三歳、中学一年生だった。姉と違って陽気な性格で、母親との仲もよかったと聞いている。

こうしたことは事件後、的場家や見輪の両親、災害から逃れていた知り合いなどの証言で明らかになった。

〈あずさ〉が長いトンネルを抜けた。左手に、見覚えのある甲府盆地が見えてきた。

苦い郷愁《きょうしゅう》が胸のなかに広がった。

甲府駅には厳しい陽の光が降り注いでいた。名取は駅北口でタクシーに乗り込んだ。

タクシーは山の手通りを西に向かい、緑が丘スポーツ公園を過ぎたあたりで北西方向に進んでいく。県道の急坂を登った小山の中腹に、甲斐大学のキャンパスがあった。

正門前でタクシーを降りた。秋には鮮やかな黄金色に通りを染める、銀杏並木が目に入った。

高校時代に何度か目にした光景だった。

藤堂所長から連絡を入れているが、長内美沙子とは直接話をしていない。名取は携帯電話を取り出した。教えられた番号にかけてみる。

呼び出しコールのあと、「甲斐大理工学第二研究室です」と、懐かしい澄んだ声が聞こえた。

思わず緊張した。

「理工学研究室です」

美沙子が繰り返す。

「名取です……」

「ああ、お疲れさまです」

予期していたのか、落ち着いた声が返ってきた。

「どこへ行けばいいですか」

「いまどこにいるの」

くだけた口調になった。

「正面玄関を入ったところです。右手に洒落たカフェテラスがあります」

「なんだ、もうそんなとこまで来てるんだ」

美沙子に順路を教えてもらい、電話を切ろうとしたとき、「ちょっと待って」と慌てた声になった。

「あのね、陽君《ようくん》」美沙子が声を潜めた。「美智子が来ているの……」

「そこにですか」

「いえ、いまは別の部屋――」

「どうして」

「それはね……あ、ごめん、とにかく、そういうことだから」

美沙子が電話を切った。

緊張が増した。先ほどと異質のものだ。

明日の講演はすでに変更が伝えられて、あらゆる案内が書き換えられていた。

〈あずさ〉のなかで確認したとき、甲斐大学や防災講演会主催者のホームページも内容が更新され、講演会のタイトルとともに名取の経歴や写真が掲載された。

「名取陽一郎　明央《めいおう》防災科学研究所主幹研究員。防災ジャーナリスト。『深層崩壊の行方』、『日本の土砂災害地図』、『日本の自然災害史』の著作がある。一九七七年（昭和五十二年）、山梨県甲府市で生まれる。長赤第一小学校、長赤中学校を卒業。一九九六年（平成八年）甲斐第一高校卒業。二〇〇〇年（平成十二年）京都大学理学部卒業。気象庁予報部予報課を経て、現職」

来年三月には、四冊目の著書『長赤災害―深層崩壊の真実―』が、東都新聞出版の東都新書から上梓《じょうし》する予定だ。

校舎に入り、三階に上がった。廊下を少し進んだところに、教えられた部屋番号をみつけた。

ドアをノックする手がわずかに震えた。

「はい、どうぞ」

明るい声が聞こえた。名取はドアノブをまわした。

室内は照明と窓からの太陽光に照らされて明るかった。縦に細長い作りで、左の壁に大型の書棚が、右側にデスクが三つ並んでいた。

複数名で共同使用している部屋なのだろう。姿が見えないので、いまは不在のようだ。

一番手前のデスクから立ち上がったのが、長内美沙子だった。

その背後に、美智子が隠れるようにして立っていた。

「遠いところをお越しいただき、ありがとうございます。甲斐大学の長内と申します。このたびはよろしくお願いいたします」

先ほどの電話とは違う、堅苦しい挨拶だった。

美沙子は紺色のカットソーにジーンズというでたちで、白衣を羽織っていた。

セミロングは当時と変わらないが、茶髪にした彼女を見るのは初めてだ。似合っていると思った。

美智子は、レースの丸襟のついたグレーのワンピースに、サマーカーディガンを着ていた。

「初めまして、明央防災科学研究所の名取です。こちらこそ、よろしくお願いいたします」

「名取さんは……初めてではないですよね――」

あえてそう訊ねたなと思った。

「ええ、はい」

名取は勧められて、奥の会議用机に着いた。

美沙子が紙コップにペットボトルのウーロン茶を入れて、差し出す。喉の渇きを覚えた。暑さのためだけではない。

長内美智子は名取と視線を合わせたくないのか、机の前に佇んだまま俯いている。

名取はウーロン茶を口に運びながら、わずかに視線を動かして長内美智子を見た。まるで空気と化して、存在を消そうとしているようにもみえる。

美智子は肩まで髪を伸ばしていた。姉に似て目鼻立ちは整っている。面《おもて》を伏せていてよくわからないが、以前は嗅覚の鋭い動物のような目をしていた。突き刺すような鋭い視線で、やや身勝手な持論を展開する活発な同級生だった。

当時と同じく痩身《そうしん》で、いまも陸上を続けているのだろうか、筋肉質な体躯《たいく》をしている。

「名取さんはあれから、どうされていたんですか。京大に進まれたと聞いていますが」

美沙子が訊ねる。

名取は高校卒業以降の話をした。幸い大阪の伯父が面倒をみてくれると言ってくれた。

災害後、名取は必死に勉強して、ストレートで京都大学理学部に合格した。大学では物理学や数学とともに、防災に関する学問にも取り組んだ。

四年後、気象庁に入り、予報部予報課に配属されたが、どうしても防災の専門家になりたいと考え、明央防災科学研究所に転職した。

二〇〇七年春から名取は防災の業務に打ち込んだ。土砂災害のエキスパートとなり、いまではシミュレーションCGの作成やブログによる情報発信、プログラムの開発を行っている。

入所直後、編集者をしている大学の先輩から声がかかり、二〇〇八年三月に『深層崩壊の行方』を上梓すると、手ごろな新書だったこともあり版を重ねた。

昨二〇〇九年八月、台湾に上陸した台風の影響で、同地南部の小林村《しょうりんむら》で深層崩壊が発生した。そのころ一時的に、新書部門の週間売上ベスト10に入ったことがある。

二年前、二冊目の本を出すとき、先輩から「防災のエキスパートみたいな肩書きを勝手に作ってみたらいいんじゃないか」と勧められ、二〇〇八年十二月発刊の『日本の土砂災害地図』から著者名の横に〈防災ジャーナリスト〉と記すようになった。

「活躍されていらっしゃったんですね。名取さん、ご結婚は？」

「いえ――」

名取は首を振った。

そのとき、美智子がゆっくりと近づいてきた。強い香水の匂いがした。

「あの……名取さん、わたしを覚えていますか」

美智子はまっすぐ名取の目を見た。

姉と同様、ぱっちりと大きい目だったが、久しぶりに会うと、さらに大きく感じた。眼差しの強さは変わらないが、その表情からやわらかな印象を受けた。

名取は立ち上がった。

「覚えております。その節は、本当に申し訳ありませんでした」

名取は深く頭《こうべ》を垂《た》れた。

昔もいまも、こうすることしか名取にはできない。

「わたしのせいで、長内美沙子さん、美智子さんには大変な思いをさせてしまいました。ご両親のこと、深くお詫びいたします」

「頭を上げてください、名取さん――」

美智子の声に、名取はすぐに身体を起こせなかった。

「本当に――頭を上げてください」

その言葉に少しだけ目線を上げた。

「申し訳ないことをしたのは、わたしのほうです。かつてわたしは、名取さんにひどい言葉を投げつけました。一時《いっとき》の感情から、わたしは大変失礼なことをしてしまいました。名取さんも大切なご家族を亡くされたのに……わたしは一方的に責めることなど、してはならなかったんだと思います。そのお詫びもできないまま、時間だけが過ぎてしまいました。申し訳ありませんでした」

名取はほんの少し気持ちが軽くなるのを感じた。

しかし、それに甘えてはいけないと思った。

「それでも長内さん、あなたがわたしに言ったのは当然のことだと思います。そのことを気に病《や》まないでください。悪いのはわたしなんですから。それに、こうしてお会いする機会を与えていただいたことにも感謝しております——」

それは偽らざる気持ちだった。会うことがなければ、謝罪さえできなかった。

名取はもう一度、頭を下げた。

「名取さん、おかけになってください」

美沙子に言葉をかけられて、名取は腰を下ろした。

長内美智子は高校を卒業後、東京の体育大学に進み、スプリンターとしてオリンピックを目指した。

オリンピック競技や世界陸上選手権大会への挑戦を続けたが出場は叶わず、いまは地元スポーツクラブのインストラクターをしている。

「いまも山梨県《こちら》にお住まいですか」

甲府市内でひとり暮らしをしているという。

「今回、名取さんがこちらに来られることを知り、お会いしたいと思い、こうして姉にお願いして、謝罪の機会をいただきました」

「申し訳ないのはわたしのほうです。こちらこそ、わざわざお運びいただき、感謝申し上げます」

それからしばらく三人で和やかに話をしたあと、美智子はもう一度詫びの言葉を述べて、部屋をあとにした。


長内美沙子と二人きりになると、彼女がアイスコーヒーを出してくれた。

紙コップを口に運びながら、美沙子が笑みをみせた。

「どうですか。ちょっとはこころの仕《つか》えが取れましたか」

交際していたときから、よく気持ちを見透かされていた。

「ぼくの気持ちよりも、お二人のことのほうが大事です。ぼくはあなたにもきちんと謝罪をしていなかった。本当に申し訳ありませんでした」

長い時間、美智子の言葉は、名取に深い闇をもたらした。自分の愚かさを突きつけられ、やりきれない思いになった。

「わたし、ずっと気になっていたの。だからこれ以上、陽君とは会ってはいけないと思って連絡をしなかったの」

「そうだったんですか」

「活躍だけは聞いていたよ。本も全部読んだし、記事もね、たまに見つけて目を通していたのよ」

「美沙子さんはどうなんですか。苗字が変わっていないけど、旧姓を使う人もいるから――」

あえて交際していたときのように、〈美沙子さん〉と呼んだ。

「結婚はしてないけど子どもはいるの。シングルマザーなのよ」

「離婚されたんですか」

「結婚は一度もしてないの。未婚の母なの」

ふと予感がした。

「お子さんはおいくつなんですか」

「あ、十二歳になったばかり……」

「あの……」ためらいながらも、言葉が先に出た。「相手の方のこと、お聞きしていいですか」

「それは、ちょっと。立場ある人なので」

美沙子の口元が若干歪んだようにみえた。

「いえ、こちらこそ失礼しました」

当然、立ち入ってはいけない領域がある。

美沙子はきれいで勉強ができて、リーダーシップも取れ、三年生のマドンナ的な存在だった。先輩や同級生たちからも言い寄られたと、つき合い始めてから知った。

美沙子は目鼻立ちの整った、それでいて目元が涼しい、凛とした美しさがあった。

三十五歳にはみえないくらい、肌艶もいい。香水も鼻腔をくすぐる。美智子のそれはいまも室内に残っているが、彼女のものより控え目な芳香だった。当時から香りのきついものは好んでいなかった気がする。

「それでは、講演の話をさせてください」美沙子が事務的な口調になった。「講演タイトル、講演内容のレジュメについては拝見しました。内容的に問題はないと思います」

山梨県に向かう〈あずさ〉のなかで、名取は高持のプレゼン資料を修正した。

それが研究所を通じて届いたようだ。

「ただ、ちょっと物足りない気がします」美沙子は真剣な目になった。「ほかの講師の方であれば、この内容で十分だと思います。でも名取さんは長赤災害でご両親を亡くされている、いわば被災者遺族ですから、そういう観点からの貴重な体験談、それを発露とした防災に資する提言があってもいいのかな、と個人的には思います」

名取はそのとおりだと思った。

だが、講演会などの公の場で、個人的な話をすることにためらいがあった。

「わかりました。ぼくなりの言葉で、なんらかのメッセージを伝えたいと思います。あの……だから……ぼくを指名したんですか」

「今朝ドタキャンの話を聞いたとき、陽君を担《かつ》ぎ出せる千載一遇《せんざいいちぐう》のチャンスだと思った。あなたなら被災者の立場からの講演ができると思ったのよ」

「今回の〈七三〇鎮魂祭《ななさんまるちんこんさい》〉や講演会も大きく報道されているから、防災に対する関心が高まってくれるといいですね」

「それはどうかな」美沙子が首を捻った。「世間の関心やマスコミの話題は、別に持っていかれてるけどね」

長赤災害が語られるとき、話題の中心は常に的場一家惨殺事件だった。

「美智子から聞いたんだけど、的場家の長女さんがあの妹《こ》と同じ陸上部にいたんだって」

的場真帆は名取や長内美智子と同じ長赤中学校の一年後輩だったが、まったく覚えがなかった。

長赤中時代は、長内美智子と同じ陸上部に所属していた。

卒業後、真帆は城北《じょうほく》女子高校に進んでいる。美智子は事件後、的場真帆の中学時代の先輩で、事件の直前まで陸上競技の大会などを通じて交流があったため、報道の取材をずいぶん受けた。

「これも当時、美智子から聞いた話なんだけど」

美沙子が口にしたのは、以前テレビでも報じられた話題だった。

事件の少し前、真帆の女子高でちょっとした騒ぎがあった。夏休みに入ってすぐのころ、真帆の担任で陸上部顧問の男性教師が、結婚するというニュースが学校に広まった。

きっかけは陸上部の練習後、真帆が教師に詰め寄ったことだ。

その場にいた女子生徒の話では、真帆と教師の会話のなかで「つき合っているんですか」、「うん、そうだ」という声が聞こえた。「えーっ、なにー、先生、誰かとつき合っているんですか」

と近づいて訊ねたところ、学生時代の彼女との交際がわかった。

ただそれだけの話だが、思春期の女子生徒たちにとっては大変な衝撃だった。

教師は真帆と同じく、利き腕が左だった。短距離でコーナーを曲がる際、やや左側――内側に身体が傾いてしまうのは利き腕のせいなのか、と真帆が教師に相談していたようだ。教師から適切なアドバイスを受けるなど、親身にしていたという。

真帆が教師に何度も質問をしていたので、恋心を抱いていたと思われている。

「その先生はいまでいう格好いいイケメンでね、彼に恋心を抱いていた生徒も大勢いて、彼女たちは同時に失恋した形になったようね」

教師の恋人は県内のOLで、二人は一年後に結婚している。

あれから長い時間が経過した。名取自身もさまざまなことがあった。

それは美沙子や美智子も同じだろう。

「ところで、美沙子さんはいまつき合っている男性《ひと》はいないんですか」

思い切って訊ねると、美沙子は笑みを洩らした。

「いません」

名取は立ち上がって室内に目をやった。

「この部屋のひとたちは戻ってこないんですか」

「二人とも来週まで夏休みなの」

名取は美沙子の正面に立った。

「ずっと美沙子さんに会いたかったです。でも、ぼくにはあなたに会う資格なんてないと思っていました。あんなことをしてしまったぼくには……」

美沙子は黙って聞いている。

「それでも、いま美沙子さんの顔を見て、高校生だったときの想《おも》いが蘇ってくるんです」

「ありがとう、嬉しいわ、陽君。その言葉だけで十分よ」

美沙子は満面の笑みをみせた。

名取はホテルにチェックインし、ユニットバスでシャワーを浴びた。

浴室から出ると、つけっぱなしにしていたテレビから甲斐放送のローカルニュースが流れた。

きょう午後に開催された〈七三〇鎮魂祭〉の様子を伝えている。続いて、墓所《ぼしょ》が荒らされた事件が報じられた。突然〈的場秀雄〉の名前を耳にした。

名取は液晶画面を凝視《ぎょうし》した。

きょうの午前十時過ぎ、寺院に隣接する墓地で墓が荒らされているのが見つかった。それが、一九九五年の長赤災害時に惨殺死体となって発見された的場秀雄一家の墓だという。

見覚えのある寺院の門構えが画面に映し出された。画面が変わり、若い男性記者の姿があらわれた。

「現在、わたくしは遼硅寺《りょうけいじ》の墓所に来ております。ここをご覧ください」

彼が指し示した先で、墓石の石塔《せきとう》がわずかに横にずれていた。

遼硅寺は名取家の菩提寺《ぼだいじ》だった。

3

二〇一〇年七月三十一日土曜日。

午前十時から開催される防災講演会まであと一時間、名取は会場となる甲府市民公会堂の講演者用控室にいた。

昨夜書き直したレジュメを読んでいるとき、長内美沙子とともに妹の美智子が入ってきた。三人で雑談をしながらも、つい美智子に目をやってしまう。

昨日は多少の緊張を強《し》いられた再会だった。それだけにもう会うことはないだろうと、勝手に思い込んでいた。

落ち着かない気分のまま、名取がレジュメに目を落としたとき、ドアがノックされた。

名取が返事をすると、顔をのぞかせたのは羽生《はにゅう》はるかだった。彼女は笑顔で近づいてきた。

名取は腰を上げた。

「羽生さん、来てくださったんですか」

「先生のご講演を、聞き逃すわけにはいきませんからね」

羽生はるかはそう言うと、長内姉妹に会釈しながら近づいた。

白い半袖のブラウスに、ブランドものらしいパンツスーツという服装だった。

名取が二人に紹介しようとすると、羽生はそれを制した。

「存じています。長内美沙子さん、美智子さんですよね」

羽生はるかは、かつて東都新聞社の週刊誌〈東都ウィークリー〉の記者をしていた。長赤災害を詳細に調べていたので、被災者遺族の顔と名前は頭に入っているのだろう。

羽生の不躾《ぶしつけ》な対応に、美沙子はわずかに後ずさりし、美智子は一歩前に踏み出した。

「長内美智子です」

「羽生です」

羽生が名刺を取り出す。名取は慌てて羽生を紹介した。

「羽生さんは以前、東都新聞の気象庁記者クラブにいらしたんです。そのときからの知り合いなんです」

羽生はるかと初めて会ったのは、気象庁に勤務していたときだ。

予報課の職員だった名取が、所用で天気相談所に立ち寄ったとき、所長に取材していたのが東都新聞社会部で気象庁担当になった羽生だった。

気象庁の取材対象は理化学的な分野が多く、文系の羽生はかなり苦戦していた。

当初は一言二言、言葉を交わす程度だったが、顔を合わせる機会が重なり、そのうち気象や天気の話などをやさしく説明するようになった。

「はじめは新聞記者をしていたんですが、そのうち出版局にまわされて〈東都ウィークリー〉の記者をしていました」

東都新聞社では書籍、週刊誌、月刊誌などの出版業務を行っている。最近の新聞社の出版分社化の流れで、出版局が百パーセント子会社となり、〈東都新聞出版〉として独立した。

羽生は東都新聞社から出向という形で異動し、書籍を担当するようになった。

「まさか新聞社に入って、編集者になるなんて思ってもみませんでしたよ」羽生が笑みをみせる。

「実は、名取先生の『深層崩壊の行方』がそれなりにヒットしたので、うちの編集長からサポートするよう厳命されたんです。だから、これからも長赤災害の取材には可能なかぎり同行するようにしているんです」

一週間後には、長野県で安曇野大生の犠牲者遺族に話を聞くことになっていた。

執筆中の『長赤災害―深層崩壊の真実―』は全十章立てで、深層崩壊のメカニズムや長赤災害、防災・減災の方策、そして長赤災害で被災した若者に光を当てて、災害に巻き込まれないようにするための対策や提言をまとめる予定だった。

「それでは先生、失礼しました。またのちほど――」

羽生はるかは頭を下げて、部屋を出た。

それを美沙子と美智子が漫然と見送った。

時間が迫っていた。

名取は手元の講演スケジュールに目を落とした。


講演時間となった。

五百名収容の観客席は満席だった。土曜日の午前の開催だが、講演者が途中交替したことを考えれば、かなりの人数だ。

会場から伝わる熱気を感じた。聴衆のほとんどは名取陽一郎の来歴《らいれき》を知っている。その興味もあり、集まったのかもしれない。

各テレビ局のカメラが入っているという。なかには甲斐新報の記者で、大学進学前に世話になった江藤亨《えとうりょう》の姿もあった。

司会者の女性に名前を呼ばれた。

名取は聴衆に一礼して演壇に進んだ。挨拶と簡単な自己紹介をしてから本題に入った。

冒頭部分は土砂災害のメカニズム、土壌雨量指数《どじょううりょうしすう》などの解説を行い、気象庁が発表している大雨警報には〈浸水害《しんすいがい》〉と〈土砂災害〉の二種類あることを説明した。

「防災、減災の基本は非常に単純で、簡単です。それは〈逃げてください〉の一言に尽きます。逆に言えば、〈逃げなければ助かりません〉ということです」

名取は日本有数の多雨地域で、過去に何度も災害が発生した三重県尾鷲市《おわせし》での防災の取り組みを紹介した。

尾鷲市では、お年寄りの避難のためにマイクロバスを準備し、〈なにも起きなければ、それはそれでよかったじゃないか〉と住民に考えてもらえるような活動をしていた。

「水害は水位の上昇を確認できますが、土砂災害は目に見えないぶん、危険が伝わりにくく、避難が遅れる傾向にあります。ですから、自分の住まいの周辺に山があるような環境の方は、日ごろから避難することを考えておく必要があります。以前の台風で自分のところは大丈夫だったからといって、次の台風のときも大丈夫だとは決していえません。避難して、結局なにも起きなかったら、それはそれで非常に良いことなんです。避難して損したと考えず、無事でよかったと思えるようにしてください。たとえ一〇〇回起きなくても、一〇一回目で起きるかもしれない。その一〇一回目の災害から自分や家族の生命《いのち》を守るためにも、やり続けることが大切なんです」

名取は講演の最後に、「みなさんは〈正常化《せいじょうか》の偏見《へんけん》〉という言葉を聞いたことがありますか」と問いかけた。

〈正常化の偏見〉は心理学の用語で、社会心理学、災害心理学で使用されている。

自分にとって都合の悪い情報を無視したり、過小評価してしまう特性をいう。〈正常化バイアス〉とも呼ばれる。

「自然災害や火事、事故、犯罪などの事件といった、なんらかの被害が予想される状況下にあっても、『自分だけは大丈夫』、『今回は大丈夫』、『まだ大丈夫』と、自分にとって都合の悪い情報を過小評価する正常化バイアスで、逃げ遅れる原因になるのです。それはわたし自身、いまは亡きあるひとたち――両親にも伝えたい言葉なのです」

名取はそう続けたあと、災害から生命を守るための心得について再度言及した。

それは愚直《ぐちょく》に基本を繰り返すしかない。〈逃げるが勝ちだ〉と。

「とにかくみなさん、逃げてください、避難してください。それしか、災害から身を守る手立てはありません」

名取の講演が終わると、大きな拍手が湧いた。

これまで何度も講演会に招かれて、多くのプレゼンテーションを行ってきたが、これほどの反響があったのは初めてだった。

4

講演終了後、名取は会場の控室でＮＨＫ甲府放送局や甲斐放送などのテレビ各局、甲斐新報、東都、朝日、毎日、読売、産経、東京などの新聞各社の取材を受けた。

長赤災害後なにかと世話になった、甲斐新報の江藤亨からも面会依頼があった。

江藤には大学進学について相談をしたことがある。

京都大学に進んだのも、彼の助言によるものだ。将来防災の道を目指すのなら、防災研究所のある京都大学がいいとアドバイスされた。

江藤とは夕食の約束をして別れた。分刻みに取材を受けたため、ゆっくり話すことができなかった。

午後二時から、山梨県主催の慰労会が行われ、名取もそれに参加した。

慰労会は遺族や関係者による立食形式の交流会で、ここ数年の恒例行事だという。名取は次から次へと、講演の聴衆者から声をかけられた。

次々にやってくる人波が途切れたので、名取はテーブルの寿司をつまみながら会場を見渡した。すぐ近くの円テーブルに、羽生はるかの姿をみつけた。

彼女が話している相手は、安曇野《あづみの》大学映画研究サークルのメンバーの遺族だった。同大学映画サークル撮影隊は総勢十名で、長赤災害が発生したとき、山地でアクション物の自主映画を撮影しており、七名の学生が死亡・行方不明になっていた。

羽生はるかと目が合った。名取は彼らに近づいた。

「大変ご無沙汰しております」

名取は遺族の母親に頭を下げた。

以前、一度だけ東京で開催された慰霊祭で顔を合わせたことがある。ご主人は数年前に他界したと聞いていた。

「あのときの犠牲になったご夫妻の息子さんが、気象庁に入られたと風の噂で聞いておりました。いまは防災のお仕事をされて、こうして立派な講演を聞かせてもらえるとは思ってもおりませんでした。どうかがんばってくださいね」

「いまのお言葉を肝に銘じて、励みたいと思います」

そこでは二《ふた》家族と近況を伝え合った。

そのうちの竹上良一《たけがみりょういち》という犠牲者の母親とは、一週間後にあらためて長野県を訪問して面会することになっていた。

「そういえば……あのとき、子どもは『危険な撮影』だと言っていたんです」竹上の母親が言う。

長赤災害の数年後、マスコミでも報じられた話だった。本人たちは当時の撮影を〈危険〉と認識していたのだ。

名取はこの〈危険な撮影〉という、学生の発言に興味を抱いた。

学生たちの一部は台風のさなかの撮影を〈危険〉と認識していたにもかかわらず、なぜ実施されたのか。それを探求することは、防災を考えるうえでの、非常に重要なアプローチだと考えた。

名取は竹上の母親に顔を向けた。

「『危険な撮影』というのは、良一さんがおっしゃっていたんですね」

「ええ、『今回は危険な撮影になる』って話していました。本人たちも台風のなかでの撮影は危険だとわかっていたんだと思います」

竹上良一の母親はしんみりとした表情になった。

遺族に挨拶をして別れたあと、羽生はるかについていく。

「安曇野《あづみの》大映画サークルのメンバーを紹介しますね」

会場の奥に、安曇野大学映画研究サークルのメンバーで、現在映画の仕事をしている坂石直《さかいしなお》と妻瑛子《えいこ》が立っていた。

名取と羽生は二人に近づいた。

坂石直は半袖のシャツにスラックス姿だった。丸顔で、優しげな雰囲気を漂わせている。

瑛子は淡い水色のブラウスに紺色のスカートを着ていた。目鼻立ちが整っているが、眼光が鋭く、少し冷たそうにみえる。身長は名取や坂石直と同じ一七〇センチほどで、そのため大柄な印象がある。

羽生が笑顔をみせた。

「名取さんも御存知ですよね。映画の助監《ジョカン》督の坂石直さんと奥さんの瑛子さん」

「大変ご無沙汰しています」

「いえ、こちらこそ。きょうの講演、とてもよかったです」

「とても感銘を受けました」

坂石と瑛子が感想を口にする。

二人は一九九五年七月三十日当時、安曇野大学の学生で、ともに二十一歳だった。

坂石直は大規模土砂災害を経験したことで、いまでは撮影現場でも安全を優先させる発言をして、仲間からは〈慎重派〉と呼ばれているそうだ。

慎重派の〈慎ちゃんジョカン〉こと坂石直は、つとに有名だと羽生から聞いている。彼女は取材を通じて、坂石たちのことをよく知っている様子だった。

四人で懇談していると、もうひとり見知った顔が近づいてきた。

同じく安曇野大学映画研究サークルの仲間、谷川勝《たにがわまさる》だった。

現在は、映像の世界から離れて、ウェブ・デザイナーに転身していた。

身長一六〇センチ程度で小柄なためか、いつも笑顔を絶やさないためか、会うたびに親しげなイメージがある。話し好きなのも、そう印象づけている。

彼ら三人は長く沈黙を続けていた。

三年前、名取が現在の職場に転職したときに、当時の話を聞きにまず坂石を訪ねた。

これまで山梨県に足を向けることはなかったが、『深層崩壊の行方』の執筆準備を進めていたときで、どうしても当時の関係者から取材をしたかった。

坂石が声をかけてくれたことで、旧姓青山《あおやま》瑛子、谷川を交えた四人で、東京のホテルラウンジで会食をしながら、取材をさせてもらった。

名取が長赤災害で両親を亡くし、以後、防災の世界に身を置いていると話したため、応じてくれたのではないかと思っている。

年齢が二、三歳ほどしか離れていない同世代だからか、気さくで話しやすい雰囲気があった。

「小耳に挟んだんですが」谷川が言った。「名取さんはあれ以来、こちらには戻られていなかったとお聞きしたんですが、本当ですか」

「高校を卒業してから、一度も来ていませんでした」

名取は京都に移住してからのことを簡単に話した。

「お墓参りにもですか」瑛子が口を挟む。

「高校を卒業するときにお墓を立てて、その管理は菩提寺の住職さんにお願いしてきました。ただ山梨を離れるときは、位牌だけは持ってきています」

瑛子の隣にいた坂石が口を開いた。

「ぼくたち生き残ってしまった三人は、つねに心のなかで犠牲になった仲間たちにすまないという思いがあります。ひとりだけ、いまも行方不明のままになっている仲間もいますから」

船津希望《ふなつのぞみ》のことだ。彼女は参加メンバーのなかで最年少の十九歳だった。

災害時、船津希望は体調を崩してテントのなかで寝《やす》んでいたという。

「きょうも亡くなった友人たちの親御さんに、あらためてご挨拶とお詫びをしてきました」

「そのご家族さまといま、わたしもお話しさせていただきました。竹上良一君のお母さんから『危険な撮影になる』と、本人が言っていたと聞きました」

名取は取材の一環だと自分に言い聞かせながら、失礼を承知であえて訊ねた。

「台風の接近時にあんなことをするなんて、本当に危険極まりない撮影だったと思います」

「当時の責任者は坂石さんだったんですか」

「サークルには四年生もいたんですが、あの撮影グループでは最上級生である三年のぼくが統括していました。ですから、十名全員の安全をきちんと考える立場にあったんです。それなのにあんなことになってしまった。それに気象情報や台風情報を受け取れる措置をしていなかった。それ以前に台風を甘くみていました。大雨が降っても、ある程度踏ん張れば、通り過ぎてしまうだろうと思っていました。でも名取さんの講演を聞いて、それが間違いだったことがよくわかりました。竹上君がご家族に『危険だ』と伝えていたのも、そういう無茶な撮影だと考えていたからなんでしょうね」

「みなさんは、あれからどうされたんですか」

以前会ったときは、災害の話題に終始して、それ以降のことを直接聞いてはいない。

谷川が顔を上げた。

「ぼくはきっぱりと映像の道を諦めました。大学のころから普及し始めていたインターネットに興味があって、ホームページやウェブサイトの画像や音声を作っていたんですが、それが本業になりました」

いまは東京・青山に事務所を構えている。

「こんど、明央《ウ》防災科《チ》研のホームページを頼もうかな。いまいちお堅い感じで、あか抜けないいんですよ」

「防災研究所のホームページって、あか抜ける必要があるんですか」

横から羽生はるかが口を出す。

「それも、そうですね」

笑いが起きた。ひとしきり笑ったあと、名取は瑛子と目が合った。

ひとつ頷いて、瑛子が口を開く。

「わたしたちも一度は映像の世界を諦めようと思ったんです。でも諦められなくて……特に、このひとは……」

瑛子が坂石に目配せする。

「そうですね。子どものころからの夢を、どうしても諦めきれなかった。あんなことがあったあとでも……」

「それで映画の道に進まれたんですね」

「わたしなりにこの道を極めてみようと思いました。やるだけやって、ものにならなかったら、諦めようと思ったんです」

坂石直は大学卒業後、アメリカで映画の勉強をした。

五年後、日本に戻り、映画配給会社に入社して、一から映画制作の基礎を学んだ。その姿勢が監督から評価され、いまでは助監督として活躍している。

青山瑛子ははじめ地元長野県で暮らしていたが、坂石に呼ばれて渡米し結婚したそうだ。

「当時坂石さんたちが撮影されていた映像って、どこかで観ることができるんですか」

羽生はるかが訊ねる。

「いや、できません」坂石が答えた。「撮影機材も映像テープも全部土砂にさらわれて、すべて失ってしまったんです」

「あの場所を選ばれたのは、どうしてなんですか」名取は訊ねた。

坂石らが撮影場所に選んだ三合目付近の広場を、名取は何度か訪れたことがある。

広場の山頂側の一角に、高さ十メートルほどの小山があった。過去の自然災害で流れ落ちた土砂を積み上げたもので、一時的な応急措置としての人工の土砂山《どしゃやま》だった。

「雨のなかのアクションシーンを撮りたかったんです。長野県内ではイメージに合うところがなかなか見つからずにいたとき、山梨出身の仲間の一人が長赤山三合目付近の場所を教えてくれました。希望《ノゾミ》もその場所を知っていて、彼女も『絶好の場所だ』と強く推薦してくれたんです。下見してみると、人工物が映り込まない最適の場所だったんです」

「だから、台風のときを選んだんですね」

「台風だとある程度予想ができますし、確実に雨が降りますから。でもいまから思うと、愚かなことをしたと思います」

坂石が黙り込んだのを機に、名取は頭を下げた。

三人と別れると、名取は羽生に言った。

「きょうは遠いところをお越しいただき、ありがとうございました」

「名取先生と山梨県で、ご一緒させてもらえるとは思ってもみませんでした。ご執筆のほうはいかがですか」

「進んでいますよ」

「ここだけの話ですが、先生の次回作、編集長が『ウン万部も狙えるぞ』と乗り気になって、だから『おまえもしっかりサポートしろ』とはっぱをかけられています」

「聞かないほうがよかったですね。この種のノンフィクション本のセールスは水ものですから。で、七日土曜日の長野取材の件で、都合が悪いとメールをいただきましたが」

「もしかすると、別の仕事が入って同行できないかもしれないんです」

「相手方へのアポはすでに取られているんですよね」

「それぞれお約束をしています」

「じゃあ、ぼくひとりで行きますよ」

「そうしていただけますか。取材費は別途請求していただければ、お支払いしますので」

「それにはおよびません。お構いなく。二日の大阪行きは、予定どおりでいいですか」

「そちらは大丈夫です」

取材のため、神戸大学の防災学担当者となった大学時代の学友に会って話を聞く予定だ。

それに羽生も同行することになっていた。

「それから名取先生……」羽生の声が小さくなった。「的場事件が起きたあとに、〈犯人は犠牲者のなかにいる〉という内容の記事が出たのを覚えていますか」

「的場秀雄さんの遺体が発見されたころでしたね」

「状況から見て、その可能性が高いのはだれもが考えていることだし、当時の記事は、かなりおざっぱな見解ばかりでした。近々、それと同じような記事が出そうなんですよ」

〈東都ウィークリー〉の記者から聞きこんだ話で、他社の週刊誌がそうした取材をしている様子だという。

雑誌名を聞いて思い出した。

「そこなら一カ月ほど前、取材を受けました。亡くなった父のことも訊ねられました」

取材は研究所で受けた。

五十代ほどの男性記者が、スタッフらしい若い女性を伴っていた。

父親の将棋の趣味や、当日歯痛で頰をタオルで押さえていたことなど、詳しく調べているようだった。いま思い返せば、父親のことを根掘り葉掘り訊ねられた気がする。

「その記事の取材だったのかもしれませんね」

「そうですか」

名取はそう答えるしかなかった。

「詳細はまだわからないんですが、なんとなく嫌な感じがするのは、被災者の——亡くなられた方、一人ひとりに焦点を当てたものだということなんです。でも……名取さんのお父さまも、それに含まれているなんて……」

名取は胸にざわつきを覚えた。

「じゃあ、ぼくの父も……容疑者のひとりとして扱われるんですか」

「そうかもしれません」羽生がそこで首を振る。「あ、いや……いまはまったくわかりませんが……」

「そうですか」

名取は返事のしようがなく、同じ言葉を繰り返した。

「では、またご連絡しますね」

羽生はるかは背中を向けた。

5

その夜、名取は江藤亭に誘われて小料理屋に入った。

講演後にもらった江藤の名刺には、〈甲斐新報社　編集局次長兼社会部長〉とあった。

甲斐新報と甲斐放送・甲斐ラジオを統合した〈甲斐新報・甲斐放送グループ〉は、山梨県有数の、メディアグループである。

店の畳部屋に通されて、しばらくは互いの近況などを報告し合った。

江藤は以前より恰幅が良くなり、貫禄がついたように思えた。ひと懐こい目は以前のままだ。江藤の長女が東京の大学に進学したそうで、「ちょっと寂しいですね」と目を落とし、父親の顔をのぞかせた。

そのうち話題は自然と、長赤災害や的場一家惨殺事件に移った。

山梨県警察本部や所轄の長赤警察署による事件捜査は、ほとんど進んでいないらしい。

「なにしろ的場事件の現場そのものが、いや、山体《さんたい》そのものがごっそり崩れてしまったんですから、手がかりもなにもあったもんじゃありませんよ」

「でも岩見条が犯人だという話もありますね」

「山梨《こっち》では、〈岩見条の生存・犯人説〉はけっこう根強く信じられている話です」

一九九五年七月三十日、土砂災害が発生する危険性があるとして、地元の市町村は長赤山周辺の全世帯に対して、避難勧告や避難指示を発令していた。

それに応じて多くの人たちが、近くの小中学校、公民館などに避難していた。その隙を狙った空き巣事件が五件発生した。

その一軒の家人が、次のような証言をしている。

「家を離れていたのは三十日の午後二時から翌日午前十時までで、その間に空き巣に入られたのだと思います。自宅に戻ってから、野良猫が毎日やってくるようになったので、空き巣が猫に餌やりをしたんじゃないかって思ったんです」

岩見条は猫好きだった。事件当時まで自宅で五匹の猫を飼っており、街で見かける野良猫も可愛がっていた。猫が自由に遊べるミニ畑スペースを作っていたほどだ。

岩見は避難した留守宅に入り、しばらく留まっているうちに、野良猫に気づき、つい餌をやったのではないか。つまり岩見は生きていると考えられるのだ。

的場見輪も猫好きだった。事件の一年前から通い始めた刺繍教室では、よく猫やほかの動物をモチーフにしていた。

見輪と岩見条は猫好き同士で仲が良かった。二人で笑い合っている姿をあちこちで目撃されている。

「それにしても、なんだかこじつけのような気がしますね」

名取は正直な感想を述べた。

岩見条が犯人であることを前提に、週刊誌がつじつまを合わせたように思える。

猫が毎日やってくるようになったのは、その周辺で餌を見つけたからかもしれない。

「空き巣に入られた家からは、いろんなものが盗まれていたんです」江藤が言う。

缶詰やソーセージ、食パンなどの食料品、スエット、ズボン、Tシャツ、ジャケットなどの衣服、そしてタンスの奥に隠してあった、いくばくかの金銭が持ち去られていた。衣服が盗まれていることから、犯人がそこで着替えて、立ち去った可能性が考えられた。

長赤警察署は被害家屋を捜索し徹底的に指紋採取を行ったが、岩見条の指紋は検出されなかった。

犯人はかなりの返り血を浴びているはずである。警察は空き巣に遭った家とその周辺の徹底的なルミノール血液反応検査を実施したが、一切反応はなかった。

侵入口は庭に面した扉で、ガラスが割られていた。

甲府駅の駅員や駅周辺への聞き込みでも、岩見条の目撃証言はなかったようだ。

「大雨で流されていたとしても、ルミノール検査は微量な血痕でも反応します。殺人犯がその足で来ていたとしたら、多少の痕跡は残るはずです。ですから衣類をどこかで脱ぎ捨て、のちに衣類はビニール袋にでも入れて処分したのではないかと考えられたこともありました」

根拠のない話だなと名取は思った。

猫の件を含めて、これらはすべて想像の産物でしかない。当時の週刊誌の受け売りである。

岩見条は静岡県生まれ。血液型は的場と同じO型で、的場の父親が仕事でよく出かけていた静岡県の旅館の仲居と浮気をして、産ませた子どもだった。その後、岩見は母親とともに静岡県や長野県などを転々とした。中学を卒業してからは町工場に就職する。

結婚経験はなく、年老いた母親と暮らしていた。母親が悪い男に騙されて借金を抱え、かなりの貧乏生活をしていた。借家の家賃もたびたび滞納していたようだ。

一九九〇年、長赤災害の五年前に母親が死亡し、借金も残っていたことから兄の秀雄が面倒をみるため、引き取った。

岩見は世話になるだけでは済まないと言って、家の使用人のような雑用をするようになった。的場秀雄より三歳年下なので、災害当時は四十五歳だった。

岩見は、作付《さくづ》けされていなかった畑に少しずつ手を入れて、野菜などを作るようになった。

「的場の遺体は、すぐに身許が割れたんですよね」

「的場秀雄は事件の二年後に白骨死体で発見されました。身許の特定については法歯学が役立ちました。警察は事前に行方不明者のエックス線歯列画像を調べて、静岡市の歯科医院の記録を入手していました。それで的場秀雄であることがわかりました。このときの問診票の筆跡も鑑定の結果、的場秀雄のものであることがわかっています」

そして遺体から、斧で傷つけられた割創《かっそう》が見つかったのだ。


そのうち、ニュース番組を終えたスタッフたち、四十代から五十代の記者やデスクが顔を見せた。

名取が長赤災害の取材メンバーから話を聞きたいと依頼したところ、集まってくれたのだ。

座が落ち着いたころ、丸顔のディレクターが冷酒を口に運びながら呟いた。

「ぼくはいまでも、あんなことが起こったなんて信じられないんです。なんせ、山が一つ、なくなってしまったんだからね」

全員話を止めて、静かに頷く。

江藤が口を開いた。

「ぼくはね、いまでも覚えています。忘れようとしても忘れられない。長赤山の斜面の木々が急に大きな音を立てながら、ゆさゆさと動きだしたかと思ったら、突然轟音とともに崩れて、あっという間に、山体《さんたい》のほとんどが削り取られてしまった。それまで見えていたニュータウンの街灯の光が、一瞬にして消えてしまったんですよ」

表層崩壊の場合、土砂の流れる速さが時速三十から四十キロといわれているが、深層崩壊のそれは時速百キロになる。

江藤の言うように、まさに「あっという間」の出来事だったにちがいない。

「的場事件の犯行は、的場家の屋内でだと考えられているんですか」名取は訊ねた。

「警察はそう考えているようです」

「事件当時、彼らはどこにいたんですか。全員、自宅にいたんでしょうか」

「実際のところ、家族四名がどこにいたかは特定されていません。見輪だけが母親と電話で話していることから、自宅にいたと考えられています。ですが、結果的に一家全員があのように惨殺されたわけですから、同じ場所にいた――つまり、自宅にいたと考えるのが妥当なセンでしょうね。真帆の着衣から見輪、奈帆の血液が検出されていました。彼女たちは折り重なるようにして死んでいたのかもしれません。あの日は、的場秀雄も仕事が休みでした。前日まで出張だったので、家でのんびりしていたんじゃないでしょうか。見輪も金曜日から土曜日にかけて、母親の看病のために実家に戻っていましたが、土曜の夜には帰宅しています。事件当日は、一家四人が揃っていたんです」

「そのときを狙ったかのように事件が起きた――」

「そういうことですね」

「でも、大規模な深層崩壊が起きたことを考えれば、家のなかで殺されたと決めつけられない気がするんです」

「どういうことですか」江藤が訊ねる。

「以前、国土交通省の土木整備事務所が撮影した、土砂災害の実際の映像を見たことがあります。土砂がまるで滝の水のように山肌を流れていきました。深層崩壊はそれよりも、さらに激しい土砂災害なんです。土台である山体がごっそりと崩れていくわけですから、その上にある建築物や人なんかは砂場の上のオモチャのごとく、てんでばらばらになるんです。実際に、長赤災害ではひとも家も、土砂とともに流されて、遠くまで運ばれていました。つまり、彼らが家のなかにいた保証はないんです」

「逆に言えば、彼らが外《なか》にいた証拠もないわけですね」江藤が確認する。

「そのとおりです。室内にいたとも、外にいたとも決めつけられない。だから、外にいたことも考慮すべきだと思うんです。それで、庭や広い敷地のどこかでの犯行だったら、目撃者がいた可能性もあり得るんじゃないでしょうか」

「そうなんです。でも、当時は多くの住民が避難していましたよね」

「そして避難しなかった住民は、災害に巻き込まれてしまった――」

「そうなりますね。的場家から六百メートルほど離れた隣家のおばあさんも、東京から遊びに来ていた孫の高校生と一緒に災害に遭っています」

名取の両親も同じく避難をしなかった一家になる。

あの日の前日――一九九五年七月二十九日土曜日、父親は珍しく母と連れ立って出かけた。夜遅くに戻ってきたとき、父親は頬をタオルで押さえていた。歯が痛いと、入浴も簡単に済ませて寝室に入った。

父親の背中を母親が心配そうにさすっていた。

その光景がいまも瞼の裏に焼きついている。

翌三十日日曜日、名取が午後に学校に出かけるときも寝室で横になっていた。歯痛で、うなされている様子はなかった。

謹慎中だった名取が午後に出かけたのは、女性担任教師に呼び出されたからだ。

「謹慎中に学校に行っていいんですか」と問うと、「堂々と学校で会ったほうがいいのよ。なにかあれば先生が叱られれば、済むことなんだから」ときっぱり言う、頼もしい教師だった。

結果的に、そのことで名取は長赤災害の被害から免《まぬが》れることになった。担任は当時定年間近だったが、名取たちのことを真剣に考えてくれていた。

自宅を出る際、父親はわざわざ寝床から起きてきた。傍らには母親の姿もあった。

「先生の言うことをよく聞くんだぞ」

父が言うと、母親から雨ガッパを渡された。

「台風なんだから、これ、着ていきなさい」

「お父さん、お母さん、迷惑かけてごめん」

名取が頭を下げると、父親は頬にタオルを当てたまま、じっと名取を見つめた。

やがてその目がやわらいだように感じた。

「いいんだ。おまえもいつか親になればわかるさ。それから、きょうはちょっとお母さんと用事があるから、早く帰らなくていい。そうだな、午後七時の、晩御飯の時間くらいに戻ってきなさい」

それが父親の最期の言葉となった。

それから名取たちは、学校で今後どうすべきか話し合った。ここでなんらかの結論が出たはずだが、まったく覚えていない。その後の大きな出来事に翻弄《ほんろう》されたためだ。

名取は学校に留まり、災害に巻き込まれることはなかった。自宅にもその旨の連絡を入れていた。

名取がいまも思うことはひとつだけだ。

「あのとき、どんなことがあっても両親には避難してもらいたかったです」

名取の言葉によって重苦しい空気に包まれた。

いつも思うのは、自分だけは大丈夫という思い込み——正常化の偏見《へんけん》を捨て、最大限の警戒をすべきだということだ。

だから、いまはまだ起きていないが、いずれ起きるかもしれない巨大な自然災害から身を守るためにも、「事前に逃げてください」、「避難してください」と訴え続けていきたいと思った。

「そういえば……」江藤が口を開いた。「長赤災害が発生する直前——そうですね一時間ほど前、雨音にかき消されていましたが、『どどん』とかすかな音を聞いたんです」

江藤は古い手帳を広げた。

カバーの革が一部、剥げている。当時の取材手帳だという。

「『どどん』という音ですか」

「ええ、午後六時四十八分過ぎに聞きました。長赤災害が起きたのは、およそ八十分後のことです。あれは土砂崩れの前兆《ぜんちょう》だったんでしょうか」

「土砂災害が発生する前には、その前触れとして異常な音が発生することがあります」

崖が崩れはじめる前に、地割れなどが発生して、大小さまざまな石が崩れ落ちてくる。また水が濁るときもある。

そうした一種ではないかと、名取は答えた。

「そうですか……やっぱりあれは前兆だったんですね」

江藤は納得したように頷いた。

午後九時をまわると、部屋の隅にあるテレビでNHKのニュースが始まった。

トップニュースは、山梨県での七三〇鎮魂祭《ななさんまるちんこんさい》関連の話題だった。名取の講演も短いながら紹介された。

続いて政治関連のニュースがあり、最後に大阪の釜ヶ崎《かまがさき》、通称〈あいりん地区〉で五月九日日曜日に自殺した男が、長期間、阪神・淡路大震災の被災者に対して、匿名の物資支援を続けていたことがわかったと報じられた。

NHKの男性アナウンサーが伝える。

――男のひとは〈匿名《とくめい》パンダ〉という名前で、毎年、被災者や神戸市長田区などの行政機関に物資を送っていました。長田区の関係者は『やっと〈匿名パンダ〉さんを見つけることができたと思ったのに、亡くなっていたとは信じられません。お会いして御礼が言いたかったです。ご冥福をお祈りいたします』とコメントしました――

江藤が説明する。

「このニュースに詳しい記者がいて、彼から聞いたところ、この男性は釜ヶ崎の簡易宿泊所に十年以上住んでいて、三畳一間の部屋で、ドアノブにタオルを裂《さ》いた紐のようなものをまわし、体重をかけて死亡していたようです。西成《にしなり》警察署の検視で自殺だと断定されたようですね。遺書もあったそうです。そのひと、よく本を読んでいて博識だったので、周囲から〈教授〉って呼ばれていたみたいですね」

「支援した物資って、どんなものなんですか」名取は訊ねた。

「Tシャツとか男性用の下着、冬は厚手のセーター、手袋、マフラーなんかで、実用的なものでした。十年ほど前から年に三回程度届くようになって、差出人の住所は大阪、神戸、福岡、名古屋と、いろんな場所からだったようです。いつも〈匿名パンダ〉とあったので、受け取る側も名乗り出たくはないんだなと、あえて身許《みもと》を詮索しなかったようですね」

「その〈教授〉が〈匿名パンダ〉だとわかったのは、どうしてなんですか」

「部屋から、支援団体の宛名と送り主の名前が記された送付状が見つかって、〈匿名パンダ〉だとわかったんです」

〈教授〉は日ごろから市販のビニール袋を持っていて、それでなんでも包む習慣があり、支援物資も衣類や食料、生活雑貨など、ビニール袋で丁寧に分類されていたという。

「その〈教授〉は、そんな支援活動をするほど裕福だったんですか」

「むしろ、逆です。日雇い労働などをしており、生活は苦しいほうだったようです。死亡時の貯金は二万円もなかったようです。そのなかでやりくりして、支援を続けていたんだと思います」

江藤の言葉に、しばらく誰も口を開かなかった。

6

翌朝、名取陽一郎はホテルをチェックアウトすると、甲府駅前のレンタカー店でセダンタイプの車を借りて、西に向かった。

夏のきびしい陽射しを受けて、車内は蒸し風呂状態だった。

甲府地方気象台が発表した予報では、きょうの最高気温は三十五度を超える猛暑日になるという。

エアコンを入れるより窓を全開にしているほうが、風が通り抜けて涼しく感じられた。

八月二日に大阪で神戸大学の友人に取材するため、名取は山梨に戻る機会に、五日間の夏季休暇を取得していた。『長赤災害』の執筆や取材などは、本業でないため、すべて勤務時間外に行っている。

目の前に、鳳凰三山《ほうおうさんざん》が見えた。名取は三つの険しい峰が並ぶ姿に、雄々しさを感じた。

かつて名取の家は甲府盆地の南側にあり、いつも南アルプスの山々や北西側に聳える八ヶ岳《やつがたけ》連峰《れんぽう》を眺めていた。名取が故郷を思い出すとき、真っ先に瞼に浮かぶのはこれらの風景だ。

甲府盆地は、夜間に南側から望むのが一番美しいと考えている。家々の南向きの窓から洩れる灯で、盆地がきれいに彩《いろど》られるからだ。

車は甲府盆地の西の端に達した。そこから緩やかな坂を進んでいく。

十分ほど登っていくと、目的地が見えてきた。整備された広い駐車場に車を停める。

苔むした林道を進むと、やがて砂利道になった。境内《けいだい》は以前と変わりがないが、墓地はかなり広くなっている。駐車場も墓所《ぼしょ》も、新しくしたようだ。

大きな門の前に、〈遼珪寺《りょうけいじ》〉と年季の入った石柱碑《せきちゅうひ》が立っていた。

社務所《しゃむしょ》に顔を出すと、顔じゅう皺だらけの住職の姿があった。手に紙袋を持っている。

一昨日、甲府に向かう前、きょうの墓参を伝えていた。

「ご無沙汰しています」

名取が声をかけると、彼は柔和な目になった。

「こちらこそご無沙汰しています。名取さん、立派になられましたなぁ」

破顔したときの人懐こい表情は、昔のままだ。皺が増えたぶん、仏門《ぶつもん》の人らしい顔つきになっている。

初めて会ったときは先代の後を継いだばかりで、五十代後半だったが、いまでは袈裟《けさ》姿にも貫禄がある。少し太ったかもしれない。

名取は住職について、墓地に入った。そこはいくつかの区画があり、記憶をたどりながら、墓地内を歩んだ。

やがて見覚えのある灰白色《かいはくしょく》の御影石がみえた。〈名取家之墓〉と刻まれている。墓石は寺にお願いしていたため、きれいに磨かれている。

住職の見守るなか、名取は香《こう》を焚《た》き、墓前で合掌した。

名取は住職に顔を向け、墓参りをしてこなかった非礼を詫び、感謝の言葉を述べた。

「わたしは大したことはしていませんよ」住職は笑顔をみせた。「ちょっとこちらにお願いします」

名取は住職のあとに続いた。

しばらく歩くと、大きな御影石の墓があった。黒く艶やかに光っている。〈的場家之墓〉の墓銘《ぼめい》が刻まれていた。区画の外から眺めても変化はわからなかった。

五メートルほどの距離まで近づいて、異常に気づいた。墓石の前にある水鉢《みずばち》、花立《はなたて》、香炉《こうろ》が無残にも崩れ、敷石に落ちていた。墓石の石塔《せきとう》もわずかにずれている。

「的場家のお墓ですね。ニュースで観ました」

「幸い納骨室《のうこつしつ》は無事でした。ただ理由《わけ》あって、きょうまで手をつけられずにいました」

香炉の下に、カロートと呼ばれる空洞があり、そこに骨壺を納めている。

周囲には二、三人のカメラを携えた男たちがいた。取材に来た報道記者なのだろう。

昨夜小料理屋で一緒だった記者の顔もみえた。的場家の墓石の前には、水色の作業服を着た若い男の姿があった。地元の石屋だという。

そばにいた作務衣《さむえ》姿の男が住職の姿を認めると、石屋に声をかけた。二人は軍手をした手で両側から御影石を抱くようにしっかりと掴んだ。

二人で「いち、に、さん」と拍子を合わせて、石塔を正面に修正していく。五分程度の作業で、墓石はもとの位置に戻った。

作業員たちが立ち去ったあと、名取は初めて墓石の前に立った。

「誰がこんなことをしたんですか」

「わかりません。いま警察に調べてもらっているところです」

「発見されたのは二日前の朝でしたね」

「七月三十日午前十時過ぎ、近くのお墓に参られた方がみつけてくれました」

「これまでもそういうことはあったんですか」

「こんな悪戯《いたずら》をされるのは初めてですよ」

「なにか、心当たりは」

「警察の方にもお話ししましたが、三十日の朝八時十五分ごろ――NHKの朝ドラが終わったころに外に出ると、厚化粧をした二十代後半か三十代くらいの女性をみかけました。初めて見る人で、なんとなくきょろきょろした感じで、土地勘がないような様子でした」

女性の力で、御影石を動かすことができるだろうかと思った。

「それと……この本なんですが」

住職は紙袋から書物を取り出した。

大型書店のブックカバーがかけられた、新書判の本である。

名取の著書『日本の土砂災害地図』だった。日本各地で起きた土砂災害について詳細に記したもので、長赤災害についても紹介している。

全体の構成は、三章立てになっている。第Ⅰ章「過去の土砂災害地図《マップ》」、第Ⅱ章「深層崩壊の実際」、第Ⅲ章「101回目の避難行動」で、付記の「災害と事件」には災害時に発生した的場一家惨殺事件の概要に触れている。

災害本にはそぐわないと思ったが、編集長から売り上げのために触れてほしいと頼み込まれて、断わることができなかった。

「これはわたしの本です」

「実は……ここに、この本が落ちていたんです」

住職が足元を指差した。名取は思わず瞬きして、地面を見た。

「ここですか……ちょっと確認させていただいてもよろしいでしょうか」

「ええ、どうぞ」

名取は手渡された書籍のページを繰った。

あちこちに沁みがあり、読み込まれたような手擦《てず》れがあった。

第Ⅲ章の章タイトル〈101回目の避難行動〉に、オレンジ色のマーカーが引かれていた。

その章では昨日の講演で触れた三重県尾鷲市の取り組みについて説明し、一〇〇回避難して災害が起きなくても、一〇一回目に発生するかもしれないと、避難行動を取り続ける重要性を説いていた。

一〇一回は、九〇年代のトレンディドラマ〈101回目のプロポーズ〉から採ったものだ。回数はあくまで例えで、それだけ繰り返す必要があると主張した。

またマーカーが引かれた箇所をみつけた。第Ⅲ章の結びの一文だった。

——諦めずに継続することが大切です——

この文章にオレンジ色のマーカーが引かれ、うえの余白部分に花マル印が描かれていた。

保育士が園児のお絵かきや作文に描く、ひまわりに似せた模様のようだ。この持ち主に「よくできました」と、褒《ほ》められているような気分になった。

奥付のページを見ると、〈天名堂《てんめいどう》〉という押印があった。その住所から、大阪・天王寺《てんのうじ》付近の古書店だとわかった。

本の見返しに、鉛筆で〈100〉と走り書きされている。

書籍の税抜価格は七百円だから、七分の一の値段になっていた。

同じページに、数字の走り書きがあった。〈PC〉、〈DB〉というアルファベットも記されている。

「警察に通報したあと、この本のことも伝えようと思ったんですが、偶然ここに落ちていただけで、悪戯とは無関係かもしれないし、ちょうど名取さんから連絡をいただいた直後《あと》だったので、まずはご本人にお話をしてみようかと思ったんです。名取さんにはご迷惑な話かもしれませんが」

「そんなことはありません。で、この本はどうされるのですか」

「実のところ、わたしにはどうすべきか、わかりません」

「もしよろしければ、これを少し預からせていただけませんか」

名取がそうお願いすると、住職は安心したように頷いた。

明日、大阪に向かう。神戸大学の友人と会うのは午後の予定だ。その前に立ち寄ってみようと思った。

「これまで不義理してしまったうえ、今回突然ご連絡して申し訳ありませんでした」

名取は今後、両親の法要の相談をさせていただきたいと、住職とメールアドレスの交換をして、遼硅寺をあとにした。


名取は車に戻ると、南アルプス市を南に走らせ、笛吹川《ふえふきがわ》と釜無川《かまなしがわ》にかかる富士川大橋《ふじがわおおはし》を渡った。笛吹川を左に見ながら、東に向かった。やがて右手前方に、見慣れた御坂山地《みさかさんち》の斜面が目に入った。ようやく目的地に到着した。

そこは、〈虹《にじ》の丘《おか》〉と呼ばれる長赤災害の慰霊公園だった。

慰霊祭は毎年、虹の丘公園が会場となっている。かつての通学路で、毎日この場所を歩いていた。

当時の長赤ニュータウンに向かう坂道は、もう見られない。かろうじて残っていた山頂から八合目付近も、長赤災害の二年後に崩れ落ちていた。

名取は車から出て、その風景を眺めた。

ニュータウン跡地は一旦更地《さらち》にされたあと、なだらかな丘陵地に変わっていた。敷地面積は五百ヘクタール、東京ドーム百六個分となる。

目の前には深層崩壊で姿を見せた地層がわずかに見えるが、その斜面に多くの樹木が植えられ、いまはきれいな森林となっている。その下方には土砂災害を防ぐための擁壁《ようへき》が設置されていた。芝生を植えたスペースに、大きな慰霊碑が建立《こんりゅう》されている。

これまで郷里に足を向けることはなかったので、名取がこの地に立つのは初めてだ。

何度も映像や写真で目にしていたため、決して知らない場所ではない。しかし実際に自分が通った道が跡形《あとかた》もなくなっているのを見ると、もの悲しい思いになる。

名取はしばらく慰霊碑の前から動けなかった。

太陽高度が高くなり、強い陽射しを受けて、汗が出てきた。

きょうは日本の南にある高気圧の影響で、全国的に猛暑日になる予想だった。けさの最低気温は各地で高く、青森市では平年より六・七度高い、二十六・六度だったと報じられていた。

時計を見ると、午前十時をまわっていた。

車に戻り、エンジンをかけた。エアコンが涼しい風を送ってくる。

携帯電話の着信音が鳴った。江藤亭からだった。


〈甲斐新報・甲斐放送グループ〉社屋は、甲府駅北口近くに位置している。

メディアグループビル一階の受付に行くと、江藤亭の姿があった。

案内されるまま、名取はビル六階の喫茶室〈マウンテン・ビュー〉に入った。御坂山地の向こうに富士山がよく見えた。

窓際の円テーブルに着いて一息つくと、江藤がさっそく切り出した。

「お呼び立てして申し訳ありません。東京に戻られる前にもう一度、お会いしたいと思っていたのですが、呼びつけるような形になってすみませんでした」

「わたしもこちらにご挨拶するつもりでしたから、ちょうどよかったです」

「そういえば、名取さんは今朝、遼硅寺《りょうけいじ》にいらっしゃったとお聞きしました」

現場で取材した記者から聞いたという。

「あそこは名取家《うち》の菩提寺で、先祖の墓があるんです。長年不義理をしていましたが、ようやく住職へのご挨拶と墓参ができました」

「そうですか。的場家のお墓近くにいらしたと聞いたものですから」

「業者さんが的場家のお墓を元に戻していたので、住職さんとちょっと様子を見ていました」

江藤によると、的場家と見輪の実家の五十嵐《いがらし》家が費用の件で揉めたため、業者による修復がきょうになったという。最終的に、費用は折半にしたようだ。

「それにしても……おかしなことが起きるもんです。いまも昔も、的場一家惨殺事件は永遠に解けない謎だと言われています。現場が土砂災害で流失してしまったため、日本の犯罪史上でも類をみない事件になった――いや、なってしまった。その的場家の墓が、その命日を狙うかのように悪戯《いたずら》された。どうにも、やりきれない気分ですね」

「的場一家の墓が、命日となる七月三十日に悪戯されたことと、的場事件そのものと、なにか関係があるんでしょうか」

「七三〇鎮魂祭《ななさんまるちんこんさい》が開催されるタイミングでの墓荒らしだから、なにか因果関係があるのかもしれません」

「現場で女の人が目撃されているようですね」

名取は住職から聞いた話をした。

「それも聞いています」江藤が頷いてから続けた。「前日の夕方五時に、住職さんが近くを通りかかったときに異常がなかったようですから、午前十時過ぎに発見されるまでの間の犯行ということになりますね。午前八時十五分過ぎに目撃された女の仕業なら、犯行はその直前かもしれません。いまのところ、警察も悪戯だとみているようですね」

名取は自著が落ちていたことを口にすべきか迷ったが、結局言わないでいた。

「その女の人が犯人だとしたら、車を利用しているはずですよね」

「辺鄙《へんぴ》なところですからね。自家用車か、レンタカーを利用していると思います」

「そうであれば、警察の調べでなにかわかるかもしれませんね」

「そうだと思います。とにかくいまは警察の捜査を待ちたいと思います。悪戯に警察がどこまで本腰を入れて調べてくれるか、疑問ではありますがね」

江藤が溜息を吐くのを見て、名取は身体を乗り出した。

「江藤さん、的場事件の解決は、本当に無理なんでしょうか」

「みんな、口には出しませんがそう考えています。昨夜お話ししたとおり、岩見条犯人説が根強くて、都合のいい話ですが、彼がひょっこりあらわれて、『ぼくがやりました』と告白してくれたら、事件は解決する——と思っています。ですが、いまだに行方不明のままです。だから、やはり岩見が犯人で、犯行のあと、土砂に巻き込まれて、いまも災害現場のどこかに眠っているんじゃないかと考えられています。でも確かな証拠はありません。いまさら虹の丘公園を掘り返すこともできませんから、的場一家惨殺事件は永遠に解けない謎なんです」

江藤は悔しそうな表情になった。

名取は言葉を挟めなかった。

「それから名取さん、これは甲斐新報《ウチ》の東京支社筋の情報で、ニュースソースは明かせませんが

――」

江藤がそう前置きして口にしたのは、羽生から聞いた、〈犯人は犠牲者のなかにいる〉の記事だった。

「聞いています。亡くなられた方に焦点を当てたものだとか」

名取は取材を受けたことを話した。

「御存知でしたか」

ジャーナリストがどんな記事を書いても、虚偽でなければ止めることはできない。ノンフィクションを執筆している立場からすれば、それは理解できる。

しかしなんの根拠もなく、犠牲になった人たちに容疑者の汚名を着せるのはどうだろうかと不快感を覚えた。

「それがですね。名取さんのお父さんが、その記事《なか》で容疑者として挙げられているようなんです。的場秀雄さんが将棋の趣味があったのは御存知ですか」

「ええ、知っています」

取材を受けた雑誌記者から、父親の趣味は将棋でしたかと訊ねられたのを思い出した。

「的場さんが週末に訪ねていた老夫婦宅での対局に、名取さんのお父さんもたまに参加されていたんです。そのときに、的場さんと揉めたことがあって――」

将棋の指し方で、口論になったようだ。

「あの日、うちの父親は家で臥《ふ》せっていたんですよ。それに、長内さんご夫妻が訪れていたはずです。アリバイは……」

名取はそこで言葉を止め、自分で結論を出した。

「――しかし、そのことを誰にも証明できない」

「そういうことになりますね。でも、それは誰もがそうです。あの夜、なにがあったのか、わからないことのほうが多いんですから」

「うまく言葉が出てきません」

「名取さんが家を出るとき、お父さんは歯が痛いと、タオルで頬を押さえていたんですよね」

「そうです」

「そのとき、お父さんの頬に、痣《あざ》とかがありませんでしたか」

「いえ、わかりません」

「それが……週刊誌の記事では、的場さんに殴られたものだと推測されているようです」

記事では将棋の差し方で口論となり、喧嘩になったという展開のようだ。

「つまり父には……的場秀雄さんと諍《いさか》いごとがあった、と――」

「だから四番目の容疑者にされているようなんです」

容疑者の一番目が岩見条、二番目が隣家に住む神田ふねの高校生の孫、三番目が安曇野大学の学生の一人、そして四番目に名取の父親が登場するようだ。

「これはぼくの勝手な憶測ですが、名取さんが防災科研の方で、著作《ほん》も出していて、ちょっとは名前も知られている立場だから、週刊誌記者はお父さまに目をつけたんじゃないかと思います」

「この週刊誌は、火曜日発売でしたよね」

「そうです。だから三日か、十日でしょうね」

「実際に読んでみないとなんとも言えませんが……ちょっと嫌な感じがしますね」

名取は正直な感想を述べて、江藤に礼を言った。

江藤が呼び出したのは、この情報を伝えたかったからだろう。ありがたいと思った。

遼硅寺《りょうけいじ》の的場家の墓石が悪戯され、そこで発見された名取の著書『日本の土砂災害地図』。そのなかの「諦めずに継続することが大切です」の一文に、マーカーのラインが引かれ、花マル印がされていた。

〈よくできました〉の意味ではないにしろ、この持ち主はどうしてそこに印を打ったのか。そんなことを考えた。

名取の両親は大規模な土砂災害で生命《いのち》を落とした。両親がどのような最期《さいご》を迎えたのか、知るよしもない。

先ほど目にしたばかりの〈虹の丘〉の下に、被災地で起きたすべての真実が眠っている。そのどこを掘り返したとしても、犯罪の全容《ぜんよう》を掴むことはできないだろう。

的場一家殺人事件は、解決される兆しの見えない未解決事件である。だからこそ、名取の父親たちを容疑者扱いする邪推《じゃすい》が生まれる。

長赤災害が発生し、その地中の奥深くに、大量の土砂とともに埋《うず》もれてしまった真実を、もし可能であるなら掘り起こしてみたい。

名取はそう思った。

7

名取は甲斐新報・甲斐放送メディアグループビルを辞すると、携帯電話を確認した。メールや着信の履歴が多数あった。すべて長内美沙子からだった。

約束の時間を大幅に過ぎている。江藤と会う前に、「少し遅れる」と一報を入れてから連絡をしていない。

名取はレンタカーを甲斐大学に走らせた。

大学構内の駐車場に車を停め、美沙子の研究室に向かった。ドアをノックすると、すぐに美沙子が顔をみせた。

名取は手短に、週刊誌の件も含めて江藤との話を伝えた。遅れた理由とその詫びのつもりだった。

「ひとつ聞きたいの」美沙子は真剣な眼差《まなざ》しになった。「この前の……あの陽君の言葉を信じていいの」

名取は頷いた。

「美沙子さんのことが、いまでも好きです」

名取は言ってしまったと思いつつも、自制がきかないまま続けた。

「一昨日、美沙子さんと会って、ぼくの青春時代が戻ってきたと思いました。ぼくは美沙子さんを心から愛しています」

いまを逃せば、正直な気持ちを伝えられる機会はないと思った。

「あのとき、まだ将来のことなんて、なんにもわからなかった。だけど、あのことがなければ、ぼくの愚かな行為がなければ……ぼくは美沙子さん――あなたと結婚したいと思っていた。それはいまも一ミリも変わっていない」

「口がうまくなったのね、陽君」

「そういうわけじゃないです。やっと本当の気持ちを、言えるようになっただけです」

名取は美沙子に近づいた。

彼女の手を取った。かすかにかぐわしい香りがした。

「だめよ」

美沙子が身体をよじる。

「美沙子さん、あれから恋愛は？」

子どもがいるのだ、少なくともひとりの男性とは交際していたことになる。

「していないと言ったら、嘘になるわね」

「ぼくとよりを戻してほしい、と言ったら……」

「だめだって、いまは……」

「いまはだめってことは、いずれはいいってことなんですか」

「わたしは子持ちなのよ」

「そんなのは関係ありません」

「まったく強引なのね。あのときと……」

「あのときと同じですか」

初めて会った高校時代、美沙子は名取のことを知っていた。妹から聞いていたという。

一高のグラウンドで陸上競技大会が開催され、美智子が出場した。名取は同級生だった美智子に「がんばれよ」と声をかけた。

そのことを妹から聞いて、美沙子は名取の名前を覚えていた。

名取は強引に交際を申し込んだ。はじめは相手にしてもらえなかった。

それでも機会をみつけて話しかけたが、頑《かたく》なに拒まれた。あきらめず真摯《しんし》に想いを伝え、周囲には決して口外しないという条件でつき合いだした。

はじめはデートするのもままならなかった。美沙子が甲斐大学に進学して免許を取ってからは、長野県や静岡県にドライブするようになった。

「本当に変わらないのね。いまでも子どもみたい」

「そうかもしれません」

「結婚なんて、安易に口にするもんじゃないわ」

「安易ではありません。ぼくは真剣です」

「そんなに簡単じゃないんだよ」

冷めた声だった。

「簡単じゃないけど、障害はありません。ぼくたちはともにシングルです。世間に対してなんらやましいことはない」

「世間じゃないの」美沙子は表情を曇らせた。「美智子のことよ」

「えっ?」

「これは、姉であるわたしの勘でしかないんだけど……」

美沙子が唇を噛みしめた。言い淀んでいる。

しばらくして、名取が話を引き取った。

「彼女は……いまでもぼくに対してこだわりを持っている――」

美沙子が頷いてみせる。

「陽君に、伝えるべきことじゃなかったと思う。ごめんなさい」

「どうしてそう思うんですか」

「昨日の講演会、陽君が来ることが急に決まったとき、わたしはあの妹《こ》にあえて伝えてなかったの。それなのにどこで聞いたのか、どうしても会いたい、彼と会うときは同席させてほしいと頼まれたの。その理由として、妹があなたに言ったとおりのことを、わたしも説明されたけど、どうやら違うんじゃないかと思った。それは妹の様子を見ていてわかった。なにか……必死な情念を感じた。だから、あの妹《こ》は当時のことを口では謝罪しているけど、心根の深いところでは許していない気がするの。妹は特に、お父さん、お母さんのことが大好きだったから――」

陸上大会のときは、両親が横断幕を作って駆けつけていた。

「それでも……ぼくが美沙子さんを想う気持ちは、いまでも変わりません」

そのとき、ポケットの携帯電話が振動した。

そのままにしていると、美沙子が身体《からだ》を反転させて背を向けた。

「出たほうがいいんじゃない」

名取は携帯電話を取り出した。

液晶ディスプレイには、〈羽生さん〉と表示されていた。

第二章　重力変形

1

名取陽一郎は顔を上げた。

目の前に、ビルが立ち並んでいる。数年後には〈あべのハルカス〉という超高層ビルが建つ。地上三百メートルで、二〇一四年の開業を目指すらしい。完成すれば日本一の高層ビルになるようだ。

名取は天王寺駅《てんのうじえき》を出て、商店街を歩いた。きょうも朝から陽射しが強く、信号待ちをしているだけで汗が噴き出てくる。ハンカチで額を拭いながら歩いていくと、天名堂《てんめいどう》はすぐに見つかった。

年季の入った店構えだった。インターネットに掲載された画像より、いくぶん古びた印象を受けた。

雑居ビルの一階にある古書店は、広い間口を二列の本棚が縦に仕切っていて、客は中央と左右の計三つの隙間から入ることになる。

入口付近の本棚を見ると、昭和四十年代から五十年代に刊行されたミステリーの文庫本が並んでいた。中学、高校時代、名取は父親の本棚にあったミステリー小説を、手当たり次第に読んでいた。

名取は数冊、手に取った。古書とはいえ状態がよく、少し色褪せているだけだ。

本を棚に戻して、奥の小さなカウンターに向かった。そこに座っている七十歳ほどの老人に声をかけた。

「ちょっとお聞きしたいことがあるんです」

店主は横を向いてなにか作業をしていたが、額に上げていた黒縁メガネをおろして名取を見た。

名取は鞄から『日本の土砂災害地図』を取り出して、店主に向けた。

「この新書なんですが、こちらで販売されたものでしょうか」

名取が訊ねると、店主は本を手に取った。

店の刻印を見つけて頷く。

「ああ、そうやな。あんたさんは?」

初めて興味を持ったように、店主は名取を舐めまわすように見た。

「実は、この本を持っていた人のことが知りたくて、こちらに伺ったんです」

「ほしたら警察かいな」

「違います、違います」

名取は首を振った。

「ほんなら、なに者《もん》なんや」

店主は警戒するように目を細めた。

名取は名刺を差し出した。店主がしげしげと眺める。

「なんかの研究、してはる人なん？」

店主は著者であることに気づいていなかったが、しばらく本を捲りようやくわかったようだ。

「これ、あんたさんの本かいな。なんや、そやったんかいな」

先ほどまでとは違う対応になった。

「あるところでこの本を手にしました。著者のわたしとしては、この本を所持していた人が誰なのか知る必要があって、こうしてこちらに伺ったという次第です」

「そらそら、遠いとこをご苦労さんやね」

「この本を購入した方に覚えはないですか」

「ないですな。すまんけど、そんなん覚えてへんわ」

「男性か、女性かもわかりませんか」

店主が首を振る。

「うちには男の客が多いけど、たまに女の人もみかけるし、どっちともいえんわ。カバー、取ってええか」

「どうぞ」

店主は大型書店のカバーを外して、あらためて本を見た。

ページを繰り、刻印をつぶさに調べる。最後に奥付を確認した。

「時期はわからんけど、これをお客さんが出しはったんが、二〇〇八年十二月十日やから、そんなに古いもんやないわな」

店主は裏表紙をめくり、目を近づけた。

「この本は発売直後に入ったもんや。ほれ、一度二百円と書いとったみたいやな」

名取は渡された本を見た。消された痕があった。

〈100〉と記される前に、〈200〉と書かれていたようだ。

店主の話では、定価七百円の新書本が発売直後に入荷した場合、通常二百円程度に値段設定をするという。それが売れ残ったため、百円に値下げしたのだ。

「この本を値下げしたんは、はっきりとはわからんけど半年くらい前とちゃうかな。それとちょっと気になるんは、この書き込みや」

店主は見返しに記されたＤＢやＰＣの文字を手で示した。

「これは符号やな。最近流行《はや》りだした、西成《にしなり》の職安の求人広告のメモやで」

あいりん労働福祉センターの一階ロビーの掲示板に、求人広告が貼り出される。その内容を箇略化したものだった。

名取が福祉センターの場所を訊ねると、天王寺駅から五キロほど離れたところにあるという。

「買った人は福祉《ふく》センで仕事、探してはる人とちゃうか」

「これを見ていただきたいのですが……」

名取は、第Ⅲ章に引かれたオレンジ色のマーカーペンのラインと花マル印を店主に見せた。

「なんや、これ。こんなんあったら売り物《もん》にできんから、買《こ》うたあとに引いたんやろな」

「この書店のカバーは、この店でつけたものではありませんね」

名取は、店主が外して脇に置いたカバーを示した。

「そうやな、これは天王寺駅ビルにある本屋のもんや」

大型チェーン店が駅ビルに入っているらしい。そのとき、名取は紙カバーの裏面に、なにか書きつけてあるのに気づいた。

「これはなんや?」店主が取り上げて、それを広げた。「英語やな」

店主の言うとおり、英文が筆記体で記されている。

The strongest of all warriors are these two ——Time and Patience.

「すべての戦士のなかで、もっとも強いのがこれらの二つだ、時間と忍耐——という意味かな」

名取は和訳してみた。

それを聞いた店主が首を捻る。

「いまのん、聞いたことあるで……」しばらく記憶を探るように黙り込んだ。「そや、トルストイや、アヤノトイレや」

『戦争と平和』や『アンナ・カレーニナ』を著した、ロシアの文豪の言葉らしい。

しかし、なんとかトイレの意味がわからない。

店主が机の引き出しを開けて、ごそごそとなかを探る。取り出したのはマッチだった。

〈スナック あや〉と印字されている。

「新今宮駅の近くに、〈あや〉っちゅうスナックがあんねん。そこのママさんが綾乃《あやの》さんていうんや。そこのトイレに春先やったか、英語の落書きがされてたんや。それを訳すと、いまみたいな日本語になるんや。それがトルストイの言葉やって話や。わしもおもろいから、いっぺん見に行ったんや。そや、強い兵隊さんが持ってはる二つのもん、それは時間と耐えることやって聞いたことあるで。あれ、ちょっとちゃうかったかな……」

英文はその落書きのようだ。

本の持ち主はなぜ、その英文をここに書いたのだろうか。落書きをしたのは、この本を持っていた人なのか。

〈あや〉を訪ねてみようと思った。

「このマッチ、お借りしていいですか」

名取が手に取り住所を確認すると、

「それやるわ。大阪湾に掃いて捨てるほどあるんや」

名取は遠慮なくもらい受けることにした。

「すんまへんな。言い訳がましいんやけど……いま東京アレルギーなんですわ」

最近、東京から来た二人のビジネスマンが時間潰しに訪れて、店先でさんざん悪口を言って帰ったようだ。

「かわりに、なんか買《こ》うてもらえると嬉しいんやけどな」

「そのつもりでした。ありがとうございました」

名取は礼を述べたあと、入口付近に並んでいた文庫本を二冊抜いて、カウンターに置いた。

『他殺岬』と『求婚の密室』というタイトルの作品だ。

「笹沢左保《ささざわさほ》の天知昌二郎《あまちしょうじろう》もんかぁ。あんたさん、ええ目してるがな」

店主が初めて笑顔をみせた。

2

〈あや〉は、天名堂店主に教えてもらったとおり、南海線新今宮《しんいまみや》駅から徒歩三分ほどの商店街の脇道を入ったところにあった。

時間が早いせいか、店は閉まっている。

名取は駅の地図で確認して、あいりん労働福祉センターに向かうことにした。

途中大きな道を行くと、周辺の様子が少しずつ変わっていった。街角に捨てられているゴミの量が増えてきた。

自動販売機に目をやった。通常よりもかなり低い価格設定となっている。

〈西成警察署〉と看板の立った建物があった。その近くの通りには、一泊千円以下の簡易宿泊所が並んでいた。

平日の昼間なのに、道路の端には初老の男たちがたむろして、ビールを飲んでいた。先日報道された、〈匿名パンダ〉が住んでいた〈あいりん地区〉だった。

労働福祉センターの構内の所々に、男たちが座り込んでいる。求人案内の掲示板はすぐに見つかった。そこには四件の貼り紙があった。

三件が土木作業員を求めるもので、もう一件はパソコン作業による資料作成だった。時給七八〇円とある。名取は本の符号を見た。

〈PC780〉と記されている。天名堂店主の言うように、求人広告をメモしたものかもしれない。

時報が鳴った。名取は腕時計を見た。

針は正午を示していた。名取は慌てて、建物を出た。

一時間後、名取は大阪市内の喫茶店で、大学時代の友人と久しぶりに会った。

羽生はるかはすでに到着していて、名取は十分ほど遅刻して彼らと合流した。災害対策に関するあらたな視点を友人は持っており、それは非常に参考になった。

取材を終えてからも、京都や大阪の話題で盛り上がり、気づいたときは午後六時を過ぎていた。友人も羽生はるかも、次の仕事があると言って店を出た。ひとりになった名取は再びスナックに向かうことにした。

〈あや〉は開店していた。店内からカラオケの音が聞こえた。

ドアノブは重い真鍮製だった。

店は小ぢんまりとしていた。奥に細長いスペースで、カウンターに五人分の椅子、反対の壁際にテーブルが二つ並んでいて、小さなソファが取り囲んでいる。

そこには五人の初老の客が腰かけて、一人がマイクを握っている。

名取は空いていたカウンターの端の席に座り、ウイスキーの水割りを注文した。

グラスを傾けながら、周囲に目をやった。

カウンター内では五十代ほどのママが忙しく立ち働いていた。彼女が綾乃なのだろう。

アケミと呼ばれる二十代くらいのうりざね顔《がお》の女が、あまり器用ではなさそうに——というより運ぶものを間違えたり、注文を勘違いしたりしながら客の相手をしている。

決して美人ではないが、愛嬌がある。

空いたグラスを下げる手つきや腰を落とすときの身のこなしがきれいで、見ていて気持ちがいい。そのためか、馴染みらしい客からはからかわれながらも、愛されているようにみえた。

「アケミちゃん、その水割り、わしのやで」

客の一人が苦笑しながら言うと、周囲に笑いが起きた。

それは馬鹿にしているのではない。またかという諦めのなかに、親しみがこもった不思議な笑いだった。

名取が見ている間だけでも、三回は注文を間違えている。熱心に仕事をしているわけでもなさそうだ。誰もそれに目くじらを立てることはない。

最近バラエティ番組で活躍している、二世タレントに似ている。彼女を見ながら、所作《しょさ》がきれいなのは、それなりの教育を受けたからだろうかと思った。

午後十一時を過ぎたころ、名取以外の客はすべていなくなった。店は午前零時に閉店になる。

アケミが店内の掃除をし始めたとき、名取はママに話しかけた。

「すみません、この本に見覚えはありませんか」

カウンターに、カバーをかけたまま『日本の土砂災害地図』を差し出した。

ママは怪訝そうにそれを手に取り、ページを繰ったところで顔を上げた。

「あ、これっ、なんか見たことあるわ」ママはカバーを外して、そこに記された英文を確認した。

「これっ、教授が持ってたやつゃん。なあ、アケミちゃん」

ママがアケミに声をかける。

「ほらほら、これ、難しそうな本やったやん」

アケミが近づいて本を手に取るが、覚えていないのか首を振ってみせた。

そこに記された符号について訊ねると、

「ああ、いつの間にか、流行りだした符号やね」

そう教えてくれた。ＰＣがパソコン作業、ＤＢは土木作業という意味らしい。

「お客さんはどちらさんで、これ、どないしはったん？　大阪の人やないみたいやけど」

初めて興味を持ったようにママが訊ねる。

名取は本を山梨県で取得した旨を伝えると、名刺を差し出した。

アケミも興味を惹かれたのか、二人でしげしげと眺めている。

「どっかで聞いたこと、あるなあ」アケミが言う。「あ、テレビに出てた人とちゃうん？」

「ええ、まあ」名取は頷いた。

ママも覚えていたのか、「ほんまやわ、え、この本書いた人とちゃうん」と反応した。

いつもの習慣で、二人のフルネームを訊ねたところ、ママは赤城綾乃《あかぎあやの》、アケミは渋沢明美《しぶさわあけみ》と名乗った。名取はあらためて自己紹介をした。

綾乃に頼んで、トイレの落書きをみせてもらった。

店の右奥に、男女兼用のトイレがあった。ドアを開け、なかに入った。

落書きはすぐに見つかった。トイレの、入口から見て右側の水色のタイルに黒いアルファベットが並んでいる。

The strongest of all warriors are these two
——Time and Patience.

と、二行で書かれていた。

それは手書きではなく、型紙を使ったステンシルで描かれている。トイレから戻ると、綾乃が笑顔をみせた。

「なんか、きれいな落書きやと思わへん?」

「ええ、まあ」

「教授が図書館で調べてくれたんよ。『あらゆる戦士のなかで、もっとも強いもんが二つある、それは時間と忍耐力なんやで』とかいう意味らしいんやけど、なんやイカしてるやんって、明美ちゃんとも話しててん。消すんもめんどくさいし、そのままにしてあるんよ」

名句集では、〈patience〉は〈忍耐力〉と訳されているという。

この〈忍耐〉という言葉が、〈101回〉や〈諦めずに継続することが大切〉に通じると、名取は思った。

「その……教授というのは、匿名で阪神・淡路大震災の支援物資を送っていた、〈匿名パンダ〉さんのことですか」

名取は江藤の話を思い出した。

「ええ、そうなんよ」綾乃が答える。

男は〈渡見学《わたみまなぶ》〉という名前らしい。それが本名かどうかはわからないようだ。

「教授が自殺したとき、部屋には青いビニールシートが敷かれていたんです。部屋を汚さんようにという教授の配慮やったんやと思います。家財道具も処分していたようです」

「自殺したのは間違いないんですね」

「警察も調べてはったし、服のポケットから遺書も見つかってたし、そうやと思います」

遺書には『皆様、お世話になりました。最後に、わしの我儘《わがまま》でご迷惑をおかけします。いま持っているお金はこの封筒に入れておきます。これは諸々《もろもろ》後始末のために使ってください』と書かれていた。

渡見学が、『日本の土砂災害地図』を所持していた人物だろうか。

トイレの落書きを見た教授が、英文を書き写して調べて、トルストイの名句とわかった。

「その渡見学さんのことを教えてください」

「そう言われても、わたしらもようわからんのよ。ねえ、明美ちゃん」

「そうやね」明美も物憂《ものう》げに頷く。「結局、よう知らんままやったね」

渡見学の素性《すじょう》は不明だった。

年齢は五十九歳になると聞くが、自己申告なので本当かどうかわからない。

十数年前、あいりん地区の簡易宿泊所にふらっと現れて、それ以来、そこに住みつき、建設現場などの日雇い労働をしていたようだ。

「そういえば」赤城綾乃が思い出したように言った。「初めて店《うち》に来《き》はったとき、大阪《こっち》の言葉やなかったね」

「そうなん？」

「どっちかいうたら、関東風やったかな」

おおざっぱな分類だが、関西出身ではなかったようだ。そのうち土地に馴染むにつれて、関西風の言葉になった。

「〈教授〉は物知りやってね、テレビのクイズ番組を見てても、難問をあっさりと解答してて、頭よかったやんね」

日ごろから本や新聞をよく読んでいて、博学だったことから〈教授〉のあだ名がついた。

あいりん地区の住人は過去と縁を切った者が多く、戸籍さえない者もいる。

渡見学はあいりん地区の簡易宿泊所で暮らしながら、最近ではパソコンを使った仕事をしていたという。

「教授はけっこう神経質なところがあったんよ。それだけめっちゃ真面目やったんと思うわ。なんか哲学書に出てくる話もしてたね」

赤城綾乃が懐かしそうに口元を綻ばした。

「それに……身寄りがないとか言うとったね。明美ちゃんも覚えとるやろ」

「別に――」明美が小首を傾げた。「実はうち、あの人、インキやったし、興味なかったんよ。うちのこと、あほあつかいしとったし」

「そら、あんたが漢字知らんかったから、教授が教えとっただけなんちゃうん」

「知らんゆうたって、〈薔薇《ばら》〉とか、むっちゃムズい漢字、いっぺん間違えただけやん。そやのに、えらそうな言い方しはったで。胸くそ悪い」

〈教授〉こと渡見学は、スナック〈あや〉の常連だった。

週末になると、ひとりでふらっとやってきた。いつもカウンターの端の席に座り、ボトルキープしたウイスキーをちびちびと飲みながら、静かに時間を過ごしていた。

「カラオケするんでも、おしゃべりするんでもなく、わたしと一言二言――といっても『教授、景気はどう?』、『まあ、ぼちぼちやな』って話すくらいやったね。あと、ほかのお客さんがおらんとき、たまに明美ちゃんを注意したりしてましたわ」

「真面目に仕事せいっとか、漢字くらい覚えろとか言われてました」

明美が舌を出す。

「そのほかになにか思い当たることとか、変わったこととかありますか」

「いっぺんだけ、えらいお酒に酔って、なんかぐちぐち言うてはったね」

「どんなことですか」

「『わしはもうおしまいや』とか、言ってはった」

「それはいつごろのことですか」

「五年くらい前やったかな……」綾乃が首を捻る。「インドかどっかで、おっきな津波があったでしょ。あの前後くらいやと思います」

二〇〇四年十二月二十六日のスマトラ島沖地震だと思った。

このときなにがあったのか。それが今回の自殺と関係があるのだろうか。

「自殺をするような兆候《ちょうこう》はあったんですか」

「ぜんぜん――」綾乃が首を振る。「突然やったから、びっくりしたんよ。亡くなる直前やったから……五月九日の夕方やね。店に来て、静かにウイスキー飲んで新聞読んではりました」

「大震災の被災者への支援についてはどうですか」

「あの人らしいなあと思いました」

「というと」

「そやね。困った人がいはったら、なんや助けたりしてはったんです。あと野良猫や野良犬によく餌をあげてはったね」

「あれは嫌《や》やったわ」明美が表情を歪める。「あんなんされたら、犬猫が居着くんよ。迷惑やわ」

「まあ、そない言う人もいはりましたね。とにかく動物好きやったね」

岩見条が猫好きだったことを思い出した。

避難宅に入った窃盗犯が猫に餌をやっていた可能性があることから、岩見条犯人説が囁かれた。しかし、猫好きは日本じゅうに大勢いる。それだけで、なにかの結論を導き出すのは早計だ。

「渡見学さんの写真ってありますか。あれば見せてほしいんですが」

名取が訊ねると、「ありますよ」と綾乃が答える。

カウンター奥の厨房に入ると、大型百科事典ほどの缶を手に戻ってきた。それを開いて、なかから数枚の写真を取り出す。

手渡されたのは、カウンター内の綾乃と席に座った壮年の男性のツーショット写真だった。色艶が良く、二重瞼《ふたえまぶた》の眼は理知的で、端正な顔立ちだった。頬がふっくらして、やや中年太りしている。

ほかに、大勢の客と綾乃と明美に挟まれて、居心地の悪そうな表情を浮かべている写真があった。

「この写真、撮《と》ってもいいですか」

「かまへんよ」

名取は携帯電話を取り出した。

数枚の写真を並べて、一枚ずつ撮影する。

「写真撮られるん、苦手やったみたいやね。この日はわたしの誕生日で、無理矢理一緒に撮ったんです。無理に笑うのができへんとか、顔が陰気やから自分の顔が好きやないとか言うてはったね」

綾乃の声が小さくなった。

名取はもう一度写真を見た。岩見条に似ていないと思った。

「あ、そうだ」

綾乃は背後のウイスキーが並んだ棚から、サントリーのボトルを取り出した。

ボトルに〈わたみまなぶ〉と、マジックで書かれた札がかけられていた。英文と同じ、しっかりとした楷書《かいしょ》の文字だ。

「教授のボトルキープのもんなんやけど、教授が亡くなって、どないしよかと思ってたんです。せっかく教授のこと思い出したんやから、一緒に空けましょう」

綾乃は名取の返事もきかずに、グラスを出して注ぎ始めた。

綾乃の話では、阪神・淡路大震災の直後、釜ケ崎《かまがさき》は復興特需《ふっこうとくじゅ》で、仕事の手配師や労働者で溢れ返ったという。しかし建設現場の機械化などで求人は減少し、いまは震災直後に比べて五分の一程度になったようだ。

そのうち、渡見学の寄付の話になった。

「匿名パンダさんは、衣類や日用品なんかを神戸の支援団体に送付してはったんよ。住所はでたらめやったけど、必ず〈匿名パンダ〉って書き添えてたの」

そこで江藤から聞いた話を思い出した。

「そういえば、匿名パンダさん、いつもビニール袋持っていたそうですね」

「そうそう、あれはびっくりしたわ」綾乃が声を張り上げた。「店《うち》に来はじめたころやったかな、ウイスキーがちょびっと残ってて、『持って帰って飲みいや』言うたら、あのひと、いきなりズボンのポケットからビニール袋を出してきて、ボトルを入れたんよ。『それ、なんなん?』って聞いたら、『いつもこうしてる』って言うてはった。ちょっと待ってや」

綾乃が厨房に入ると、すぐに戻ってきた。

「これやわ」

彼女がカウンターに置いたのは、名取も使っている、手で両端を持てるタイプの半透明ビニール袋である。

商品袋に表示された収納サイズは、奥行一五〇ミリ、幅二〇〇ミリ、縦五三〇ミリだった。

「長いもん――たとえば傘とかやと、教授、これを上と下から被せて、真ん中で両方の手で持つとこをしばってはったんよ。めっちゃびっくりしたけど、そのうち慣れたわ」

「うちもはじめて見たときびっくりしたわ」

「なんでも分類すんの、好きやったし、几帳面やったね」

綾乃がボトルの二杯目のグラスを傾けた。

「うちもそう思うわ」

いつの間にか、明美はカウンターの隅に座り、ちゃっかりと教授のウイスキーを飲んでいる。

綾乃はウイスキーを飲み干し、カウンターの本を見た。

「教授が最後に来た日に、この本、あげるわって言われたけど断ったんです。あの人は読書が楽しみで、いろんな本を古本屋で買って大切に読んではったから。そやのに、なんで山梨にあったんやろ」

綾乃が明美に声をかける。

「そういえば、あんたにも声かけとったな」

明美が顔を伏せ、カウンターの表面に目を落とした。

「あの日……うちもその本、あげるって言われたわ。けど『いらんわ、そんなん。読まへんし』って言うたら、『そらそうやな、おまえのアタマやったらな』とかなんとか、腹の立つ言い方しくさって帰っていきよったわ。死んだひとのこと、悪く言いたないけど、うち、教授のこと好きやなかった。インテリ風でいけ好かん、ひとやったわ」

明美の乾いた声が胸に響いた。

3

翌朝、名取は九時過ぎの新幹線で東京に戻った。

今週いっぱい夏休みを取得していたが、一度職場に顔を出そうと思った。

JR東京駅のプラットフォームで、きょう発売の件《くだん》の週刊誌を購入したが、的場一家惨殺事件に関する記事はみつからなかった。来週十日の発売号に掲載されるのかもしれない。

名取は昨夜の話を思い出した。

赤城綾乃によると、渡見学は猫好きだったようだ。そして、もう一人猫好きの男がいた。

昨夜は一度否定したものの、なんの根拠もなく渡見学が岩見条ではないかと思った。

名取はこれまで何度も報道された、的場秀雄の写真を脳裏に浮かべた。的場は痩身の印象があった。頬がこけており、太い眉毛に、神経質そうな眼をしていた。

岩見条も風貌は兄と似ている。岩見は普段から肉体《からだ》を動かしているためか、筋肉質の体躯をしていた。

これまで週刊誌などで目にした的場秀雄や岩見条に、渡見学は似ていない。顔つきがまるで違うが、最近の整形手術の技術はかなり高い。

もしそうなら、整形をしたか否かにかかわらず、岩見が生きていたことになる。

明央《めいおう》防災科学研究所に到着したとき、携帯電話が鳴った。美沙子からだった。

「美智子がいなくなったの」いきなり美沙子の慌てた声が聞こえた。「あなたのことを訊ねられて、編集者の羽生さんと仕事で大阪に行ったと伝えたんだけど、それから様子がおかしくなって、出て行ったきり、ひと晩、戻って来なかったみたいなの」

名取は美沙子を落ちつかせて、そのうち帰ってくるだろうから待っているようにと伝えた。

研究所の正面玄関からロビーに入り、名取は足を止めた。

そこに見知った顔があった。美智子だった。

「いまお姉さんから電話がありました。美智子さんがいなくなったと心配しています。早く連絡してあげてください」

「あんたは姉さんに連絡したってわけ？　大阪に行ってたんでしょう。あのきれいな女性編集者と会っていたんでしょう」

美智子の目は血走っていた。〈あんた〉と呼びかけた言葉に、背筋が震えた。

「ええ、そうです。仕事ですから」

「もう知っていると思うけど、美沙子姉さんの娘――恭子《きょうこ》はね、あんたの子どもなのよ」

名取は息を呑んだ。

「まさか、娘さんは十二歳なんですよね。その子が生まれる二年前から、ぼくは美沙子さんと一度も会っていません」

「なに言ってるの。恭子はね、十四歳の中学二年生なのよ」

美沙子から聞かされていたのと違う。

そのとき、長内美智子は名取に向かって、つかつかと一直線に近づいてきた。

その目は異様なまでに見開き、吊り上っている。「あんたは人殺しよ」と、責められたときと同じ目だと思った。

一瞬ひるみかけたが、名取は意を決した。

「ぼくはいま初めて、思い知りました。長内美智子さん、あなたはいまも、あのときと同じ思いでいるんですね」

訊くまでもなく態度をみれば一目瞭然だが、確認せずにはいられなかった。

「わたしはいまもあんたを憎んでいる」

ついに美智子は〈憎い〉という言葉を口にした。明確な彼女の意思表示だった。

「まず教えてください。娘ってどういうことですか。長内講師の娘さんは、十二歳の小学六年生じゃないんですか」

「違うわ。どうしてそんなでたらめを言うの」

「長内講師ご本人からお聞きしました」

「姉さんが嘘をついたのね。本当の年齢《とし》を言ったら、あんたが気づくと思ったんじゃない」

「美智子さん、ちょっと待ってくれ――」思わず言葉遣いが乱れた。「そのキョウコっていう長内講師のお子さんのこと、お姉さんから聞いたのか」

「そんなこと、姉さんは一言も話したことはないわよ。でもね、わかるのよ。恭子があんたの子どもであることくらい。中学生くらいになるとね、似てくるのよ、父親にね。恭子はね、あんたや姉さんに似て美人なのよ。そんな姪の表情《かお》を見るにつけて、わたしは昔のことを思い出してしまうの」

名取は動揺していた。

もしかしたらという思いがどこかにあった。名取はそれを悟られないように、唇に力を入れた。

「きみが苦しんだのは、すべてぼくのせいだ。本当に申し訳なかった。許してほしい」

名取は深々と頭を下げた。

いまはただ礼を尽くし、許しを請《こ》うことしかできない。

「いくら謝られても、わたしはあんたを許さない。決して――」

そのとき制服姿の警備員が近づいてきた。

名取たちのやり取りを聞いていたのだろう、彼は慎重に美智子の横合いから姿を見せると、

「お客さま、なにか不都合でもありましたでしょうか」と声をかけた。

「なにもないわよ」

美智子が吐き捨てる。

激しく反抗するかと思っていたが、彼女は「わたしの言いたいことはこれがすべてよ」と踵《きびす》を返した。

美智子の姿がなくなると、同僚研究員たちの姿がみえた。周囲には何人かが集まりだしていた。その一人がおずおずと口を開いた。

「名取君、大丈夫か」

「ありがとうございます。お騒がせいたしました」

「ある程度聞いてしまったんだが……いったいどうしたんだい」

「いや――」と言いかけて、名取は顔を上げた。「ぼくに子どもがいることがわかりました」

「子どもって、じゃあ、いまのひととの子かい」

「いいえ、違います」

名取の返答のあと、後ろで声が聞こえた。

「それはよかった」

名取が振り返ると、藤堂健吾所長が立っていた。どちらの意味の、〈よかった〉なのだろうかと考えた。

藤堂所長は笑顔をみせた。

「いまどき、子どもがいたなんて、いい話じゃないか」

4

名取は車窓の風景に目を向けた。

山梨県に向かうのは高校卒業以来二度目になるが、いまはまるで違う思いを抱いている。

四日前、名取は心に檻《おり》をまとっていた。故郷《ふるさと》の土を踏むのが怖かった。

だが長内美沙子と会い、江藤亨と久しぶりに交流できて、やわらいだ気持ちになったのは確かだ。

そしていまは――

自分に娘がいることに戸惑い、同時に喜びを感じている。

それが、美沙子との間に生まれた子どもだというのだから、なおさらだ。自分の娘の存在を知り、身体を突き動かされるように山梨に向かっている。

娘に会いたい。もう一度、可能であるのなら美沙子とやり直したい。

美沙子には美智子と会ったこと、これから訪問することを、簡単に伝えていた。

彼女は「わかった」とだけ返してきたが、名取の意図を察しているのかもしれない。

甲斐大学の長内美沙子の研究室に入ると、名取は思わず彼女の身体を抱きしめた。

「美沙子さんはぼくの子どもを産んでくれていたんだね」

「そう……丁寧で慎み深くと願って、恭子《きょうこ》って名づけたの」

美沙子は名取の腕のなかでおどけてみせたあと、声を落とした。

「ごめんなさい……いままで黙っていて」

美沙子が窮屈そうに身体を動かしたので、腕を緩めた。

美沙子はするりと身体を離すと、一旦背を向けてから振り返った。真一文字に結んでいた唇がほどけた。

「妊娠したことに気づいたのは、大学二年の夏の初めのころだった」

「ぼくがまだ山梨県《こっち》にいたときだったんですね」

八月で妊娠三カ月。その六カ月半後に出産したという。

「そのころわたしは親戚がいる長野県で暮らしていて、祖父母の家の近くの病院で、恭子を生んだの。一九九六年四月五日のことよ。祖父や祖母、親戚や美智子からも恭子の父親のことを問われたけど、みんなの知らない人よとだけ答えておいたの。だからあなたの子どもであることは、誰ひとり知らないはずよ。わたしたちがつき合っていたことを知らないかぎりね」

「どうして教えてくれなかったんですか」

「大学に進んだばかりの陽君には言えない。そう決意したの」

「でも……」

美沙子は首を振った。

「この前、陽君自身が言ったでしょう。『まだ将来のことなんて、なんにもわからなかった』って。わたしもあの当時、そう感じていたの。だから自分で決断したの」

「それでも、ひとりでなんて……」

「ひとりじゃないわよ。大学時代、助けてくれる友だちはいっぱいいたわよ。いまも大学時代の同級生が――その友だち、在学中に結婚したんだけど、彼女がたまに恭子の面倒をみてくれたりしているの」

苦労したけど、とても大切な友だちもたくさんできたの、と美沙子はつけ加えた。

名取は想像するしかなかった。

学生のころに妊娠、出産をして、いまに至っている。その間の美沙子の人生を思うと、厳しいものがあったのだろうと容易に想像がつく。

その道を歩ませてしまった責任は、名取にもある。

美沙子は笑顔をみせた。

「わたしはそれでよかったと思っているの」

七月に月のものが来ないことでおかしいと思い、妊娠検査キットを使ったところ、陽性だった。

その後、産婦人科に行って、妊娠二カ月――第五週だと告げられた。

「あのとき――うちのお父さんとお母さんがあなたの家に向かったのは、美智子のことじゃない。わたしのことだったの」

「ご両親は、ぼくたちのことに気づいていたってことですか」

「実は、お母さんにだけ話していたの」

洗面所で嘔吐《おうと》していたとき、母親に声をかけられた。そのときに、名取との交際の事実を話したという。

それが長赤災害の直前のことだった。

「あの日、お父さんは美智子に、『文句を言ってきてやる』と言っていた。でもあのとき、『お姉ちゃんが名取との子どもを妊娠した』とは言えなかったはず。お父さんたちも災害に巻き込まれるとは想像もしていなかっただろうから、妹に伝えるのは先延ばしにするつもりだったんだと思う」

「じゃあ……」

名取は二の句が継げなかった。

自分がしたことの重大さに愕然とした。唇を噛み、涙をこらえた。

名取の不良行為が原因で、美沙子姉妹の両親が長赤ニュータウンに赴いたと考えていた。しかしその理由がいまの話どおりなら、彼らを〈被災地《ニュータウン》〉に向かわせたのは美沙子の妊娠以外にない。

この罪は死ぬまで消えないものだと思った。

自分たちの行動で、二組《ふたくみ》の家族――四人の生命《いのち》が絶たれることになった。

「両親を死に追いやったからこそ、わたしは陽君とのことを諦めざるを得なかったの」

――あんたがうちのお父さん、お母さんを殺したのよ。あんたは人殺しよ。

長内美智子が名取に放った言葉は、そのまま美沙子の胸にも刺さったはずだ。

美沙子は辛い思いをしながら、自分の子どもを産んで育ててくれた。深い感謝の気持ちで、胸が詰まった。

「今回、明央防災研《めいおうぼうさいけん》から高持《たかもち》さんの講演キャンセルの連絡があったとき、即座に名取主幹研究員を、とお願いしたの。わたしが陽君を指名したのは、あなたに恭子のことを話すいいきっかけになるんじゃないかと思った。でもこの前、実際にあなたと顔を合わせたとき、子どものことを訊かれてとっさに十二歳って口にしたのは、ためらいがあったからだと思う。たぶん美智子が同席することになった動揺もあったのかもしれない」

「ありがとう、美沙子さん――」名取は深々と頭を下げた。「そしてごめんなさい、なにも知らなくて……」

美沙子はなにも答えない。

名取は顔を上げると、一歩前に出た。美沙子の身体《からだ》がびくりと震えた。

「抱きしめていいですか」

「さっき、いきなり抱きしめたくせに――」

「いいですか？」

「だめよ」

美沙子は反転し、背を向けた。

名取は美沙子の身体をゆっくりと抱きしめた。小さく美沙子が抵抗する。

「もう二度と、美沙子さんを離したくない」

5

名取は美沙子の温もりを感じながら、何度も同じ言葉を繰り返した。

しばらくすると、美沙子は身体を離し、咳払いをした。白衣を整え、名取に目を向ける。

「もしかしたら、美智子は恭子の父親のこと、あなたのことを、なにかしら気づいていたのかもしれない。でも、わたしはあなたが恭子の父親だとは決して口にできなかった」

その一方で、美沙子は妹の態度に、異常さを感じていた。

美智子が同席したいと言い出したとき、一度は拒否しようとした。

しかし、妹に過去の自分の愚かな言動を謝罪したいと懇願されては、むげに断れなかった。

「陽君がこの部屋を訪れたとき——美智子の服装がいつもと違っていたの。まるでデートにでも行くような感じだった。それにあのとき、いつもはしないマスカラをつけていたの。普段はおしゃれしないから、おかしいなと思っていたんだけど……」

美智子は名取を好いている、と気づいた。

だから自分が名取とよりを戻してはいけないと思ったという。

「娘に、その……父親のことをどう話しているんですか」

「なにも言ってないよ。ただ、いつか会わせてあげるとだけ言っている」

「恭子さんに会わせてもらえませんか」

名取は決意を込めて言った。

「まだ早いわ。いきなり会わせても、恭子が驚くと思うの」

それもそうだと納得した。

だが一目でも会いたいと、胸が騒いだ。

「それより……」美沙子がおずおずと口にした。「美智子じゃないけど……わたしも羽生さんとのことが気になるの」

「羽生さんとは仕事だけの関係です」

名取は、羽生が新しい著作のために尽力してくれていることを話した。

「それよりこんなことがあったよ」

名取は〈あや〉での話を伝えた。

「この前、ワイドショーで観たことがある」美沙子が二度頷いた。「渡見学《わたみまなぶ》――〈匿名パンダ〉

さんね」

ことし五月九日にあいりん地区で自殺した男、渡見学。

彼が的場一家惨殺の犯人、岩見条だったのではないかと一瞬考えたが、写真を見るかぎり岩見条には似ておらず、理知的な表情をしていた。

それを伝えると、美沙子は首を振った。

「整形手術をしたのかもしれないよ。そうすれば人物の印象はかなり変わると思う」

たとえそうだとしても、渡見学はなぜ自殺したのだろうか。まったくわからない。

「陽君、これからどうするの」

「とりあえず、東京に戻るよ。週末には、長赤災害で犠牲になった安曇野大生の遺族に話を聞きに行く予定になっている」

名取は執筆中の著作の話をした。

羽生はるかの同行がキャンセルになった旨を伝えた。先ほど、携帯メールで連絡があったばかりだ。

「じゃあ、一緒に行っていい？　それとも、関係者以外の同行はだめなの」

「だめじゃないけど、本当にいいのか」

「週末は娘と、ごろごろしてるだけだもん。土曜は恭子も大会とかでいないから、暇なのよ」

嬉しさがこみあげてきた。

「あなただけじゃなく、助手みたいなひとが一緒にいたほうが、相手も話しやすいかもしれないよ」

そう説得されては、断る理由もなかった。

夕方、美沙子のアウディで甲府駅まで送ってもらった。

途中、駅前の携帯電話ショップに立ち寄り、二人で同じ機種のスマートフォンを購入した。カバーは色違いの、同じ絵柄の入ったものを選んだ。

携帯電話のデータをすべて移し替え、互いのナンバーとメールアドレスを登録した。ささいなことだが、これでいつでもつながっていられると思うと嬉しかった。


八月四日は自宅での執筆活動にあてた。

五日の朝、名取は明央防災科学研究所に二時間早く出勤すると、自分の研究室にこもって仕事をした。

今週いっぱい休暇を取っていたが、職場の総務担当者に連絡し、五日と六日の休みを、来週九日月曜日と十日火曜日に振り替えてもらった。

玄関ロビー騒動は、研究所内の全員に知れ渡ったようだ。しかし同僚たちは名取に気遣って、触れずにいるように思えた。

もともと個別に部屋を与えられ、個室内でパソコンに向かい、データ蒐集《しゅうしゅう》、計算機による数値計算の実施、そこから導き出される結果を文章にまとめていくといった地味な作業ばかりだ。周囲と交わる機会が少ないぶん、目先の研究項目に集中できた。

そのなかで唯一声をかけてきたのが、高持主幹研究員だった。

高持は五日に出勤し、高知土産を手に名取の研究室に顔をみせた。

「名取君、急に代役を頼んで申し訳なかったね」

身内の不幸は子どものころから世話になった大伯父だったと、聞きもしないのに教えてくれた。立ち去る間際、高持が「長内講師に会えなかったのは、ちょっと残念だったな」と太い溜息を洩らしたとき、美沙子を周囲のひとがどのように見ているのか、わずかに想像できた。

名取は二日にわたって業務を行った。

六日の夕方になって、羽生はるかから、あらためて四名の安曇野大生遺族と連絡が取れた旨の報告があった。唯一、山梨県出身の遺族は、居を九州に移していたため、今回の取材から除いていた。

夜遅くまで残業し、特急〈あずさ〉に乗り込んだ。甲府駅に到着したときは日付が変わっていた。

名取は、先日と同じ甲府駅前のビジネスホテルに投宿した。

6

八月七日の朝、名取はホテルをチェックアウトして、甲府駅に向かった。

美沙子が車を出すという。

駅南口のロータリーで待っていると、クラクションが聞こえた。見覚えのあるオレンジ色のアウディが近づいてきた。後部座席に人影が見えた。

一瞬、美智子かと思ってどきりとしたが、それがセーラー服姿だとわかり、こんどは別の緊張が走った。アウディが目の前に停まった。

名取が助手席に乗り込むと、美沙子は後部座席に顔を向けた。

「娘の恭子《きょうこ》です。恭子、東京からいらした名取さん――」

名取は身体をよじって、後部座席を見た。美沙子に似たポニーテールの女の子が座っていた。

「初めまして、長内恭子と申します」

こくんと顎を引いて挨拶する。

お茶目そうな表情は、高校時代の美沙子そっくりだと思った。挨拶も丁寧だ。

「初めまして。な、名取です」

逆に、名取がぎこちなくなってしまった。

「ごめんなさいね、名取さん。この娘《こ》が急に乗せてって言うもんだから」

「すみません、しばらくお邪魔します」

「で、どこへ行けばいいの」

美沙子が娘に訊ねた。

「北杜市《ほくとし》のスポーツの森公園。北杜市役所の白州《はくしゅう》総合支所のとこで降ろして」

美沙子が車を発進させる。

「大会だっけ」

「え、まえに言ったよー。県の地区大会だよ」

「ごめん、ごめん」美沙子がちらりと名取を見た。「ああ、娘は中学生なんですけど、テニスをしていて、大会とかに出てるんです。けっこう強いんだよね、恭子」

「まあまあね、美智子叔母さんほどじゃないけど」

「美智子叔母さん？」

名取は思わず訊き返した。

「うん、叔母さんは陸上で全国レベルだったんでしょう。あたしは無理だな。地区大会で入賞できればいいって感じ」

「入賞って、それはそれですごいことだよね」

「そうですよね。ほらお母さん、すごいって」

しかし、すぐに冷たい言葉が返ってきた。

「だめですよ、名取さん。この娘《こ》はある程度達成しちゃうと、どこかで諦めちゃうんですよ。やれるところまで努力しなきゃ」

美沙子の母親ぶりが新鮮だった。意外と教育ママだなと思った。

「いま何年生なの」

知っているが、あえて訊ねた。

「中二です」

「じゃあ、来年は受験だね」

そんなことしか口にできない。

「あたし……受験しないかも」

「えっ」

「この娘《こ》ね、甲斐大学《うち》の付属中に通ってるんです。だから、そのまま付属高《うえ》に行けるんだけど――」

「お母さんは、ほかの高校を受けろって言うんですよ」

同意を求めるような言い方だった。それがまた嬉しい。

「受けろなんて言ってないよ。お母さんはね、いまのところに満足しないで、ほかに可能性をみてみたらって言ってるのよ」

「同じことだって」

「違うってば」

母娘《おやこ》の堂々巡りが続く。

言葉の端々から、仲の良い母娘であることが窺《うかが》える。自分の娘である事実《こと》を忘れて、名取はほのぼのとした気分になった。

アウディは国道二十号線の甲州街道に入り、順調に北上していく。懐かしい八ヶ岳連峰《やつがたけれんぽう》が見えた。

周囲に隠れて美沙子とデートしたとき、彼女の運転で同じ甲州街道を走った。目の前の山並みには見向きもせず、颯爽とハンドルを操る美沙子の横顔を眺めていた。

——なに、じろじろ見てるのよ。

——いや……なんでもありません。なんか……見惚《みと》れてました。

——ああ、八ヶ岳だよね。いつ見てもきれいだよね……って、陽君のば・か。

はっきりとは覚えていないが、そんなぎこちない会話をした覚えがある。

当時の甘酸っぱい想い出が蘇《よみがえ》った。

そしていま、同じ車内に実の娘がいる。親子三人でドライブしているようで、幸福感がこみ上げてくる。

母娘《おやこ》のなごやかな会話が続いた。二人のかしましい丁々発止《ちょうちょうはっし》を聞いているうちに、目的地が近づいてきた。恭子がバッグに手を入れて、荷物の整理をし出した。

北杜市の白州総合支所の入口付近に車が停まった。

ごそごそと恭子が降りる準備をしている。急に別れが辛くなった。

「佳代《かよ》によろしく言っといてね」

「うん、わかった。じゃあ、行ってくるね」

「がんばってね」

挨拶をしようと振り返ると、逆に恭子から声をかけられた。

「名取さん、お母さんをよろしくお願いします」

「え？」

「なに、言ってるの、あんたは。失礼でしょう」

「だって、お母さんの新しいボーイフレンドなんでしょう」

〈新しい〉ということは、〈古いボーイフレンド〉がいたのだろうか。

そうであっても、名取にはなにも言えない。見えない相手に嫉妬した。

「さっき話したでしょう。高校時代のお友だちだって」

「最近、スマホデビューして、ぐんまちゃんのゆるキャラカバー、つけちゃってさー。なーんか、あやしいんだよね」

「親をからかうもんじゃないでしょ」

「照れないでいいから」

「照れてないしー」

「じゃあ、行ってくるね」

恭子はもう一度言うと、車を降りて走り去った。

美沙子がアウディを発進させる。

「おもしろいでしょう。いつもこうなのよ、うるさくってしょうがないの」

「本当にありがとう」

うまく言葉が出ず、名取は頭を下げた。

「そんなお礼なんていいわ。わたしの娘なんだもん」

「そうだ、佳代っていうのは？」

「この前話した、甲斐大時代の友だち。佳代も在学中に結婚して、恭子の二歳下の女の子がいるの。夏休みに四日ほど、彼女の家に泊まるの。それがちょうど今晩からなのよ」

恭子が小さいころから面倒をみてもらったようだ。

佳代の娘が来年甲斐大学付属中学校を受験するため、算数や理科の勉強を恭子が教えるという。

「理系が得意なんだ」

「そうなの、母親がいい見本をみせてるからね」

名取はほんの少し安心した。

そうしたひとに恵まれながら、美沙子はこれまで生きてきたのだと実感した。

「陽君、〈古いボーイフレンド〉、気になる？」

見透かしたように美沙子が訊く。

「まあ……」

名取は正直に頷いた。

「なんか嬉しいな」美沙子が笑顔をみせた。「で、どうだった？」

それだけで言いたいことはわかった。

初めは美沙子も緊張していたようだが、そのうち名取と恭子のやり取りを楽しんでいる様子だった。

「とてもいい娘《こ》だと思う、本当に……」

「今朝出るときになって、急に車に乗せてってと頼まれて……予定外だったけど、わたしにとっては約束を果たせたことになるのかな。本人は気づいてないけどね」

それは名取との約束も果たしたことになる。

「恭子ちゃんのこと、もっと教えてくれないか」

「じゃあ、お昼休憩のときにね――」

「美沙子さんのお弁当、食べられるんですね」

ドライブデートをしたとき、手作り弁当を持ってきてくれた。玉子焼きが絶品だった。

「昔のこと、覚えてくれてるの」

「美沙子さん、料理うまかったから」

「いまもうまいよ。これだけは恭子も自慢してくれてる。でも、さすがにきょうは作ってないよ。それこそ恭子に、新しいボーイフレンドだとばれてしまうわよ」

いまのは意識的だなと名取は思いながら、〈新しいボーイフレンド〉の響きに胸が高鳴った。

ハンドルを握る美沙子の横顔に、幸せそうな笑みが浮かんだ。

小淵沢《こぶちざわ》インターチェンジ下り入口《I C》から中央自動車道に乗った。流れゆく風景すべてが懐かしく、心に沁《し》みた。

およそ四十分後、松本ＩＣで中央道を降りると、美沙子は右にハンドルを切り、市街地に向かわず西に車を走らせた。県道から田んぼに沿った道に入り、一時停車した。

所々に家屋が点在している。かつてドライブデートで訪れたのと同じ、のどかで自然豊かな風景が広がった。

車外に出て深呼吸をすると、空気がおいしく感じられた。

きょうは西日本から東日本にかけて、日本の東に中心を持つ太平洋高気圧に広くおおわれ、各地で三十度を超える真夏日になると予想されていた。午後には高気圧の縁辺《えんぺん》をまわる暖かく湿った気流の影響で、九州や四国地方の山沿いで雷雨になる可能性がある。

名取は現在執筆中の原稿の説明をしたあと、簡単に取材の目的を話した。安曇野《あづみの》大生の数名は、撮影の出発前に〈危険な撮影〉と口にしていた。彼らは台風が危険だと認識したうえで、現地に入ったのか。それとも理解できていなかったのか。

それを探求することで、今後の課題が見えてくると思った。

「つまり、彼らが口にしていた『危険な撮影』がキーワードなのね」

「そうなんだ。たとえば、台風が日本に接近していたとする。その影響で、波が高くなっている。気象庁や自治体などの防災機関は海に近づかないように注意を呼びかけている。それなのに、そのタイミングに合わせてサーフィンに出かけて、波にのまれて生命《いのち》を落とす事故がいまでも起きる。どうしてそんな無謀な行為に走るのか。彼らがそこに向かおうとする行動心理を解き明かしたいと思うんだ」

それはまさに〈正常化の偏見〉を超えた、さらなる危険に向かう行動だった。

そしてもう一つ、気にかかる事実がある。

長赤災害が起きる七時間ほど前、船津希望《ふなつのぞみ》たちは的場家脇の畦道を通る際、濡《ぬ》れ縁《えん》にいた見輪と挨拶を交わしている。台風の上陸直前であるにもかかわらずだ。これは、安曇野大生たちも見輪も、まったく危機感がなかったことを意味している。

もしもこのとき、的場秀雄や見輪がいち早く危険を察知し、避難行動を取っていれば、当夜の惨劇は起きていなかったかもしれない。

だがいまとなっては、それを言葉にすることはできない。だからこそ、浅川昇《あさがわのぼる》、船津希望、竹《たけ》上良一《うちりょういち》の実家を訪問し、午後にほかの一軒を訪ねて、彼らの〈危険〉の正体に迫りたいと思った。

目指す浅川昇の実家は、松本城にほど近い酒屋だった。玄関ブザーを押して訪問を告げると、あらかじめ連絡を入れていたためか、すぐに玄関扉が開き、品のいい五十代の婦人が迎えてくれた。昇の母親だった。

応接間に通されたあと、名取と美沙子はあらためて昇の仏壇に掌を合わせた。応接間に戻ると、訪問を許可してもらった礼を述べた。

しばらく庭の草木の感想などの雑談をしたあと、本題に入った。

「実は、子どもから撮影のことなんて、まったく聞いてなかったんです」母親が言った。

浅川昇は撮影に出かけること自体を隠していた。台風が来るこんな日に、どこへ行くのかと問うと、勉強会だと嘘をついた。

浅川昇は子どものころからテレビが好きで、外で遊ぶよりテレビのなかの世界に心を遊ばせている時間が長かった。

「勉強もせずに、テレビばっかり観ていました。安曇《あづ》野大に進んだのも、映画サークルに入りたかったからだと言っていました」

安曇野大学社会学部に籍を置き、映画研究サークルの活動をしていた。将来はテレビマンになりたいと言っていた。

一時間ほど話を聞いたあと、名取たちは浅川家を辞した。

二軒目の船津家を訪ねるのは、気が重かった。

メンバーのなかでただ一人、いまだに遺体が発見されていない。ほかに長赤災害でいまも行方不明になっているのは、長瀬陶也《ながせとうや》、田神文生《たがみぶんせい》、岩見条《いわみじょう》の三名である。

長瀬は会社員で、自宅で過ごしていたときに災害に遭った。田神は甲斐第一銀行融資課の行員で、顧客宅を訪問していたとき、長赤災害に巻き込まれたと考えられていた。

船津家では、柔和な表情をした母親が迎えてくれた。

リビングに通され、船津希望の仏壇に掌を合わせた。

「いまでもねぇ、希望がどこかで生きていて、ふらっと『お母さん、ただいま』って戻ってくるんじゃないかって思うことがあるんです」

母親はしんみりとした口調になった。

「実は、あの現場となった長赤山を推薦したのは、うちの希望なんです」

母親が沈んだ表情になった。

それは以前、坂石から聞いたことがある。

船津希望の小学校時代の同級生が、山梨県甲府市に転校した。その友だちの家に何度か遊びに行って、近くにあった長赤山三合目付近の拓けた場所が気に入ったらしい。

その同級生とは、長年にわたり文通をしていたという。

「名取さんのおっしゃるように、希望も『危険な撮影になるかもしれない』と言っていました」

「それが具体的にどういう危険なのか、お聞きになっていませんか」

名取は本題に入った。

「いえ、特には。撮影場所も、山梨県だとは知りませんでした。ただ、わたしも台風が心配で前日に『危険な撮影って、台風のことじゃないよね』って訊ねてみたら、希望がなんとなく思わせぶりに笑って、急に口を閉ざしたんです。陽気なあの子がそんなふうに口を噤《つぐ》むのは、いつも違う答えがあるときなんです」

中学生のとき、お弁当にイチゴを入れてと頼まれた。

弁当を渡す際、「希望はイチゴが好きだよね」と言うと、なぜか急に黙り込んだ。もともと好きだったから、「うん」と答えるかと思っていた。

「あとで聞いたら、同じクラスの男の子が『イチゴ食べたい』と言ったそうで、だから入れてほしかったようです。わたしも、『危険』というのは台風のことだと思っていますが、あとから思えば……あのとき『台風の大雨のなかで撮影するから危険なんだ』とは言えなかったんでしょうね。知っていたら、絶対やめさせていましたよ」

母親は悔しさの入り混じった表情になった。

「希望さんは昔から映画とかに興味があったんですか」美沙子が訊ねる。

「映像じゃなくて、そのなかで使われている音とか声とかに興味がありましたね」

「音ですか」

「そうです。小学生のときからカセットテープレコーダーを持って、山に行って、野鳥の啼《な》き声とか、人の声とか、そういうのを録《と》っていました。あの子はレコーダーに紐をつけて、首からぶら下げて、よく外の音を録音していたものです」

将来は映画やテレビの音響の道に進みたがっていたという。

「娘のものはすべて取ってあるんです」

思い出話をしながら、母親は寂しく笑った。

希望が音に興味を持ったきっかけは、スイカ割りだった。スイカ割りの目隠しをしたとき、波音や人の笑い声、叫ぶ声、カモメの啼き声、犬の遠吠えと、さまざまな音が非常に鮮明に聞こえて、楽しかったと希望は言っていた。

それから音集めを始め、録音したカセットテープは五十個を超えるという。

「あの……もしよろしければ、お聴きになりますか」

母親がおずおずと言った。名取は美沙子を見た。

「ええ、お願いします」美沙子が答える。

母親が大型のレコーダーデッキと古いカセットテープを持ってきた。

テープのラベルには丸まった文字で、〈長野県黄円湖畔《きえんこはん》〉と記されている。松本市の東に位置する山の中腹にある湖だという。

母親がデッキにテープをセットして、スイッチを押した。雑音とともに、女性の声が聞こえた。

「平成五年八月十二日木曜日午前九時五分晴れ、長野県黄円湖畔です。朝まで曇っていたけど、いまは快晴です」

その後、ざくざくと歩く音がした。

周囲の人の声や遠くに鳥の囀《さえず》りが聞こえる。意図して言葉を発しないようにしているのか、希望の声は入っていない。

「ごめんねぇ」

母親は右手で口元を抑えて、席を立った。

しばらくして、彼女が戻ってきた。

「ごめんなさいね、みっともないところをおみせしました」

「いえ、お気になさらないでください。こちらこそ、ご厚意に甘えて、このような貴重なものをお聴かせいただいて、感謝申し上げます」

名取は立ち上がった。これ以上、母親を悲しませてはいけないと思った。

気づくと、一時間ほど経っていた。

「きょうはこのように自宅まで押しかけて、申し訳ありませんでした」

名取が頭を下げると、母親が笑顔で応じた。

「いえいえ、この前も話を聞きに来た人がいらっしゃいましたから」

ここのところ注目されて、マスコミが押しかけているらしい。

三軒目の竹上良一の家では、松本市の優良会社に勤めるサラリーマンの父親と専業主婦の母親が対応してくれた。母親とは七月三十一日の慰労会で会っている。

母親の話によると、東京の大学に進む予定だったが、急遽、安曇野大学に変えたという。

「高校時代、仲の良かったお友だちがいて、その子が安曇《あづ》野大に行くことになったので、変えたんじゃないかなって思っているんです」

その口ぶりが気になった。

「それはあとでお知りになったんですか」

「そうです。大学に行ってから、なんとなくそうじゃないかなと思うようになったんです」

母親が目線を下げた。

「ところで、竹上さんは文通をされていましたか」

船津希望の母親の言葉を思い出したのか、美沙子が訊ねると、両親は顔を見合わせてから、静かに首を振った。

「わかりません」母親が答える。

名取は船津希望も当時〈危険な撮影〉であると家族に告げていたことを話すと、父親が首を捻って残念そうな表情になった。

「そんなに危険だとわかっていたんなら、どうして中止しようと思わなかったんですかね。大学生とはいえ、二十歳過《はたち》ぎの大人なのに」

父親の話では、出発する前日――七月二十九日の夜に、竹上良一は応接間でＮＨＫの台風情報を見ていたという。

「あのとき、わたしが後ろにいることに気づかなかったのか、天気予報を観ながら、『これで秘密の撮影ができるな』と呟いたんです。『秘密ってなんだ』とわたしが訊いたら、良一が慌てて、『なんでもない』と言っていたのを覚えています。いまから思うと、それが台風のなかでの撮影のことだったんですね」

竹上家を辞すると、名取たちは車に戻った。

7

「彼らが口にした『危険』って、本当に台風のことだったんだろうか。竹上が口にした『秘密』ってどういう意味なんだ」

竹上良一の父親や船津希望の母親の言葉を思い出して、名取はそう口にした。取材する前から気になっていたのは、彼らの〈危険な撮影〉という言葉だ。

船津希望はもう一つの、別の答えを持っていたのだろうか。

さらに、〈秘密〉は危険と言葉のニュアンスが異なる。なにか隠さなくてはいけないことがあったのか。それとも台風のさなかの撮影を、〈秘密〉と表現しただけなのか。

「やっぱり台風だったんじゃないの」

「『秘密』という言葉から受ける印象が、台風にそぐわない気がするんだ」

〈秘密の撮影〉が気になった。

「図書館で調べてみよう」

名取は美沙子に顔を向けた。

美沙子がスマホの検索アプリで調べ始める。

「ここから三キロ先に市立図書館があるわよ」


松本城図書館は、煉瓦作りの立派な建物だった。

余裕をもたせたスペースごとに書架が配置されている。窓際の一角に検索コーナーがあり、パソコンを乗せたデスクが並んでいた。

夏休み中の週末のためか、すべての席が埋まっていた。

名取は新聞・雑誌の書架から分厚い書籍を取り出した。長野《ながの》日南新聞《にちなんしんぶん》一九九五年七月分の縮刷版だ。

「ヒントになりそうなものがないか、探してみよう」

名取は七月三十一日の記事を当たってみた。

台風第十号による山梨県の大規模土砂災害の記事が、大きく掲載されていた。そこには安曇野大生たちがそれに巻き込まれた可能性がある、と報じていた。

名取は七月三十一日からさかのぼって、ページを繰った。

台風第十号に関する記事があった。

全国高校野球選手権の長野県大会で優勝した高校の話題が掲載されていた。さらにさかのぼると、発生から半年になる阪神・淡路大震災関連の記事があった。

結局、七月の記事からヒントになりそうなものは見つからなかった。

続いて、八月の縮刷版に取りかかった。こんどは日付順にページを繰る。

長赤災害の発生直後だけに、紙面のほとんどを災害関連記事に割いている。被害を免れた坂石直、青山瑛子、谷川勝に対する、世間からの厳しい声があり、〈危険な行為〉と断じていた。

その〈危険〉の文字を見て、名取は顔を上げた。横から美沙子が覗き込む。

「あくまでも推測でしかないけど、船津希望や竹上良一が口にした『危険』や『秘密』って、やっぱり台風時の山のなかでの撮影のことだったのかもしれないわね」

名取はページを繰っていた手を止めた。

目の前に、〈ダイナマイト　盗難〉という大きな見出しがあった。長野県松本市の火薬工場からダイナマイトが盗まれたという記事だった。

「へえ、火薬工場なんかあるんだ」

美沙子が興味を示したとき、名取の腹が鳴った。

「陽君、お昼にしよっか。わたしもお腹空《なかす》いちゃったよ」

昼食は地元で有名な信州《しんしゅう》そばにした。

図書館近くの蕎麦屋に入り、名取はざるそば、美沙子は天ぷらそばを注文した。

かつて長野県まで足を伸ばし、デートしたときのことを思い出す。

免許を取得したばかりの美沙子は、ドライブ好きになった。連れ出される格好で、松本や安曇野をよく訪れた。一緒に食事をするのはあのとき以来だ。

信州そばは喉越しがよく、美味だった。そば汁《つゆ》をつけなくても、そば本来の味が口のなかに広がる。

食事の途中、名取は美沙子を見た。美沙子は昔もいまも、食べる仕草がきれいだった。上品さがあり、その口元を見ているだけで絵になる。

好きなひとと一緒に、おいしいものを食べる。

いまの自分にとって、それが最上の幸せではないかと名取は思った。

「どうしたの?」

名取の視線に気づいたのか、美沙子が顔を上げる。

「きれいだな、と思って――」

名取の言葉に、美沙子が吹き出しそうになった。

「陽君って、そんなことを言えるようになったんだ」

頬がほんのりと朱《あか》くなっている。

美沙子はこれまでのことを教えてくれた。

「一番の反抗期は小学五年のときかな」

ある夜、美沙子は忘年会の帰り、同僚男性の車で帰宅した。

少し飲み過ぎて、車の外に出たあと、身体がぐらついた。

「大丈夫か」と同僚に抱きとめられた。わずかに抱き寄せようとする彼の意思を感じ、軽くいなすように跳《は》ねのけた。それを恭子に見られたようだった。

数日後、恭子に詰め寄られた。

――お母さん、あのひとがあたしのお父さんなの？

――違うよ。

――だったら、お母さんはあのひとと結婚するの？　もしそうなら、あたしは家を出る。佳代おばちゃんの子どもになる。

それから口を利かなくなった。

あるとき、こう訊ねられた。

――あたしのお父さんはどこでなにをしているの？　生きてるの？　死んでるの？

――生きているよ。

――あたしが会いたいって言ったら、会えるの？　会えないの？

――わからない。でも、いつか必ず会わせてあげる。お母さん、約束するから、信じて。

三年前、そんな話をしたという。

「陽君はこれまでどうしていたの？」

どうしてこれまで結婚しなかったのか、と問われているようだった。

「大学に進学したあと、かなり精神的にまいって、ずっと心療内科に通っていたんだ」

ＰＴＳＤと診断されてからも、どこか実感のないまま過ごした。

「そのころから、どこか世の中を冷めた目で見るようになって、あまり心が動かなくなった」

大学時代、気象庁時代、そして転職してからも、交際した女性はいた。それでもどこかのめり込めなかったのは、ひとりの女性の存在があったからだ。

――わたしって、あなたにとっての一番じゃないでしょう。

交際相手からそんな言葉を投げつけられたことがある。

そのことは伝えず、別の言葉を口にした。

「ぼくは自分の過去の行為を、ずっと責め続けていたんだ」

「でも、あれは自然災害だったのよ。仕方のないことなの――」

「心療内科の先生からも、同じことを言われたよ」

主治医に勧められたのは、自分の気持ちを言語化することだった。

朝起きたあと、レポート用紙一枚に心の動きやもやもやした思いを書いてみた。

そのうち文章を綴ることで、頭のなかが整理され、次第に気持ちが軽くなった。

この文章を書く行為が、いまの執筆活動に活きている。早朝の執筆習慣も、このとき身についたものだ。

大学を卒業するとき、最後の診察で主治医からこう伝えられた。

「名取さんが気象庁に就職し、防災の仕事に就くことは、あなた自身のためになると、わたしは考えます。苦しい記憶を避けげず、むしろ真正面から向かっていく姿勢は素晴らしいと思います。ぜひとも、災害からひとの生命《いのち》を救う、防災のお仕事をまっとうしてください――」

この言葉があったからこそ、名取は明央防災科学研究所に転職し、防災のエキスパートを目指すようになったのだ。

研究員になってから、部外講演の機会が増えた。

以前、「GIVE（与える）があなた自身の喜びになるはずです」と主治医に言われたことがある。講演会の仕事は、まさにその実践にほかならない。これが非常に有効なリハビリになった。

「陽君だから正直に言うね。わたし、あなたと交際していたことを、ものすごく悔んだことがある。でもね、あなたとのことがあったから、わたしは恭子と出会うことができた。さっきみたいに、母娘《おやこ》でふざけ合うこともできるの」

美沙子はまっすぐに名取の目を見た。

「だから過去を否定しない、しちゃだめだって思ってる。だから陽君、あなたもそんなこと、思わなくていいのよ」

好きなひとがそばにいて、話を聞いてくれている。

それだけで十分幸せだと名取は思った。


食事を終えしばらく休憩したあと、名取たちは残り一軒の遺族宅を訪ねた。

予定の取材をすべて終えて、喫茶店に入った。取材メモをまとめていたとき、名取のスマートフォンが振動した。見慣れない電話番号が表示された。

松本市の市外局番だったため、急いで応答ボタンを押した。

相手は竹上良一の母親だった。

「あのあと、気になって良一の部屋を見てみたら、変なノートが出てきたんです」

「変なノートとは？」

「撮影に使う下書きみたいで、そのなかに爆発している絵があるんです」

「それを見せてもらってもいいですか」

「ええ、お待ちしています」

了承を得て、名取たちはすぐに竹上良一の実家に向かった。

名取は先ほど目にしたダイナマイトの盗難記事を思い出した。スマートフォンを取り出し、検索サイトに〈ダイナマイト　盗難　長野県〉と入力した。

辞典検索サイトに、ダイナマイトの詳細が掲載されていた。そこには、過去の爆発事故とともに長野県の盗難事件の記事があった。

8

竹上良一の母親から手渡されたのは、A４版の古びたノートだった。

美沙子が母親に質問する。

「先ほどおっしゃっていた、一緒に安曇《あづ》野大に進学することになった仲のいいお友だちというのは、もしかすると女の子ではないですか」

「ええ、まあ……」

「相手はどなたですか。差し支えなければ教えていただけませんか」

「いまも行方知れずになっている船津さんです」父親が説明する。「わたしらも船津さんのことはずっと知らなかったんです。あのあと、あちらのご家族とお会いして、高校のときから良くしていただいて、ありがとうございましたと言われて、息子が安曇《あづ》野大に進路を変えたのは、そのためだったのかと思った次第なんです」

「船津さんと竹上君が同じ高校だったことも、そのとき初めてお知りになられたんですね」

「そうなんです」

名取は竹上良一のノートに目を落とし、それを開いた。

一ページを上下に二分割して、絵コンテが描かれていた。

「これは？」美沙子が母親に訊ねる。

「さっきもお話ししたとおり、あらためて息子の部屋を見てみたら、机の引き出しからこんなものが出てきたんです。さっき長内さんから『文通していたか』って訊ねられて、それがなんだか気になってしまって……それで主人と調べてみることにしたんです」

ノートを繰ると、撮影用の絵コンテが数ページに渡って描かれていた。

ひとや背景は雑に描かれているが、ストーリーの大筋はわかる。

「ネームみたいね」

美沙子は漫画の下書きに例えた。読み進むと、山中の場面になった。

斜めに引かれた数十本の線が、雨を表しているのだろう。○《マル》と十字で人の配置が書かれて、セリフが入っている。背後の音や声がノートの端に記述されていた。

ページを進めると、突然赤鉛筆で描かれた、爆発の絵が出てきた。

登場人物たちの背後にある小山で、何回か爆発が起きる。この山は過去の崩落でできた、長赤山三合目の土砂山《どしゃやま》のようだ。

爆破の絵の横に、〈松ダイナマイト〉という小さな文字が記されていた。

「あともう一つ、見てもらいたいものがあるんです」

父親が立ち上がった。

そのあとをついて行った先は、二階のかび臭い部屋だった。

「わたしらも、入ったことがなかったんです」

竹上良一が使用していた部屋だという。

父親は机のなかから古びたクリアケースを取り出した。茶色に変色した封筒が数枚入っていた。

それを受け取り、裏返す。すべて船津希望からの手紙だった。くまのぷーさんの絵柄が入った、レターペーパーに、丸まった文字が並んでいる。

「読んでいいんですか」

名取は父親に顔を向けた。

父親が頷く。緊張した面持ちだった。

名取は日付順に手紙を読んだ。大学生らしい、たわいないやり取りが続いている。恋愛めいた記述もなく、交換日記のような雰囲気がある。

そのとき、色褪せた新聞の切り抜きが出てきた。ベタ記事だった。

脇の余白に手書きで、〈東都新聞長野県版 1995.7.20〉と記されている。

記事によると、長野県松本市の火薬工場でダイナマイトの盗難があったが、現場責任者の青山《あおやま》栄吉《えいきち》は「そんな事実はない」と否定していた。

「この青山さんというのは……」父親が言った。「青山瑛子さんのお父さんなんです」

背後で母親の声が聞こえた。

「名取さん、この……船津希望さんからの手紙を見てもらえませんか」

名取は、母親に手渡されたくまのぷーさんのレターペーパーに目を落とした。

ペーパーの中央にたった一行だけ、丸まった文字が記されていた。

――これって、山で使うものじゃないかな。

9

竹上家を辞したあと、名取たちは再び松本城図書館に向かった。

パソコンコーナーにひとはいなかった。

名取は空席に着き、地元紙の長野日南新聞の記事をあたった。

一九九五年当時はデジタル版がなく、新聞社の検索システムで過去の記録を調べることにした。

一九九五年八月二十三日、長野県の火薬工場でダイナマイトの盗難が発覚していた。

盗まれたのは十本で、一本単体でもコンクリートブロックの壁を破壊する威力があり、人を殺傷することもできる。春に採用されたばかりの新入社員が、数が合わないことに気づいた。

十本単位で、小型の段ボールに入れて保管している。そのひと箱が紛失していたため、警察に届け出た。

その後の調査で、七月中旬に一度、会社内でその事実を把握していたが、発表せずにいたことがわかった。一度内部からのリークがあり、一九九五年七月二十日付東都新聞長野県版のベタ記事になっていた。このときは工場長が事実を否定して終わっている。

警察の捜査の結果、製品の管理体制が杜撰《ずさん》だったことがわかった。

その後の記事を読むと、工場長や現場監督の立場にあった責任者が会社を辞職していた。

ダイナマイト――いわゆる産業用ダイナマイトは、ニトロゲルに各種酸化剤《さんかざい》と燃料を混合したものである。ニトロゲルの比率により、膠質《こうしつ》と粉状《こなじょう》に分けられる。

前者がニトロゲルの比率が高く、後者が低い。用途や目的によって製造されており、松、桜、桐、榎、梅、桂といった樹木の名前がつけられている。

松ダイナマイトは、ニトロゲルそのもので製作されたダイナマイトだった。

ダイナマイトのなかでは最大の威力がある。単体一本を地面で爆発させれば、直径二、三メートル程度の穴が開く。

「長赤災害が発生する半月前の七月十五日、長野県松本市の火薬工場からダイナマイトが盗まれた。その現場責任者の娘が青山瑛子なんだな」

名取は言った。

七月三十日、瑛子も参加した自主映画の撮影の絵コンテに爆発するシーンがあり、〈松ダイナマイト〉の文字もみられた。

これこそが〈秘密の撮影〉ではなかったか。

それを解明するために、直接聞き込みをしたほうがいいと思った。

名取はその旨を美沙子に伝えた。

「青山瑛子の自宅はどこにあるか、わかるか」

「わからないけど、当時火薬工場があった場所はわかるよ」

ネットで調べていた美沙子が、スマートフォンの地図アプリを示す。おおよそのあたりをつけて、車で近くまで行くと、近所に聞き込みをかけた。

何軒かまわって、ようやく青山家を見つけた。田んぼに囲まれた住宅だった。

訪ね歩いているうちに、青山瑛子の父親栄吉は二年前に死亡していることがわかった。

青山家は広い邸宅だった。何度かチャイムを押すと、応答があった。

「甲斐大学の長内美沙子と申します。実は、長赤災害について調査しておりまして……」

美沙子がすべて言い終わる前に、母親とおぼしき女性の声が聞こえた。

「帰ってください。話すことはありません」

「お願いです。お話だけでも……」

「やめてください。ご近所の迷惑になります。それにお話しすることはありません」

インターフォンが切られた。

途方に暮れたが、当然の反応かもしれない。名取と美沙子は周辺の家に聞き込みをすることにした。

周辺といっても、畑のなかにぽつぽつと家が点在しているため、移動が大変だった。訪ねた先の家は、昔からつき合いがあるわけではなく、まったく知らないと言う。

五軒ほどまわったところで、名取はこんなことをしていいのだろうかと思った。

それを口にすると、美沙子が表情を曇らせる。

「わたしもそう思う。だけどね、ダイナマイトのことを知ったいま、真実を明らかにしたい思いが勝《まさ》っているの」

名取たちは聞き込みを続けることにした。

一キロほど離れた家の主婦は、昔からつき合いがあるという。子ども同士が同じ中学校に通っていたようだ。

「なんか、以前、お母さんが瑛子ちゃんに叱られたみたいだよ」

おっとりとした主婦は夕食の準備の途中なのか、エプロンの裾で手を拭きながら言った。

「どうして娘さんに叱られたんですか」

「マスコミがさ、いろいろ調べに来たときに、あれこれしゃべっちゃったからじゃないかな。あとで娘に『よけいなことは言うな』と言われたと、お母さんが愚痴ってたのよ」

〈よけいなこと〉とは、そういう発言をして娘に窘《たしな》められたと考えられないか。

名取は確認したいと思った。

谷川勝の名刺を取り出した。そこには事務所の住所が記載されている。直当《じかあ》たりしてみるかと思ったとき、美沙子が口を開いた。

「ねえ、東京に行って確認してみない？」

美沙子も名取と同じ考えだったようだ。


名取と美沙子はＪＲ松本駅から〈あずさ〉に乗り込んだ。美沙子のアウディは駅の駐車場に停めておいた。

「ここまで来たら、谷川さんたちの口から真実《ほんとう》のことを聞いてみたい」と美沙子に強く主張されると、同行を断わることはできなかった。

東京に向かう途中、名取はデッキに移動してスマートフォンを取り出した。

携帯電話と違って持ちにくく、まだ慣れない。相手が出た。

「なにかありましたか」

予感があったのだろうか、江藤はいきなり訊ねてきた。

「江藤さんは以前、深層崩壊が発生する直前に、かすかな音がしたとおっしゃっていましたよね。具体的には、どんな音だったんですか」

「そうですね。『どどん』という音でしたね」

「音以外に、なにか衝撃のようなものはありましたか」

「いや、わかりません」

「長赤災害のときの映像って、いまもありますか」

「ええ、ありますよ」

当時、甲斐放送の取材が入っており、映像を記録していた。

甲斐放送ではニュース番組は五年保存、個々のニュース素材《そざい》は永久保存するという。

「その『どどん』という音が聞こえたときのものはありますか」

「ちょうどそばにカメラマンがいて、撮影もしていましたから、いまも残っているはずです」

「そのなかの、音声データを調べることはできますか」

「どういうことですか」

「もしかすると、江藤さんがお聞きになった『どどん』という音は、ダイナマイトの爆発音だったのかもしれないんです」

「ダイナマイトって……名取さん、どうしてそう思われるんですか」

江藤が質問をする。

「いくつか、そう考えざるを得ない情報がでてきたんです」

「名取さん、なにか御存知なら教えてくれませんか」

名取は長野県で聞き込みをした結果を伝えたうえで、音声データの確認を依頼した。

「わかりました。以前、仕事で県内にある民間の音響科学研究所に音声データを調べてもらったことがあります。いまもつき合いがあるので、その知人に頼んでみましょう」

「ところで墓荒し事件の進展はありましたか」

「いや、まったく進んでいませんね」江藤が答える。

通話を終えて座席に戻ると、美沙子がスマートフォンを見ていた。画面に山梨県の航空写真を表示させている。

長赤災害が発生する前の、長赤山やその裾野に広がる住宅地が映っている。

「安曇《あづ》野大の撮影隊がダイナマイトを使っていたとしても、そんなことであんな土砂災害が誘発されるのかな」

「ダイナマイトの破壊力じゃ無理だろうな。もっと強力な爆弾を地中にいくつも埋めていたんなら、話は別だけどね……」

「単純な疑問だけど、どうして長赤山《ちょうせきさん》だけ、あんな大規模な土砂災害が起きたの」

「長赤山だけじゃなく、周辺のほかの山も深層崩壊現象が起きている。ほかは人家《じんか》もなく、人的被害がなかったから注目されなかっただけだ」

名取は、航空写真の長赤山南西側の稜線を指で示した。

「この稜線には等高線の間隔の広いところと狭いところがあって、狭い箇所は地表面の傾斜が急になっている」

こんどは長赤山の脇を流れる川沿いを示した。

「地形図を見ると、急な斜面やなだらかな緩い斜面があるだろう」

河川沿いの箇所は、明らかに高標高部より急傾斜になっている。

「これらを詳細に確認すると、弧状になった小さな崖や線状の窪地、それにちょっと盛り上がった、少し変形した斜面がみられる。これは重力によって斜面が変形している箇所なんだ。ぼくたち人間もすべての物体も、みな重力を受けている。山も同じで、長赤山の場合、斜面の重力変形《じゅうりょくへんけい》による地形的特徴が数多く認められている。あのとき、崩れた箇所はやはり重力変形の場所だった」

「どうしてあんな深いところから崩壊するの」

「雨水が地盤の底深くに浸み込んでいき、地盤の下の空洞、あるいは地面の溝のようなところに溜まっていく。その大量の水による山体膨張《さんたいぼうちょう》で、その上に乗っている斜面をすべて崩壊させてしまう。それが深層崩壊なんだ。長赤山は深層崩壊が起きやすい特徴があって、当時の台風十号による大雨が、その直接的な原因になったと考えられている」

過去にも台風による大雨で、深層崩壊現象の発生事例はいくつもある。

昨年、台湾の小林村《しょうりんむら》で発生した深層崩壊は、台風が上陸して二千ミリを超える記録的な大雨が引き金となり、五百名の生命を奪った。

紀伊半島の熊野付近も深層崩壊が何度も起きている。およそ百年前に発生した、奈良県の十津《と つ》川大水害《かわだいすいがい》も深層崩壊によるものだと考えられている。

深層崩壊はどこでも、いつでも起きうるのである。

10

東京は陽《ひ》が落ちているにもかかわらず、日中そのままの澱《よど》んだ生暖《なまあたた》かい空気に満ちていた。

名取たちは新宿駅から渋谷駅を経由して、青山に向かった。地下鉄銀座線の表参道《おもてさんどう》駅で降りて地上に出ると、林立するビル群が見えた。

名取は谷川勝の名刺に目を落とした。彼の事務所がある南青山三丁目はこの近くのはずだ。

美沙子がスマートフォンの地図アプリを使って、事務所の位置を調べている。ＧＰＳ情報を頼りにしばらく歩くと、〈谷川勝デザイナーズオフィス〉の事務所を見つけた。

きれいな飾りつけのされたビルの三階だ。

エレベーターで上がると、三階フロア全体を事務所に使っていた。

フロアには楕円形のデスクが数カ所にあり、パソコンに向かう職員の姿があった。

対応に出てきた女性に名前を告げると、すぐに谷川勝がやってきた。

新宿駅から訪問を伝えていたため、名取たちは社長室として使用しているガラス張りの部屋に通された。

コーヒーを運んできた秘書の女性が去ると、谷川は身体の前で両手を組んだ。

名取は用件を切り出した。

「突然お伺いしたのは、安曇野《あづみの》大の撮影の件なんです。まずはこれを見てもらえませんか」

名取は竹上良一の家族から預かったノートを開いて、谷川に示した。

そこには爆発する絵コンテと、〈松ダイナマイト〉の文字がある。

「これは……」

目を落としたあと、谷川は顔を上げた。

瞬時に、理解したようだ。

「もしかすると、あのときの撮影で、ダイナマイトを使用していたんじゃありませんか」

名取が訊ねると、谷川は首を振った。

「いいえ、違います。これは竹上君の想像の産物でしょう」

「実際、メンバーのひとりである青山瑛子さんの父親が勤める火薬工場から、ダイナマイトが盗まれていますよね」

名取は印刷した当時の記事をテーブルの上に置いた。

谷川がそれを凝視する。

「青山瑛子さんの父親は、このときの盗難事件の責任を取って辞職しています。また竹上良一さんと船津希望さんがダイナマイトを使う撮影について、互いの手紙に書き記しているのです。これは証拠になります」

「きみたちはぼくを脅すつもりですか」

谷川がひきつった表情で睨む。

美沙子が口を開いた。

「すでに地元テレビ局の当時の撮影映像をもとに、音響の専門家に依頼して、鑑定をしてもらっています。事実が判明するのは、時間の問題だと思いますよ」

「そっ、そんなことで脅そうとしても無駄ですよ」

谷川の声が震えた。目が泳いでいる。あきらかに動揺しているのがみてとれた。

名取は美沙子に話したことを思い出した。大きな地殻変動《ちかくへんどう》により、歪《ゆが》みができつつある。それはちょっとした力を受ければ、じきに崩壊してしまう。

重力変形が起きている。

名取はそう思った。


ＪＲ新宿駅午後十時発の〈かいじ〉に、名取と美沙子は飛び乗った。

非常に重大な情報を得て、呆然としたまま南青山の喫茶店で時間を過ごした。

午後九時を過ぎたころ、東京に泊まることも考えたが、恭子を佳代《かよ》に預けているとはいえ、美沙子が外泊するのは娘に心配をかけるからと、一旦自宅に戻ることにした。

名取も山梨県で調べたいことがあり、美沙子と行動をともにした。

〈かいじ〉が都内の街並みを抜けたあたりで、名取はデッキから甲斐新報の江藤亭に連絡を入れた。挨拶を抜きにして、安曇野大の撮影でダイナマイトを使用していた可能性があると伝えた。

「谷川さんはその事実を認めていないんですね」

「そうです」

「でも……時間の問題かもしれませんね。まだ音響鑑定は済んでいませんが、人工的な音が混在していたことはわかっています。時刻は午後六時五十分でした。それがどんな種類の音なのか、いま調べてもらっているところです」

甲斐新報朝刊は、午前零時から工場の輪転機《りんてんき》が動き出し、印刷が始まる。午前二時には全配達分を刷り終えるが、それまでに間に合えば、一度輪転機を停め版《はん》替《が》えしたうえで、一部記事を差し替えるようだ。

残りの刷り部数がたとえ五千部程度であっても、それらは確実に購読世帯に配達される。ダイナマイトの情報を紙面に掲載すれば、それは間違いなく甲斐新報の特ダネとなる。

江藤から「今夜のうちに会えませんか」と求められたので、名取はいま山梨県に向かっていると伝えた。

通話を終えて、席に戻った。

「この前の大阪のスナックの話だけど……」美沙子が口を開いた。「あなたが〈あや〉で会った明美っていうアルバイトの娘《こ》が、渡見学さんのことを悪く言っていた話、なんとなく気になるの」

「どういうことだ」

「嫌いだって言うのは、逆の感情があるからじゃないかな。その場にいなかったから、確信は持てないけど。美智子のことを考えてみるとね、その明美って娘《こ》も同じじゃないかなと思ったの。死んだ人のこと、たとえ本当にそう思っていても、あからさまに悪口なんて言わないでしょう。だけど、あなたが突然あらわれたから、あえて悪態をついてみせたんじゃないかな」

「その推測が正しければ……」

「仮定の話でしかないけど……渡見学さんとスナックの外でもつき合いがあった、とは考えられないかな？　それをあなたの本に結びつけて考えると――」

美沙子はそこで言葉を止めた。

「目的はわからないが……明美さんが山梨県に持って行ったってことか」

「あくまでも想像でしかないけどね」

大阪・あいりん地区に住む渡見学が所持していた『日本の土砂災害地図』。

一度は〈あや〉のママ赤城綾乃に渡そうとしたが、断わられている。その本が山梨県に出現したのは、何者かの手によって運ばれたからにほかならない。

「ちょっと待ってくれ。明美さんもママさんと同じように、渡見学から『あげる』と言われて、『いらん』と断っている。こちらから訊きもしないのに、自分からそう言っていた」

「明美さんは、自分は持ち主ではないと、言いたかったんじゃないかな」

「的場家のお墓が悪戯《いたずら》されたのが七月三十日の朝だとして、それから一週間以上経過しても犯人が判明していないのは、レンタカーを使っていなかったんだと思う。使っていれば、免許証の確認から簡単に割り出されるはずだからね」

名取はスマートフォンを取り出した。

「明美さんのこと、住職に確認してみよう」

遼硅寺の住職にメールで、深夜の連絡の非礼を詫びたあと、渋沢明美の特徴を伝え、目撃した女性に似ていないか照会した。年齢は三十半ばくらいで、髪はショートカットの茶髪、うりざね顔《がお》。人気の二世タレントに似ていると記した。

すぐにスマホが鳴動した。デッキに移動し、応答ボタンを押すと、「似ていますよ、バラエティ番組なんかに出ている二世タレントに」と住職の声が聞こえた。

住職もバラエティ番組を観るのだ、と変なところで感心しながら、名取は明日訪問する旨を伝えた。

席に戻り、美沙子にいまの話を伝えた。

「遼硅寺にあらわれたのが渋沢明美さんだと仮定すると、どういうことが考えられる？」

「的場家の墓を荒らしたのも、明美さんってことになるかもしれない」

名取はしばらく目を閉じて、思考を凝らした。

明美が大阪から山梨県に赴き、的場家の墓石を動かしたのなら、そこには明確な動機があったはずだ。

ヒントは、名取の著書『日本の土砂災害地図』である。そこには長赤災害の記述とともに、災害そのものとは無関係ながら、付記として的場事件についても触れている。

「かなり突飛な発想だけど」美沙子が言う。「もしかすると、渡見学は……的場秀雄じゃないかな——つまり的場は生きていた」

「突飛すぎるだろ。的場は亡くなっているんだから。それにたとえそうだとしても、的場があとで『わたしは生きています』と名乗り出なかった理由もわからない」

「それは事件の犯人だったか……あるいは事件となんらかの関わりがあったからじゃない」

名取は〈あや〉で見た写真を思い出した。

「でも……写真を見たけど、的場には似ても似つかなかったぞ」

「この前も言ったけど、整形手術をすれば別人になれるよ。いまの美容外科の技術はすごいらしいから」

美沙子は先日と同じことを繰り返す。

スナックにあったボトルには、〈わたみまなぶ〉としっかりした楷書《かいしょ》で記入されていた。

名取は手帳を取り出し、開いたページに〈渡見学〉、〈的場見輪〉と書き、二つの〈見〉に丸印をつけた。

怪訝な表情で見つめていた美沙子が、顔を上げた。

「同じ〈見る〉の字だね」

名取は〈わたみまなぶ〉と記し、その文字を凝視した。そして〈わ〉と〈み〉に丸印をつけ、続けて〈ま〉と〈な〉を丸で囲い、残った〈た〉と〈ぶ〉に×印《バツ》をつけた。

「これは……」

「そうなんだ、あいりん地区で暮らしている住人には、戸籍もないひとがいるらしい。渡見学もそうだったのかもしれない」

「渡見学って名前は偽名だったってことね」

「そういうこと。でも、適当につけているわけじゃない。彼の偽名には意味があったんだ」

名取は手帳の文字を指で示した。

「『わ』と『み』を反対にすれば『みわ』――的場秀雄の妻見輪になる。『ま』は長女真帆の『ま』、『な』は二女奈帆の『な』……」

「〈渡見学〉は、的場家の母と二人の娘の名前を組み合わせたものなのね」

「そうなんだろうと思う……でも、たとえそうだとしても、これでなにかを証明できたわけじゃない。まだ推測の域をまったく出ていない――」

名取はあえて慎重に言葉を選んだ。

11

甲府駅に到着したのは、午後十一時半過ぎだった。

およそ一時間前、〈かいじ〉がＪＲ八王子駅を出たとき、美沙子のスマートフォンに恭子から、「美智子叔母さんと改札で待ってる」と着信メールがあった。

慌てて二人でデッキに出て、美沙子が恭子に電話をかけたところ、「佳代おばさんには断ってきたから。話が終わったら、佳代おばさんが迎えに来てくれることになってる。だから大丈夫だよ」としっかりした声が聞こえた。

それから気が気でなかった。

甲府駅に着くと、足早に改札を出た。

真正面に長内美智子と恭子の姿があった。そのやや後方には、遠慮がちに江藤亭が佇んでいる。

美智子がつかつかと歩み寄ってきた。

「中学生の娘をひとり残して、二人でランデブーってことなの。いい気なもんよね」

ランデブーという言葉に名取は吹き出しそうになったが、なんとか堪《こら》えた。

相手は怒り心頭なのだろうが、名取に以前のような緊張はない。いつかはきちんと話をすべきときがくる。それがいまなのだろう。

そこに割って入ったのは恭子だった。

「叔母さん、やめてよ。さっきも言ったじゃない、あたし、大丈夫だから」

「でもね……」

「だから、いいんだってば。そういうことを話すために、叔母さんに来てもらったんじゃないんだから」

美智子が姪に言い負かされている。

「それにさ、お母さんと名取さん、ほんとは結ばれなきゃならない二人だったんだよ」

その言葉に、名取は衝撃を受けた。

これまで自分の娘の存在に気づかず過ごしてきた。そんな心の錘《おもり》からわずかに解放されたように感じた。

言葉を発しなければならないと思いながら、情けないことになにも出てこない。

かわりに美沙子が娘に近づいた。

「優勝おめでとう」

「ありがとう、お母さん」

「やればできるじゃない。ね、お母さんの言ったとおりでしょう」

「一言多いんだってば、お母さん」

恭子がはにかんでみせた。

名取たちは、改札コンコース北口側のスペースに入った。山梨県産の水晶《すいしょう》を展示する広場で、この時間はひとの姿がなかった。

名取が彼女たちの住まいに足を踏み入れるのを遠慮したため、展示スペースの椅子に腰かけることにした。

江藤は家族の問題に立ち入らないよう、百メートルほど離れた場所に立っていた。

長内恭子は名取の顔をじっと見つめた。

「実はあたし、ずっと前から知っていたの」そこで恭子は美智子を見た。「美智子叔母さんは覚えてないと思うけど、いつかお母さんが留守のときに、酔っ払って夜中にうちにやって来て、そんなことを口走っていたのを聞いちゃったの。〈名取陽一郎〉というひとが、美智子叔母さんと同級生だったひとが……お父さんだって、そのとき初めて知ったの」

中学二年生にしては落ち着いた口調だった。

今朝の車のなかとは違った表情をみせている。

「だから二年前の六月――小学校の修学旅行で東京に行ったときにね、明央防災科学研究所に行ってみたの」

「ひとりで?」美沙子が訊ねる。

「うん、自由行動のときに」

「グループ行動のとき、ひとりでいなくなったって、あとで先生から聞いたけど——」

「そう、あのとき。名取さんは不在で、会えなかった。でも『深層崩壊の行方』っていう本を持っていたから、サインがほしいふりをして、この著者《ひと》はどういうひとですかって訊ねてみたの。そしたら、案内してくれたおじさんがね、いろいろ教えてくれたの。それだけで良いひとなんだってわかったの」

以前、小学生が名取の著書を携えて訪ねてきたと聞いている。それが実の娘だったとは想像さえしなかった。

「恭子、よく聞いてね」

美沙子は、そこで名取との経緯をすべて恭子に説明した。恭子は少し涙ぐむこともあったが、黙って聞いている。

恭子は〈名取陽一郎〉のことをネットで調べたという。

一度は母親に反抗的な態度を取ったが、明央防災科学研究所を訪ねてからは、気持ちが落ち着いた。

当時のことを知るにつれ、お父さんは山梨を追われてしまったのだと思うようになった。詳しい事情はわからないものの、「お父さんが悪いわけじゃないのに、なんだかかわいそう」と思った。

「だから、いつかお母さんが会わせてくれると思っていたの……だから……お母さん、よかったね。おめでとう」

堪《こら》えきれなくなったのか、恭子は母親の胸に顔を埋《うず》めた。

「ごめんね、恭子。つらい思いをさせたね」

この瞬間、名取は頸木《くびき》を逃れたように感じた。

名取は近くに佇んでいる同年代の女性に気づいた。彼女と目が合った。相手が会釈する。

彼女が美沙子の大学時代の友だちなのだろうと思った。


名取は佳代と初めて挨拶をした。

おっとりとして、笑顔を絶やさない、とても感じのいい女性だった。美沙子から事情を聞いているのだろう、「これからも美沙子をよろしくお願いします」と頭を下げられた。

佳代が美沙子に目をやった。

「きょうのところはうちの娘も寂しがるから、恭子ちゃんと一緒に帰るね」

佳代は恭子を連れて甲府駅南口に向かった。

名取と美沙子は駅コンコースの改札前まで佳代たちを見送ると、再び先ほどのスペースに戻った。そこに美智子だけがぽつんと腰かけている。

美沙子が妹に顔を向けた。

「美智子、あなたは名取さんのことを」

そこで美沙子は言葉を止めた。

美智子が少しだけ身体をよじるような仕草をみせた。

「わたしはずっと名取君のことが好きだった。それはいまも変わらないわ」

この言葉を聞いて、率直なひとだなと名取は思った。だからこそ、いまも変わらぬ思いを持ち続け、姉にも一直線に気持ちを伝えることができるのだ。

「名取君は覚えてないと思うけど、高校一年のときに陸上の大会があって、応援に来てくれていた名取君に『長内、がんばれよ』って声をかけてもらったことがあるの。わたし、とっても嬉しかった。あのときは新人大会だったんだけど、スランプ気味で不安で仕方なかった。そんなときに優しく声をかけてくれた、名取君を好きになったの。それなのに……」

美智子が名取たちのことを知ったのは、高校卒業後、ふたりのデート現場を見た知人に聞いたからだ。

姉と一緒にいた男の風貌を聞いて、名取だと気づいたという。

「高校一年のときから名取君のことが好きだったから、許せなかったの。だから、姉や生まれてきた姪を疎ましく思ったの」

「恭子が生まれたときから、彼との子どもだと知っていたのね」

「そんなこと、いつも姉さんと一緒にいればわかるわ。名取君も姉さんも死んでしまえ、地獄に堕《お》ちればいいと本気で思った。あのときお父さんとお母さんが名取君の家に行ったのは、わたしのインターハイのことじゃない。姉さんが妊娠していることを知ったからよ。だから、二人は血相を変えて長赤ニュータウンに向かったのよ。だから、あんたたち二人がお父さん、お母さんの生命《いのち》を奪ったのよ」

「美智子、ごめんなさい。あなたから大切なお父さん、お母さんを奪ったりして……」

美沙子が美智子を抱き寄せる。

「それは姉さんも同じ……姉さんのほうがもっと辛かったのに、辛いことを知っていたのに、わたしはいまも昔も……」

美智子が号泣する。美沙子も目に涙を溜めて、妹の頭を撫でた。

「お父さんとお母さんが亡くなったあと、わたしはいつも蚊帳《かや》の外だった。ずっとそう思っていたの、姉さん」

「そんなことは……」

「姉さんは姉さんで、名取君のことを想《おも》っていたはず。名取君の子どもを産んで、姉さんはいつか名取君と結ばれる日がくるのを待っていたんだと思う。だからいままで独りだったのよ。そんな姉さんの家族に、わたしは受け入れられることはない。だから、わたしはひとりぼっち、姉さんの家族の蚊帳の外だったのよ……あの娘《こ》と同じなの」

「ごめんなさい。あなたにそんな思いをさせていたなんて、姉さん、いまのいままで知らなかった。ごめんね、許して……」

「もういいの。わたしこそ、こんなに子どもっぽくて、ごめんね」

「いいのよ、もういいの……」

姉妹があらたな絆を結ぼうとしている。そういう予感があった。

二人の話が落ち着いたとき、名取は美智子を刺激しないように、やんわりと訊ねた。

「いま言った、『あの娘《こ》』って誰なんですか。恭子ちゃんのこと？」

「違うの。的場真帆ちゃん、あの長赤災害のときの事件で亡くなった中学の後輩——」

的場秀雄の長女真帆は当時十七歳で、長赤中学時代、名取たちの一年後輩だった。美智子と真帆はともに陸上部に籍を置いていた。

「どうして『あの娘《こ》も同じ』なの？」美沙子が訊ねた。「真帆さんも、家族のなかで蚊帳の外ってことなの？」

「自分でそんなことを言っていたの。事情はよくわからないけど、しきりに『お母さんは誰か好きな人がいるのかも』とか、『本当のことは知りたくないな』とか言って、悩んでいたの」

美智子の言葉は、〈あの娘《こ》も同じ〉の答えにはなっていない。

名取は詳しい話を聞こうとしたが、美智子は急に口を閉ざして、それ以上なにも言葉を発しなかった。

12

朝早くに目が覚めた。

名取が宿泊したのは江藤が用意してくれた、甲府駅前のビジネスホテルだった。

昨夜、長内美沙子、美智子と別れたあと、名取は再び〈甲斐新報・甲斐放送グループ〉のメディアビルで、谷川勝との面会の様子を江藤に説明していた。

スマートフォンが震えた。江藤だった。

「おはようございます。さっそくですが、あの破裂音、やっぱりダイナマイトでした」

甲斐新報が最大限に急がせて鑑定したところ、午前二時の朝刊最終版に間に合わなかったものの、音響分析でダイナマイトらしい音声が解析されたという。

長赤災害が起きる八十分前——午後六時五十分の音声は、ダイナマイトの可能性が高いことがわかった。

「つまり、これは安曇《あづ》野大映画サークルの撮影で、ダイナマイトが使用されていたことになります。専門家の鑑定により、〈自然界で発せられる音ではなく、人工的なものである〉と結論づけられました」

この情報はすでに、甲斐放送の系列局中央テレビが報じていた。

今朝の全国ネットの情報番組で大きく取り上げられるとの話だった。

「これは東京支社からの情報です。谷川勝、坂石直、坂石瑛子の三人が、昨晩渋谷警察署に出頭したそうです。竹上良一が描いた絵コンテを見せられて、観念したのかもしれませんね」

江藤は興奮気味に言った。

長内美沙子が言い放った、「専門家による音響鑑定」の脅し文句が効いたのかもしれない。

「それから名取さん、例の週刊誌、十日の発売だそうです」

「明後日ですね」

全四ページで、箇条書きでいくつかの推理が紹介され、その四番目の容疑者として名取の父親の名前が出てくるという。

名取は甲斐新報メディアビルでの、江藤の苦渋《くじゅう》に満ちた表情を思い出した。

未解決のままになっている的場一家惨殺事件。

それは山梨県の人たちにすれば、なんとしてでも解決したい――しかし、解決できない難事件として記憶されている。

「先日、的場事件は『永遠に解けない謎』だとおっしゃっていましたが、本当にそうなんでしょうか」

名取は思わずそう口にした。

「そうですね。今回のダイナマイト騒動で、久しぶりに長赤災害に関するあらたな事実が出てきて、ちょっと興奮していますが……でも的場事件には繋がらない情報です。たぶん、われわれが考えている以上に……大変なんだと思います。あの長赤災害によって現場が消失してしまった、的場事件の真相を解き明かすのは――」

やっぱり永遠に解けない謎なんですよ、と江藤がつけ加えた。


名取はホテルを出て、駅前でタクシーに乗車した。

遼硅寺《りょうけいじ》に入ると、住職がほかの袈裟《けさ》姿のひとと、正門前の箒《ほうき》がけしているところだった。訪問することを伝えていたので、外で待っていてくれたのだろう。

名取は住職に駆け寄った。

「朝早くからすみません。それに昨夜も申し訳ありませんでした」

「いえいえ、大丈夫ですよ」

住職は笑顔を返してきた。

名取はさっそくスマートフォンを取り出し、〈あや〉で撮影した渋沢明美の写真を液晶画面に表示した。住職がそれを覗き込む。

「もしかすると、この女性《ひと》かもしれません。髪型も髪の色も、こんな感じだったと思います」

名取はもう一度丁寧に礼を言って、遼硅寺をあとにした。

あらためて大阪に向かう必要があると思った。

名取は〈あや〉の名刺を出した。スマートフォンで電話を入れると、赤城綾乃の声が聞こえた。

きょう、そちらに訪ねてもよいかと伝えたところ、「いいですよ」とあっさりOKしてくれた。

名取は「明美さんに会いたいのですが」と口にすると、昼から出勤するという。

今夜、常連客の誕生会で、貸切パーティがあるため、早めに出てくるようだ。

「それから明美さんのことですが、七月三十日にそちらの店に出ていましたか」

的場家の墓の悪戯事件は七月三十日に起きている。

もし〈あや〉でアルバイトをしていたら、アリバイが成立する。

「その日は友だちの結婚式があるって、週末まで休みを取ってたよ」

「三十日と三十一日は出勤していなかったんですね」

「そうなんよ。三十日に結婚式があるって言うてたけど、普通、金曜日に結婚式なんかせえへんやん。もっとましな嘘をつけばいいのに。ほんま抜けた娘《こ》やわ」

名取は美沙子に電話を入れて、大阪行きを伝えた。

「どうして行くの?」

そう問われて、名取は明後日発売の週刊誌で、父親が、四番目の容疑者として取り上げられると伝えた。四番目は微妙な順番だが、一番目が岩見条であれば、新情報として提示されるなかでは、実質三番目の位置にある。

将棋の差し方くらいで、的場秀雄が激高するとは考えられないが、週刊誌の記者はなんでもこじつけてしまうからやっかいだ。それを止めることもできない。

だが、いま胸のなかで渦巻《うず》いている気持ちを正直に吐き出そうと思った。

「できることなら……ほんの少しでも可能性があるのなら、深層崩壊で埋もれた真実を明らかにしたいという思いがあるんだ」

〈渡見学〉の正体を明らかにしたい。そう思った。

「わかった」

美沙子の静かな声が返ってきた。

第三章　深層崩壊

1

　ＪＲ新大阪駅のプラットフォームに降りると、熱波《ねっぱ》に襲われた。

　東京では連日、猛暑日が続いているが、大阪もそれに負けないくらいの炎暑《えんしょ》だった。

　名取陽一郎は新幹線で大阪に向かう途中、谷川たちがダイナマイト使用の事実を認めたという話を江藤から聞いた。

　谷川勝たちの供述は、以下のとおりだった。

　――一九九五年七月三十日、あの長赤災害が起きた夜、撮影で一本だけ、ダイナマイトを使いました。発案したのは坂石直でした――

　谷川の供述によれば、ダイナマイトを調達したのは瑛子だった。

　そのとき撮影した映像や残り九本のダイナマイトは、土砂災害によって流失していた。

――長赤災害が起きたとき、ダイナマイトのことは墓場まで持っていこうと三人で決めました。われわれ三人は映像の世界から足を洗うことにしたのです。わたしはウェブの仕事を始め、坂石たちも別の仕事を見つけるつもりでしたが、坂石はこれが最後だという思いで関わった映画が国際映画祭のグランプリに輝いたことで、その魅力から離れられなくなったのです。坂石が瑛子と結婚したのも、共犯関係を保つため、互いの口を封じるための、契約結婚のようなものでした――

映画の世界に戻った坂石は、昔の轍《てつ》を二度と踏まないために、慎重派の堅物《カタブツ》となったのだ。

坂石直は次のように供述した。

――すべてぼくが悪いんです。青山瑛子の父親が火薬工場に勤めていて、管理が杜撰だと彼女から聞いていました。どんな映像を撮っても、どこかありきたりで、なにか新機軸はないかと考えていたとき、瑛子の話を思い出し、「そのダイナマイトをちょっとだけくすねて、撮影に使えないか。そうしたら迫力ある映像が撮れるんじゃないか」と発案したんです。谷川勝もそれに賛同して、結果的に瑛子が父親の勤める工場からブツを盗むことになりました。谷川や瑛子以外の七人も、ぼくのことを信頼してくれていて、みんな危険だと認識はしていましたが、きちんと安全対策を取るから大丈夫だと説得しました。ただ、ダイナマイトが盗んだものであることは、彼らに伝えていませんでした――

瑛子は子どものころから、松ダイナマイトの破壊力を知っていた。

発火場所から十数メートル離れていれば、人体に影響はない。それでも大きな爆発が起きるから、迫力のある映像が撮影できると考えた。

長赤災害時、安曇野《あづみの》大学生の撮影隊がダイナマイトを使用していたことに、世間は驚いた。早くもネット上ではトップニュースとなった。「深層崩壊が起きたのはダイナマイトが原因ではないか」と話題になっていた。


名取は新大阪駅から地下鉄と私鉄を乗り継いで、〈あや〉に向かった。

店内に入ると、赤城綾乃が笑顔をみせた。

「早いわね」化粧をしていないのか、頬のシミが目立つ。「あの娘《こ》はさっき来たばかりよ」

店内の壁時計を見ると、午後三時を過ぎたところだった。

奥から明美があらわれた。名取を見て、緊張した面持《おもも》ちで足を止める。

綾乃がちらりと明美を見た。

「ごめんやで。あんたからの電話、この娘《こ》に話したんや」綾乃が愛嬌たっぷりに舌を出した。

「あんたにご執心《しゅうしん》の殿方がいらっしゃるでって」

勘違いされたようだが、執心であることは間違いない。

「ママさん、いまお時間大丈夫ですか」

今夜の準備の邪魔になるようなら、時間をあらためようと思った。

「大丈夫よ」

そこで名取は渋谷明美に身体《からだ》を向けた。

「明美さん、ことしの七月三十日、的場家の墓石を動かしたのはあなたですね」

名取は単刀直入に訊ねた。明美は黙り込んでいる。

「あなたは山梨県に行き、タクシーか、なにかの交通手段を使って遼硅寺《りょうけいじ》に向かった。そこでこれを落とした」

名取は『日本の土砂災害地図』を鞄から取り出した。カバーを外していた。

「あなたは渡見学こと的場秀雄さんから、この本を譲り受けたんじゃないですか」

明美がふっと笑みを洩らした。

「指紋調べたら、うちのんが、べたべた見つかるやろね」明美は落ち着いた口調だった。「そやけど、そこまで知ってはったんやね。さっき、ママから話を聞いて、もうあかんなと思て覚悟してたんよ。ほんでも、的場秀雄さんの名前まで出てくるとは思わへんかったわ」

「あなたは、的場秀雄さん——いえ、渡見学さんとどういう関係だったんですか」

「わかってはるんやろ」明美はなげやりに言う。「そういう仲ってことですよ」

明美の言葉に、綾乃が目を丸くしている。

「ママに悟られんように苦労したけど、たまに派手に罵り合う演技したから、ばれへんかったんとちゃうかな。そんでそんな日のほうが、あっちは燃えたりするから」

初めて情を通じたのは、一年半前のことだという。

漢字を知らないと馬鹿にされて、店で喧嘩したのがきっかけだった。店をあがるとき、「さっきは申し訳なかった」と、雨のなか外で待っていた渡見に声をかけられた。

ママが帰ったあと、二人で飲み直し、そのままソファーで絡み合った。

「男女の仲になってからは、ずっとあの人のことが好きやった。亡くなったお父さんみたいな感じがして、どこか懐かしさがあったんよ。そやのに、あの人が死ぬやなんて信じられへん。うちになんも言わんと、死ぬやなんて……」

生前、学が『死んだら的場家の墓に入りたい』と言っていたのを思い出した。そのとき、彼が的場秀雄であると確信したという。

名取の頭に疑問が浮かんだ。

それだけでは的場秀雄と決めつけられない。岩見条であっても同じように懇願するかもしれないからだ。

「渡見は、自分が〈的場秀雄〉だと言ったんですね」

「ちゃいます。『的場家の墓に入りたい』と言うてただけです。でも同じことやと思いました」

「それからどうしたんですか」

「身寄りのない人は、市役所が無縁葬儀をしたあと、無縁仏になってしまうんやて。役所の人に聞きました。そのままにしておけんから、お願いして、骨の一部をもらい受けたんです。役所の人は店の常連さんで、うちのことを気に入ってくれてたから、無理をきいてくれました。うちはお骨の一部でもいいから、奥さんやお子さんが眠っているお墓にいれてあげたいと思って、山梨県に向かったんです」

前夜、静岡県まで行き、翌朝身延線《みのぶせん》の始発電車で山梨県に入った。

遼硅寺の最寄駅は身延線の途中にある。だが不案内な土地だけに、終点の甲府駅まで行き、そこからタクシーを使った。寺に着いたのは午前七時ごろだったという。

「どうして七月三十日だったんですか。渡見さんが亡くなって、しばらく時間が空いていますよね」

「その日が命日やからです。『日本の土砂災害地図』にもそう書いてました。そやから、その日に一緒にさせてあげようと思《おも》たんです」

「お寺でのことを教えてください」

「お墓ってどうなってるんかようわからんで、どっかに骨壺入れるとこ、あるんやないかと、墓石の前とか動かしてたんやけど、意外と重くて前の台とかを落としてしもた」

水鉢《みずばち》や香炉《こうろ》が敷石に落ちていたのはこのためだ。

「そんとき、慌ててヒール引っかけて転んでしもて、身体《からだ》がうえの墓石に当たって、少し動かしてしもたんよ。それでそっから逃げて、墓所の敷地にあった樹木の根元あたり——見つからんよう、ひと目のつかん裏側のやわらかい土んとこを掘って、骨を埋めてあげました。勝手にそんなんして、悪かった思います。ガクさんは家族のそばで暮らしたかったんやと思います。だから死にはってからも、いえ、死んでしまいはったからこそ、彼の願いを叶えてあげたいと思たんです」

駅と往復したタクシーは、あえて遼硅寺から離れた場所で乗り降りしたという。

寺から立ち去ったとき、持参した『日本の土砂災害地図』が手元になかった。だから的場家の墓石で転んだときに紛失したと思ったようだ。

「小《ち》っちゃめの袋に入れてたから、落ちてしもたんや思います。そやけど、まさかあの本を拾った人が訪ねてくるとは思わんかった」

それはトルストイのおかげだ。

名取は第Ⅲ章のページを開いて、明美にみせた。

「このマーカーペンのラインと花マル印、明美さんが書いたんですか」

明美が本を覗き込む。

「うちとちゃう。はじめから引いてあったわ」

天名堂の店主は汚れがあるものは売り物にならないと言っていた。

やはり渡見学が書き入れた可能性がある。

「あのトイレの落書き、あれもあなたが一役買っていると思うんですが」

名取は推測を口にした。

「え、そうなん?」綾乃が声をあげる。

「うちが書きました。型紙《かたがみ》作って、スプレーでインクを吹きかけたんです。特定の筆跡を残さんためやて、ガクさんが言うてました。すべてガクさんの発案です。ママが『最近、客が減った』って嘆いてて、ガクさんにそのこと話したら、『なんか珍現象でも起こせばええんやないか。それも口コミがええやろ』って言いはって、英文の落書きを思いついたんです」

「そのわりに、あんまり客が増えた感じ、せえへんかったな」綾乃が呟く。

「いえ、おもしろがって来てくれはった人もいはりましたよ」

天名堂の店主も「おもろいから、いっぺん見に行った」と口にしていた。馴染み客に、もう一度足を運ばせるくらいの効果はあったのかもしれない。

トルストイの名句は、渡見の好きな言葉だった。それをあらためて図書館で借りた名言・名句集で確かめ、『日本の土砂災害地図』のブックカバーに書き写した。

「トイレの落書きを書き写したんとちゃうの」

「ママ、逆なんよ。もともとカバーに書いてたもんを、書き写したように説明したんです。嘘言うて、ごめんなさい」

「そやったんや、知らんかったわ。そういえば、トルストイの名句やって教えてくれたんも教授やったね。それにしても、明美ちゃん、英語がわかるん?」

「うちはわかりません」

「明美さんは英語もそれなりに理解できるんじゃないですか」

「どういうことやの」

「あなたは教養のないふりをしてるけど、ちゃんとした教育を受けているんじゃないですか」

「なんでそう思うん？」

「所作《しょさ》かな。明美さん、どこかで踊りの勉強をしていたんじゃないですか。もしそうなら教育を受ける環境にあったのかなと思いました」

「ええ、まあ」

明美が曖昧に頷く。

「大学は大阪《こっち》なんですか」

名取はあえてそう訊ねた。

「いいえ、関東にある私大です」

「え、明美ちゃん、大学出てんの？」綾乃が驚く。

「出てません、中退です。隠しててごめんなさい、ママ」

「別にあやまることないやん。すごいやん、明美ちゃん。ほしたら漢字なんか、簡単ちゃうん？」

「〈薔薇《ばら》〉なんか、いまでも書けません。そやけど、あの人、あほみたいに怒りはって、おもろいからわざと間違えてました」

「どうしてこの店で働くようになったんですか」

名取が訊ねると、明美は頷いた。

「うちはいろいろ事情があって、京都の実家が借金背負って、大学も途中で辞めてこっちに戻ってきたんやけど、住むところもなくなってしもた。しゃあないから大阪の風俗で働き始めたら、悪い男につかまってそいつに金むしられて、嫌になって男から逃げてきたんや。そんなとき、やっと見つけたんが新今宮《ここ》やったんです」

渋沢明美はあっさりと口にしたが、それが本当なら過酷な人生を歩んできたことになる。

「ガクさんと仲良《よ》うなったんは、同じ大学の先輩やと聞いたからなんよ」

明美が通っていたのは横浜湘南《よこはましょうなん》大学社会学部で、渡見学は同大学の文学部英米文学科を卒業していた。

世代は違うが、同じ教授から言語学の授業を受けており、それで意気投合した。

これが事実であるなら、大学に行っていない岩見条は、渡見学ではないことになる。

「ガクさんは、言語学教授のあだ名が〈ガチャピン〉ってこととか、大学の椅子が滑りやすかったこととか、よう知ってはって、互いに打ち解け合ったんです」

〈ガチャピン〉の由来が気になったが、名取は話を進めた。

「渋沢明美という名前は本名なんですか」

「偽名です。そのこと知ってはるのは、ガクさんだけです。大学の先輩後輩の関係やったから、信頼して身の上話ができたんです」

「山梨県で起きた的場事件のことは知ってますよね」

「有名やからね。彼が犯人なのかどうか知りませんが、ただ妻子を殺害したんは自分やないって言うてました。ある男に妻子を殺されたんで、逃げて来たことしか聞いてません。だから、もし自分が死んだら、山梨県の墓に埋めてほしいと言われてたんです」

「えっ！　いまなんて言いましたか？　渡見学さんは『ある男に妻子を殺されたんで、逃げて来た』って言ったんですね」

名取は興奮を隠しきれず、身体《からだ》を乗り出した。

「そう言うてました」

「その相手が誰だか言ってましたか。その妻子を殺した男が誰なのか――」

「言うてません」

明美が首を振る。

妻子を殺害されて逃げてきたのなら、その相手から逃げ続けていたのではないか。そしてそれが真実ならば、渡見学はどうして名乗り出ずにいたのか。

疑問は膨らむばかりだが、それでも収穫だった。

長年、未解決だった的場一家惨殺事件の一端が明らかになった。

明美の言葉が真実ならば、渡見学は的場秀雄であり、彼の妻子はほかの〈男〉に殺害されたことになる。そしてその男こそ、岩見条なのかもしれない。

一方で、当然の疑問が浮かぶ。的場秀雄は、法歯学と筆跡鑑定によって死亡が確認されている。これをどう解釈すればよいのか。

さらに、あらたな疑問が生じる。

渡見学は本当に自殺だったのか。

「ママさん、以前にも訊ねたことですが、渡見学さんが自殺する直前の様子で、思い当たるようなことはありませんか」

「そうやね、図書館で見かけたことがあったくらいかな」

綾乃は渡見が亡くなる直前、大阪市立中央図書館で彼の姿を見かけたという。

綾乃の話では、釜ヶ崎《かまがさき》から一番近い図書館は、自転車で十分くらいの場所にある浪速《なにわ》図書館だが、市内でパソコンを使えるのは中央図書館だけだ。

「教授はけっこうあの図書館に通《かよ》てたみたいで、なんや熱心にパソコンいじったり、新聞読んだりしてはったね」

「エアコンあるから、一日のんびり本を読んだりするのんに最適や、言うてました」明美も頷く。

「五月の連休のときも、中央図書館に行く言うてましたわ」

渡見学は、新今宮から五キロほど離れた西長堀《にしながほり》の大阪市立中央図書館に自転車で行っていたようだ。

中央図書館三階には閲覧室があり、パソコンが設置されている。そこでインターネット検索もできる。綾乃が見かけたときも、ネット検索をしていた。

「なにを調べていたんでしょうか」

「さあ、わかりませんわ」

綾乃が答えると、「うちも」と明美も首を振る。

名取はあらためて、自殺する直前の渡見学の行動を教えてもらった。

名取は頭のなかで、それらを時系列で整理した。

二〇一〇年四月二十八日水曜日、渡見は熱心に新聞を読んでいた。

五月六日木曜日から五月七日金曜日――連休のはざまの平日に、渡見は図書館に通っていた。新聞記事やインターネットで、なにかを調べている様子だった。

五月八日土曜から五月九日の日曜にかけて、行きつけの店を何軒かまわっている。彼なりに最期の別れをしていたのではないか。九日夜に自殺し、翌十日の朝に遺体が発見されている。

自殺の信憑性はあとで警察に確認しようと思った。

渋沢明美の証言を得たいま、渡見学が的場秀雄であった可能性が高い。法歯学や筆跡鑑定の結果を一旦棚上げして、渡見学が的場秀雄だと仮定した場合、このような推論が成り立つ。

岩見は的場の妻見輪に横恋慕しており、乱暴しようとしたところ激しく抵抗されて、斧で殺害した。その場に居合わせた真帆と奈帆も殺害する。

そこに帰宅した的場秀雄が岩見と格闘となり、相手の斧を奪い、逆に岩見条を殺害した。正当防衛だったのかもしれない。

しかし人を殺害したという衝撃、妻や娘たちを喪った絶望感で的場は山を降りる。

そして長赤災害が起きる。

的場秀雄は家人が避難していた留守宅に入り、金品などを盗んで、山梨県をあとにする。流れついた大阪で日雇い労働をしながら生活を始めた。

そのうち、岩見条が自分と間違えられていることを知る。だが、的場秀雄は名乗り出ることはなかった。目撃者がひとりもいないため、真実を話しても誰も信じてくれないと考えた。

やがていい仲になった渋沢明美にだけ、自分のことを話した。

「渡見学さんが住んでいた部屋って、いま見ることはできますか」

「まだ空《あ》いてるみたいやよ」

「明美さん、ぜひ案内してもらえませんか」

名取は懇願した。

2

渡見学が十数年間にわたって生活した部屋は、清風荘《せいふうそう》という簡易宿泊所の一階廊下の一番奥にあった。

宿泊所の入口は狭く、下駄箱が並んだ小さなスペースの隣に、管理人とおぼしき老婆が座ったまま居眠りしていた。

「おばちゃん、ちょっと部屋見せてや」

明美が慣れた口調で声をかけるが、老婆はぴくりとも動かない。

「いっつも、ああなんよ」

靴を脱いで遠慮なく上がる明美について、名取は廊下の奥へ進んだ。明美が突き当りの部屋のドアノブに手をかける。

「明美さん、鍵は？」

「盗《と》るもんなんかあれへんから、開けっぱなしや」

明美がドアを開けると、わずかにすえた臭いがした。

「ここが、ガクさんが暮らしてた部屋です」

そこは畳部屋だった。三畳ほどのスペースしかない。目の前にガラス窓、右手に押入れがある。江藤の話では、渡見学はドアノブにタオルを裂いた紐を通し、首に巻いて体重をかけて死亡していた。

名取は部屋に入り、腰を下ろした。明美も座り、手に持っていた鞄を膝の上に置く。

「ここに生活用品とかがあったんですね」

名取は部屋を見渡しながら訊ねた。

「そう、小さいテレビに小さい冷蔵庫、扇風機に電熱器。生活雑貨とかは、小《ち》っちゃいビニール袋にくるんで、分類してました。『ゴミとちゃうから、可燃ごみの日に捨てんといてや』言うてました。あとは本がいっぱいやね。カントとかの哲学書、ほんで分厚い医学書も置いてあったわ」

「医学書？」

「そう、それに阪神・淡路大震災関連や、心理カウンセリングの本とかもね。いまから思うと、震災のこととかに興味があったんや思います」

「明美さんは彼が匿名の寄付をしていたことは、御存知なかったんですね」

「ぜんぜん――」明美が首を振る。「いまさらやけど、いつもいろんなひとのこと、気にかけてはったね。たぶんめっちゃ嫌《や》な体験《こと》があったんや思います。そやからひとに優しかったんやないかな」

「明美さんはこの部屋に来られたことがあるんですか」

「二、三回程度です。一応、店では犬猿の仲演じてるんで。このあたりもあちこちに知り合いがいてるし、管理人のおばちゃんとも顔見知りやから、なかなか近づけんかった」

二人きりになるときは、交通費を浮かすために自転車でラブホテルに行ったという。

「渡見さんとつき合ってきて、彼についてなにか気づいたことはありませんか」

「そうやね。寂しがり屋やったね。気丈にしてるけど、うちの前ではあかんたれでした。横柄な態度を取ることもあったけど、根は優しい人やったんです。事実関係とか漢字とか、明らかな間違いは糺《ただ》したりするんやけど、あえて言わんでもええことは黙認してました。それに、どっか達観したとこがあって、自分の人生を憐れむことも、誰かを羨むこともなかったです」

「渡見さんが家族の話をしたことは？」

「ぜんぜんありません。妻子が殺されたと話したときだけやね」

明美の口から問題の発言が出たのをきっかけに、名取は本題に入った。

明美をスナックから連れ出したのは、じっくりとその話を訊くためだ。

「渡見学さんが『ある男に妻子を殺害されて、逃げて来た』と言ったのは、どういうときなんですか」

「一年くらい前やったか、うちの身の上話をしたことがあるんです。そんときに『苦労したんやな』と涙ぐみはって、『ガクさんもこれまで苦労してきたんちゃうの』と訊ねたら、『わしは大したことないわ』と呟いたあと、『まあ、ある男に妻子を殺されたんで、逃げて来ただけやな』と言うたんです。うち、えらいびっくりして訊き返したら答えてくれんと、ただ『死んだら的場家の墓に入りたい』と口にして、それからガクさんは寝てしまいはりました」

「それは明美さんの部屋で？」

「さっき話したラブホです。朝までめっちゃ体力使《つこ》たあとやったし、お互い酔っぱらってたんで、その話はそれきりやった。あとでいっぺんだけ訊ねたんやけど、『酔っぱらってて、よう覚えてへんわ』と機嫌悪そうでした」

「その話は、それきりということですか」

「そのときはそうです。でも、亡くなる直前の――五月五日やったか、久しぶりにラブホ行ったときも、しきりに同じことを呟いてはったんです。いまから思うと、うちにそうしてくれと頼んではったんとちゃうかな」

そのとき、寺の名前を告げたという。

遼硅寺には的場家の墓が二基あって、一方が先祖の墓で、別の場所にあるのが事件後に建立された的場秀雄一家の墓だと教えてもらった。

「うち、ガクさんが自殺なんか考えてはること、ぜんぜん気いつけへんかった。『死んだら』って頼まれてたけど、そんなん遠い先の話やて思てた。死にはってから、そういうことやったんやって思たんです」

「それでも、渡見さんは自分が〈的場秀雄〉であることを明言していないんですね」

「ほんま、いっぺんも。そやけど、言われんでもわかります。『的場家の墓に入りたい』って、言うてはったから」

墓荒らしの動機はわかった。

しかし、渡見の言葉だけで、確信が持てるものだろうか。

渡見が単なる事件フリーク、的場一家マニアだとも考えられるのだ。それに墓石を動かすのは犯罪になる。

　名取がそのことを訊ねると、

「あの日の朝、地元の新聞を読んで、ガクさんの話はほんまやったんやと確信したんです」

　明美は手元の鞄から、擦り切れた古い巾着袋《きんちゃくぶくろ》を取り出した。縦横三十センチ、幅二十センチほどのサイズで、黒の布地に、キツネかタヌキに見える刺繍《ししゅう》がされている。

　ぼさぼさの茶色の毛に、黒くて小さな丸い目、突き出た口元。媚《こ》びを売るような表情がユーモラスだった。

「この巾着袋、ガクさんが長いこと大切に持ってはったんです。最後に会ったあと、家に帰ったら、鞄の奥に折り畳んで入ってました。ガクさんがこっそり入れたんやと思います。死ぬつもりやったから、うちにくれたんかもしれません。それがあのとき――」

　七月三十日の朝、山梨県を訪れたとき、甲府駅で甲斐新報を買った。そこに的場事件の記事とともに、二女奈帆の写真が掲載されていた。

　奈帆が肩からかけたポシェットに、同じ刺繍の絵があった。

　名取は山梨県に向かう〈あずさ〉のなかで見た、甲斐新報を思い出した。そこに同じ写真が載っていた。

　あの日の朝、明美は名取と同じものを目にしていたのだ。

「そのとき初めて、ガクさんは的場秀雄さんやったんやと確信したんです」明美は興奮気味に口調を強めた。「うち、ほんまに……なんとかして、ガクさんを家族と一緒にしてあげたい思たんです。ほんま、なんとかしてあげたかった。そやからタクシーに乗ってから、持ってきてたあんたの本、一生懸命読んでたんや。お寺さんに着いたとき、ぎょうさん物を突っ込んでた巾着袋のうえに本を差して、紐締めんとそのままにしてたから、お墓で粗相《そそう》して、失《な》くしてしもたんや思います」

名取は一旦明美と別れて、西成《にしなり》警察署に向かった。渡見学が自殺したときのことを教えてもらうためだ。

釜ヶ崎の大きな通りを進んだところに、西成警察署はあった。警察署の敷地は厚い壁と鉄柵で囲われていた。明美の話では、かつて労働者による暴動があり、そのときの名残《なごり》だという。

署内に入りL字型をしたカウンターに向かうと、制服の警官二人が怪訝そうにそばにやってきた。一人は小太りで、もうひとりは痩せている。

名取は名刺を取り出し、渡見学のことを知りたいと正直に伝えた。

「ああ、教授のおやっさんね」

渡見の名前を出したとたん、警察官のしかめっ面《つら》が崩れた。

名取は意外に思った。渡見が的場事件に関わっていたのなら、警察を避けようとするのではないか。

「渡見さんと親しかったんですか」

「親しいわけとちゃうけど、長いこと住んどったから、わしらより釜ヶ崎《ここら》に詳しかったんや」

「つまり、渡見さんのほうから警察に近づいてきたわけじゃないと」

「そうやね、わしらが声かけても、けっこう無愛想やったな」

小太りの警察官が言うと、痩せた警察官が応じる。

「警察が嫌いなんとちゃうんか」

「警察好きな奴、大阪にはおらんやろ」

「ほんまや」

二人が漫才を始めそうになったので、名取は本当に自殺だったのかと単刀直入に訊ねた。

「そうや、医者がそう検視したからな。間違いないやろ」

小太りの警察官が答えた。医者とは監察医のことだろう。

変死体の現場での死体検視は、所属の監察医が行うことになっている。

「どうして間違いないんですか。他殺の可能性はまったくないのですね」

名取が訊ねると、小太りの警察官が不思議そうな表情になった。

「他殺って、なんでそんなこと言わはるん?」

「ちょっと気になったもので」

彼はカウンターの、名取の名刺を一瞥して言った。

「特定の事案については話できんで。ただ一般的な話として、絞殺《しめころ》したのちに自殺にみせかけた場合、首にできた索条痕《さくじょうこん》は水平に作られて、その後死体を懸垂《けんすい》させたら、もうひとつ別のんができる。二種類の索条痕が作られることになるんや。そんとき顔面の鬱血、眼の鬱血点はけっこう目立ちよるし、それが縊血斑《いっけつはん》としてあらわれるんや。そやけど、縊死の場合は、索条痕は首の斜め上方に向かって走るだけで、顔面と眼の鬱血《うっけつ》もみられへんのや」

注釈をつけたわりに、彼はあっさりと答えてくれた。

「渡見さんは後者だったと」

小太りの警察官はそれには答えず、頷いただけだった。

後方で、名取たちの話を聞いていた、坊主頭の制服警官が近づいてきた。

「部屋の鍵も掛かっとったし、遺書もあった。死んだあとのことを考えて、本人が家財道具を処分しとったから自殺で間違いないやろ」

さらに、部屋が汚れないようにビニールシートを敷いていた。

「身寄りがなかったようですが、葬儀とか火葬とか、お墓とかはどうしたんですか」

名取が訊ねると、坊主頭の彼はぶっきらぼうに答えた。

「役所に聞いてみたらええわ」

それはすでに渋沢明美から聞いている。

無縁仏になる前に、明美が渡見の遺骨を手に入れたのだ。

名取が鞄を取りに〈あや〉に戻ると、店内に長内美沙子の姿があった。

所在なさげにカウンターの端に佇んでいる。美沙子は名取の姿を見つけると、ぱっと面《おもて》が明るくなった。

「どうしたんだ」

「ごめん、来ちゃった。だめだった？」

「いや、そういうわけじゃないが」

「大阪《こっち》に来る途中、〈匿名パンダ〉のことがネットニュースで流れていたの」

匿名パンダこと渡見学が、寄付していた物資の包み紙に英語が記されていた。ピンク色の包装紙にきれいに英文が並んでおり、デパートの包装紙のようにみえた。

その英文は手書きの活字体で、和訳すると恋愛小説になっていた。家庭教師の女性と男子生徒の恋を描いたものだ。

〈匿名パンダ〉からの支援物資を受け取っていた高齢の被災者女性は、英語がわからずそれを読むこともなかったが、大切にしまっていた。

ところが匿名パンダの正体がわかってから、地元テレビ局の女性記者が、英語の包みの存在を知り和訳した。

「ＦＡＬＬ　ＩＮ　ＬＯＶＥ（ぼくは恋に落ちる）」というタイトルらしい。原題に主語はないが、内容から意訳《いやく》したのだろう。

タイトルと同じ書き出しで始まる英文小説は、「それはぼくが十九の夏だった。彼女は大学生の御嬢さんで、ぼくと同じ十九歳、そしてぼくの家庭教師だった」と続く。

その後、教師と生徒のなにげない日常が綴られながら、主人公〈ぼく〉の淡い恋心が描かれていく。ある夜、急に雨が降りだし、傘を持っていない先生を最寄駅まで送ることになった。二人で一つの傘に入り、彼女の肩がぼくの肩にぶつかり、その反応から先生はぼくの気持ちに気づく。彼女は田舎に帰り教師に。ぼくが追っていくと彼女は結婚を決めていた——

包装紙の英文はそこで終わっていた。

女性記者はこの話を上司に伝え、〈匿名パンダ〉のエピソードとして報道されたようだ。

〈あや〉を辞したあと、名取はあらためて美沙子に大阪に来た理由を訊ねた。

「わたしも美智子と同じなの……陽君が大阪に行くって聞いて、なぜかいてもたってもいられなくなったの」


名取は長内美沙子とともに大阪に泊まることにした。

美沙子は明日の休暇を取得していた。名取も月曜火曜の休みは申請済みだ。

美沙子と相談した結果、同じ部屋で寝《やす》むことにした。夏休み期間の日曜の夜でもあり、ダブルベッドの部屋しか空いていなかった。

部屋に入ると、窓からライトに照らされた大阪城が見えた。

名取は美沙子を抱き寄せ、彼女の唇に自分のそれを重ねた。

美沙子が吐息を洩らす。

「ごめんね、陽君。わたし、こういうこと、そんなに経験ないんだ」

「だって……」

ボーイフレンドがいたはずだ。三十代のボーイフレンドは少女のときと意味が違う。

「わたしね、実は陽君以外のおとこの人、知らないの」

「えっ」

名取は愚かにも間抜けな声を発した。

「ぼくを……待っていてくれたの」

「ごめん、そういうわけじゃないけど……過去にはわたしを愛してくれて、恭子の父親になってくれると言った人はいたけど、そういうことにならなかったの」

そのひとりが、忘年会の帰りに送ってくれた同僚なのかと思った。

「以前、陽君が言ってたよね。『甲府盆地は夜に南から見たほうがきれいだ』って。だから恭子と一緒に、高台にある温泉に行ってみたの。そしたら、本当に美しかった。そのとき思ったの。もしも……わたしがだれかの求愛を受け入れて、ほかの男性《ひと》と結婚したら——そしてその人の子どもをもうけていたら、わたしは陽君と永遠にさよならしなければならない、と」

名取は黙って聞いた。

「そうしたら、わたしは伴侶を得て幸せになったかもしれないけど、恭子からあなたを奪うことになってしまう。でもね、いまになって思うの。恭子はわたしに内緒であなたに会いに行った。そして昨日の朝、あなたのことを父親だとわかったうえで、『新しいボーイフレンドなんでしょう』とあえて言ってる。そんな……あの娘《こ》のいじらしい気持ちを考えると……わたしはあの娘《こ》からあなたを奪わなくてよかったと……思ったの」

「美沙子さんが、ぼくを呼び寄せてくれたのは……」

「ほんとのことを言うね。あなたに会いたい、陽君の声をもう一度聞きたいと思った。わたしはね、恭子を産んだときから、ずっとあの娘《こ》のためだけに生きようと思ってきた。でも心のどこかで……いつかあなたと一緒になれる日を待ち望んでいたの――」

名取はもう一度、美沙子を抱きしめた。

「そして、それが恭子のためになるのなら、わたしは……幸せなの……」

美沙子の声は震えていた。

3

翌朝、名取陽一郎たちはホテルをチェックアウトすると、ＪＲ新大阪駅から新幹線に乗り込んだ。

昨夜一緒に過ごしたことで、美沙子との時間を取り戻したような感覚があった。かつて恋人だったときのように、いや大人になったからこそ、それ以上の親密度が増したように思えた。

今朝、ホテルをチェックアウトする際に、名取は江藤亭に連絡していた。

渡見学の話を聞いた江藤が興奮した。

——つまりいまわかっているのは、渡見学が的場秀雄であるらしいこと、彼が『男に家族を殺された』と言ったことなんですね。

——まだそうと決まったわけじゃありませんが、いま推定できるのは大阪の渡見学が的場秀雄らしいということだけです。それで、その遺骨でDNA鑑定はできますか。

——それは難しいと思いますね。

焼却された骨でのDNA鑑定は不可能に近いという。

——まず渡見学のDNAを検出できるものがないか、調べていただけませんか。たとえば髪の毛だと毛根《もうこん》が残っていないと難しいですが、爪や血痕なら可能だと思います。的場姉妹のDNA検体《けんたい》材料は、山梨県警に保存されていますから揃えられると思います。

名取はすでに綾乃に連絡を入れて、明美に伝えてもらっていた。

——的場秀雄はどこの大学を出ているんですか。

——確か、東京の東都理科《とうとりか》大学でした。

それが事実ならば、明美の証言と食い違う。

――それから遼硅寺《りょうけいじ》の的場家のお墓は二基あるんですか。一つがご先祖の墓、もうひとつが的場秀雄一家の墓では。

――おっしゃるとおりです。

渡見学は的場家の墓所についての情報を、あらかじめ得ていたことになる。

名取は新幹線のなかで、昨日、〈あや〉や簡易宿泊所、西成警察署などで入手した情報を美沙子に話した。

的場の死亡が認定されたのは、発見された白骨遺体の歯列《しれつ》によるものだ。それが間違っていたのなら、どのような可能性が考えられるのか。

「白骨遺体は的場秀雄ではなく、別の人物っていうことになるよね」

「そういうことだ」名取は頷いた。「長赤災害が発生した当時、県警は行方不明者の身許確認のために、歯科医院に照会をかけて、歯科診療録《カルテ》、歯列のエックス線画像を入手して、それによる遺体の歯列との照合で身許確認をしていた。白骨遺体の歯列は、静岡市の歯科医院の記録と一致した。そのときの問診票の筆跡も的場のものだった」

「じゃあ、もしも渡見学が的場秀雄だったら――」

「そのとき治療した人物は的場でないことになる。でも、渡見が的場だとしても……彼はどうして横浜湘南大卒だと言ったのか」

名取が疑問を口にすると、美沙子はあっさりと答える。

「渡見学が調子を合わせて、嘘を言ったたってことは考えられないの。明美さんの気を惹きたくて、そのきっかけにしようと、きみの大学の先輩だよと言ったとか――」

「いや、明美さんに訊ねたところ、渡見は横浜湘南大学の学生じゃないと知らないようなことを知っていたんだ」

名取は、言語学教授のあだ名や校舎の設備について詳しかったと伝えた。

「それに、そんなつまらない嘘をつく必要があるだろうか。自分は東都理科大出身だと言えばいいことじゃないか」

名取の描く渡見学のイメージから、そんな嘘をつくような人物とは思えない。

「それに年齢も気になる。渡見学は五十九歳だと言っていた。的場秀雄がいま生きていれば六十三歳になる。いくら正体を隠していたといっても、年齢まで偽るだろうか」

「年齢《とし》までごまかす必要性は感じられないよね」

これは美沙子も同意する。

「渡見学が的場秀雄でなければ、誰だっていうの」

「わからない」

そう答えながら、名取はある名前を胸に浮かべた。

名取のスマートフォンが震えた。江藤から的場見輪に関する情報を伝えるメールだった。

名取はメールに目を通した。

的場見輪、旧姓五十嵐《いがらし》見輪、一九五一年（昭和二十六年）五月十日生まれ。七〇年（昭和四十五年）、地元山梨県の私立高校を卒業すると、東京の私立多摩教育大学《たまきょういく》に進む。東京都田無市《たなしし》（当時）にあるアパートから大学に通っていた。将来は教師になるのが夢で、家庭教師のアルバイトをしていた。

七四年（昭和四十九年）、大学卒業後、Uターン就職をして、山梨県の母校の高校の教諭となる。そのときに、両親に勧められて見合いをした相手が的場秀雄だ。的場は父親の仕事の取引先の息子で政略結婚のようなものだった。

翌七五年（昭和五十年）に的場と結婚、当時二十四歳。三年後の七八年（昭和五十三年）に長女真帆を、その四年後に二女奈帆を出産している。

メールの末尾に、あとで連絡をください、と記されていた。

名取はデッキに移動して、スマートフォンの短縮ボタンを押す。すぐに江藤の声が聞こえた。

「的場見輪については、メールしたとおりです」

「見輪は家庭教師をしていたんですね」

名取は、英文の恋愛小説を想起《そうき》した。

「資料によると、アルバイトは家庭教師だけをしていましたね。将来は教師になりたかったようですから」

「江藤さんももうお聞き及びだと思いますが――」

名取は前置きして、匿名パンダこと渡見学が書いたとされる英文の恋愛小説の話をした。

「わたしも聞いています。ちょっと気になりますね。それから、筆跡の件、いま調べています。あとで画像を送ります」

名取は二女奈帆のポシェットに描かれたキツネの絵の話をした。

明美に見せてもらった巾着袋はスマートフォンで写真を撮っている。借用したかったが、「これはガクさんの大切な形見やから預けられんわ」と断られた。

「ああ……あの絵ですね。名取さん、あれはキツネでも、タヌキでもないんですよ。レッサーパンダなんです。まったく似ていませんけど」

くすりと、江藤が鼻を鳴らす。

「レッサーパンダ？」

〈匿名パンダ〉を連想した。〈パンダ〉は、レッサーパンダからつけたのかもしれない。

見輪は生前、刺繍教室に通っていた。そのとき鞄や巾着袋を手作りし、娘にもレッサーパンダの絵が入った、ポシェットを持たせていた。

「名取さん、渡見がそれと同じ絵柄の入った巾着袋を持っていたことになりますね。見輪が彼のために作っていたのなら、なんとなく愛情を感じますね」

渡見学がどこかで拾ったことも考慮すべきだが、的場家とのつながりを考えれば、その可能性は低いだろう。

「そのとおりですね。江藤さん、感謝します」

名取は礼を言い、巾着袋の写真を送ると伝えて通話を終えた。

名取は美沙子に江藤とのやり取りを話した。

「的場奈帆と同じレッサーパンダの図柄が入った巾着袋を、渡見学も持っていた。これは重大な発見ね」

「ぼくもそう思う。的場見輪の行動は一貫している。教師になりたくて、教育大学に進んだ。アルバイトは家庭教師、卒業後は母校の教職に就いた」

「それなのに的場秀雄と結婚するとき、辞めてほしいと言われて退職しなければならなかったんでしょう。それはちょっと理不尽なように思えるね」

美沙子が珍しく興奮していた。

「父親の仕事の関係で、無理やり見合い結婚をさせられたようだな」

「それが本当なら、わたしだったら心底親を恨むかもしれない。そんな横暴、許せない」

そのときスマートフォンに、江藤からの画像が届いた。

名取はスマホを操作して、添付画像を開いた。的場秀雄の書いた、ＰＴＡの議事録だった。ノートの罫線をはみ出すくらい、大きくて力強い文字が見えた。

名取は渋沢明美から譲り受けた手書きのメモを広げた。明美が渡見学に頼んで、テレビの料理番組の内容をメモしてもらったものだ。

そこには升目にきっちりと収まった、楷書の文字があった。

「まったく違うね」

名取は文字を確認した。

二十数カ所、同じひらがなを見比べたが、文字のはね方、丸や点の大きさに共通するものはなかった。

「専門家による鑑定結果を待つ必要があるけど、この文字を書いた渡見学は、的場秀雄ではない可能性が高いんじゃないか」

名取はそう判断せざるを得なかった。

もう一通、江藤からメールが届いた。

画像ファイルを開くと、黒いポシェットが映っていた。そこには明美が所持していたのと同じ、キツネにもタヌキにも見えないユーモラスな動物が刺繍されていた。

メールには、的場奈帆のものだと記されていた。すぐに次のメールが届いた。

――こちらも渡見学の巾着袋、確認しました。大きさは違いますが、同じもので間違いありません。これも大きな収穫ですよ。

江藤の興奮ぶりが伝わってきた。

4

「渡見学が的場秀雄でなければ、どういうことになるの」

美沙子が疑問を口にする。

「渡見学の正体が、また振り出しに戻った」

「まったくの振り出しにはならないんじゃない。渡見学は明美さんに、的場秀雄と名乗っていないけど……『死んだら的場家の墓に入りたい』と告げていたんだから。それに、的場見輪さんが作ったと思われるレッサーパンダの巾着袋を持っていた。殺された見輪さんや姉妹に、非常に近しい人物だったと思わない？」

「そこでもう一度焦点が当たるのは、岩見条だ」

名取は先ほど胸のなかに浮かんだ名前を口にした。

「気になるのは、美智子さんが言っていた的場真帆の言葉だ。『お母さんは誰か好きな人がいるのかも』、『本当のことは知りたくないな』というのはどういう意味なのか」

言葉どおりに解釈すれば、母親に父親とは別の男の影を感じていた、ということになる。

「わたし、昨日大阪に向かう途中、美智子に連絡して聞いてみたの。今回のことと、なにか関係があるかもしれないと思って」

名取は二日前、急に口を閉ざした美智子を思い出した。

話をしたくない雰囲気が感じられて、それ以上聞き出すことはしなかった。

「どうだった」

「この前はね、近くに甲斐新報《かいしん》の人がいたでしょう。美智子、報道関係者の前で話をしたくなかったんだと思う」

その気持ちは理解できた。同時に、マスコミに伝えたくない内容が気にかかる。

「美智子は、あの殺人事件が起きてしまったことで、二度と口にはできないと思ったそうよ」

「どういうこと？」

「中学の陸上部の帰り、部室で真帆さんの生徒手帳を見つけたんだって。紛失するといけないから、美智子が保管することにして、そのまま家に持ち帰った。その手帳に、〈お母さん〉、〈浮気？〉という文字が書いてあったというの」

生徒手帳には、相手の男の名前らしいものは記されていなかった。

翌朝、美智子が、「忘れていたよ」と真帆に生徒手帳を手渡すと、一瞬びっくりした表情になり、受け取るなり礼も言わず駆けていった。

美智子によると、的場真帆は非常に真面目で純粋な娘だったという。

――生徒手帳の書き込みを見て驚いたけど、真帆さんの性格からしたら、単なる妄想だろうと考えたの。

美智子はそう語った。

真帆は思い込みの激しい女の子だったようだ。中学一年生のとき、好きな男の子がいた。彼と少し親密な感じで話しただけで、交際していると思い込んだ。

名取はどこか長内美智子にも通じるものがあるように感じた。

「あと、美智子はこんなことを言っていたの。あるとき、母親を口汚く罵《ののし》っていたことがあるって」

「罵るって、どんなふうに？」

「美智子に聞いてみたけど、よく覚えていないって」

週刊誌や世間の噂にあったように、岩見条と見輪は不倫をしていたのだろうか。

美智子の話が事実であれば、事件の三年前から、真帆は母親が浮気をしているのではないかと疑っていたことになる。

事件の兇器の斧は、いまだに発見されていない。今後も見つかる見込みはなさそうだ。

的場真帆は通学路にある金物屋で、兇器と考えられるグレンスフォシュ製の斧を購入している。不思議に思った店主が訊ねると、「条叔父さんに頼まれた」と真帆は話している。

店主も岩見を知っている。だから薪割《まきわ》りに使うのかな、と思った。

斧を購入したのは岩見条ではない。しかも岩見が「買ってきて」と頼んだというのは、的場真帆の証言にすぎない。

的場真帆が斧を購入したのは、一九九五年七月二十八日のことである。真帆の言葉が正しければ、岩見条は事件の二日前に、真帆に兇器となる斧を購入させていたことになる。

一方、的場秀雄が妻の不貞に気づいたとしたら、見輪に対して殺意を抱いたかもしれない。的場は逆上し、見輪を殺害し、そこに居合わせた二人の娘も殺害した。的場は岩見と揉み合いとなり、岩見が的場を殺害して逃走し、彼は渡見学として第二の人生を送ることになった。

すべて推論でしかない。真実はいまだ闇のなかにある。

だが岩見条が渡見学だとすると、腑《ふ》に落ちることがある。彼は情を通じた渋沢明美にすら、自分が岩見であることを明かさず、的場と思わせている。

その理由ははっきりしている。岩見条は、世間で知らない者がいないくらいに有名な名前だった。だから渡見学は決して名乗り出ることができなかった。

その理屈は、彼が的場秀雄であった場合も当てはまる。

名取はそこまで考えて、ふっと苦笑した。たとえ渡見学が的場秀雄、あるいは岩見条であったとしても、彼らが犯人であると決めつけることはできない。外部の人間による犯行も考えられるからだ。むしろ、その可能性のほうが高いかもしれない。

あの日、長赤災害が起きる直前、的場家ではなにが起きたのか。わからないことばかりだ。

いずれにしても、渡見学が的場秀雄であったと仮定すると、非常に単純な構図がみえてくる。

的場秀雄は自分の娘である、真帆と奈帆を手にかけるはずがない。

名取はそう思った。

5

「渡見学について、あらためて考え直してみよう」名取は渡見についての情報を整理した。「真帆、奈帆姉妹は渡見学と見輪の娘であると仮定したうえで、渡見学は的場秀雄、岩見条のどちらでもない可能性を考えてみたい――」

「あたらしい見解よね」

「そう考える根拠はいくつかある」

「渡見学が、的場秀雄、岩見条に似てないから？」

「それもあるが、やっぱり年齢と出身大学が気になる。渡見はことし五十九歳だった。的場が生きていれば六十三歳、岩見条は六十歳。明美さんの証言が正しければ、渡見は横浜湘南大学を卒業している。しかし的場は東都《とうと》理科大学卒で、岩見は大学に行っていない」

「だから、第三の人物の可能性があるってことなのね。その条件は横浜湘南大学卒で、ことし五十九歳になる男ってことね」

「そういうことだ」

「その仮定によれば、渡見学は的場秀雄でも岩見条でもないけど、的場秀雄や見輪、真帆、奈帆と関わりがある、というわけでしょう」

「レッサーパンダの巾着袋からも、そう考えられる。そして第三の人物は的場秀雄のことや、岩見条が行方不明になっていることなども知っていた」

「問題は、第三の人物が誰かってことよね」美沙子がはじめの問題に立ち戻る。「あいりん地区って、いろんな人が流れてきているんでしょう」

「全員ではないが、そういうひともいるようだ」

赤城綾乃の話を思い出した。

「だれかが姿を消したら、身内の人は警察に捜索願いを出すよね」

「普通、そうするだろうな」

「そういうのって、専門家に聞いてみたらどう?」

「専門家?」

「東都新聞出版の羽生さんよ。彼女、〈東都ウィークリー〉の記者だったから、調査の方法とかに、長《た》けてるんじゃないの」

安曇野大生遺族への取材報告を兼ねて、名取は席を立ち、デッキから羽生はるかに連絡を入れた。

羽生の明るい声が聞こえた。

「名取先生、お疲れさまでした。で、長野はどうでしたか」

名取は手短に、ダイナマイトの件を除いて長野取材の内容を伝えた。

「羽生さんに教えてほしいことがあるんです」

名取は、行方不明者を探す場合、警察に捜索願いを出す以外に、どんなことをすればいいか訊ねた。

日本では毎年八万から十万人の行方不明者があり、そのうち二パーセントの二千人弱がそのまま見つかっていない。失踪者の多くは、自分の意志によるものだと教えてくれた。

「自分の意志で行方を晦ます場合、どうすればいいんですか」

話の流れのなかで、まったく別の質問をした。第三の人物がだれかわからないものの、彼はみずから姿を消している。

「まずは住むところが必要ですよね。以前なら一泊千円以下の安い宿がある東京の山谷《さんや》、横浜の寿町《ことぶきちょう》、大阪の釜ヶ崎などのドヤ街なんかに身を隠すこともありましたが、近年ならネットカフェなんかもありますね」

ドヤ街は〈宿街《やどがい》〉を逆にした言い方だ。昨日、その宿の一軒にいたから、よくわかっている。

「ドヤ街に身許を隠している人間《ひと》の素性《すじょう》を調べるには、どうしたらいいんですか」

「そのひとが特定の人物ではないかと調べるのであれば、指紋、DNA鑑定、歯列の鑑定、顔貌《がんぼう》鑑定、声紋鑑定とか、いろいろ方法があると思います」

「行方不明者のほとんどは、見つかっているんですよね」

「九十八パーセントくらいは家族や警察に発見、保護されています」

「見つからないようにするには、どうすればいいんですか」名取は質問を重ねた。

「一番いいのは、捜索されないようにすることですね。家族が理由もなくいなくなったら、警察に相談しますし、警察が動かなければ、興信所に頼んだりします。だから失踪した人物が自殺を偽装したケースもあるんです。どこかの自殺の名所の岬に、遺書とか靴とかを置いて、そのまま行方を晦ますとか、ね」

「死亡したと思わせるんですね」

「そうです。たとえば事件とか災害とかに巻き込まれて、死体が見つかっていないひとがいたりするでしょう。――9・11の、アメリカ同時多発テロときもそうだし……長赤災害のときの、的場事件の関係者の岩見条なんかもそうですよね」

「岩見条ですか」

「ええ、災害とかで行方不明になっている場合なんかですね。たとえば……長赤災害の場合だと、行方不明になっているのは岩見以外ではあと三人いますよね。一人は名取さんもよく御存知の船《ふな》津希望《つのぞみ》さん十九歳、もう二人は会社員の長瀬陶也《ながせとうや》さん二十七歳と銀行員の田神文生《たがみぶんせい》さん四十四歳でしたね――」

「え、四十四歳ですか」

「確かそうだったはずですよ。一応、基礎的なデータは頭に入っていますから」

田神文生という名前は聞いたことがあるが、年齢までは覚えていなかった。

すぐにでも確認したかった。名取は羽生との通話を終え、席に戻り美沙子に田神の情報を伝えた。

「田神文生は生きていれば五十九歳になる。ちょっと待ってくれ。江藤さんに連絡してみる」

名取はすぐさま、江藤亨にメールで田神に関する情報を問い合わせた。

「しばらく時間をください。あとでご連絡します」

すぐにメールで、基礎情報が届いた。

田神文生は東京都出身。大学卒業まで東京の実家で過ごし、二十五歳のときに山梨県の甲斐第一銀行に入行した。長赤災害が発生した当時の年齢は四十四歳で、融資課長補佐の役職だった。

誰からも好かれる好人物だったが、なぜか結婚には縁遠く、災害時も独身だった。

子どものころから優しい性格だった。ボランティア活動も積極的にやっていた。阪神・淡路大震災の発生直後、週末ごとに神戸に赴き、支援活動を行ったこともある。

しばらくすると、江藤から連絡が入り、名取は慌ててデッキに出た。

「英語が達者だったようですね」江藤が言う。「勉強家で、けっこう博学だったという話です」

〈教授〉とあだ名されていた、渡見学のイメージと合致する。

「田神は当時、顧客宅を訪問して、長赤災害に巻き込まれています」

「あの日は日曜日だったはずです。休みの日に個人宅を訪問したりしますか」

「長赤ニュータウンに何軒か、顧客がいたのは事実です。ですから、どこかを訪ねていたと考えられているんです。これは、あらためて調べてみましょうか」

「お願いします。それから彼の血液型はわかりますか」

「さすがに、いますぐにはわかりません」

「出身大学は横浜湘南大学文学部英米文学科でしょうか」

「それも調べてみましょう」

「それにこちらで得た情報では、渡見学はよくビニール袋を持ち歩いていて、なんでもそれに入れる習慣があったそうです」

亡くなるまで、市販のビニール袋を使っていたとつけ加えた。

「頭に入れておきます」

「あと、写真を見たいのですが」

「わかりました。手配しましょう。あとでスマホに送信しますよ。ところで、名取さんが行方不明の田神に興味を示すのはなぜか、教えてもらえませんか」

名取は渡見学が的場でも岩見でもなく、田神である可能性について伝えた。

「でしたら、名取さんのお持ちの渡見学の写真をこちらに送ってもらえませんか」

「ええ、送信します」

「それから、筆跡については専門家に筆跡鑑定をしてもらいましょう」

「田神文生の実家は東京なんですよね」

「西東京市だったはずです」

「じゃあ、彼の実家の遺品などの指紋と渡見学のそれが一致すれば、渡見が田神文生であると証明されますね」

名取は電話を一旦切ると、渡見学の顔写真を江藤にメールで送信した。

十分もしないうちに、江藤から連絡が入った。

「田神文生で間違いないと思います。整形をして、顎のほくろを取っているようですが、頬の骨格とかが同一のようです。あと整形できない場所——目玉は古い写真での照合ですが、目玉の写真を重ね合わせたところ、ほぼ一致しました。あとビニール袋の話もビンゴでした。几帳面で、小学生のころから、教科書を教科別にビニール袋で分けていたそうです。長じてからも、その癖が続いていたんでしょうね」

名取は事件が大きく動きだしているのを感じた。

それは江藤も同じ思いなのだろう。彼の興奮がひしひしと伝わってくる。

通話のあと、こんどは江藤から画像ファイルが届いた。

端正な顔立ちの男だった。右顎にほくろがある。渡見は中年太りをしていて、やや頬がふっくらしているが、耳から顎の輪郭が似ていた。眼は田神が一重《ひとえ》、渡見は二重《ふたえ》だった。

しばらくして、江藤から再び電話があった。

「名取さん、どうでしたか」

「ぼくも田神だと思います」

「それからお問い合わせの件ですが、田神の血液型はＡＢＯ式ではＯ型、ＭＮ式ではＭ型でした。ちなみに、的場、見輪、真帆、奈帆はみんなＢ型で、それぞれＢＢ型、ＢＯ型、ＢＯ型でした。岩見もともにＯ型でした」

「江藤さん、ＤＮＡ鑑定をすれば、親子関係がはっきりするかもしれませんね」

江藤は、田神と真帆、奈帆の顔貌《がんぼう》鑑定も実施するつもりだと述べた。

すでに山梨県内の専門家に依頼しているという。江藤にすれば、早く結論に近い情報を得て、甲斐新報で報じたいのだろう。

ＤＮＡ鑑定の結果は、早くても数週間かかる。

また警察の協力を得る必要があり、その段階で、他社に気づかれるおそれがある。編集局次長兼社会部長の立場としては、それも気にしなければならないようだ。

「それから日曜日の顧客訪問の件です。田神の古くからの顧客が、ニュータウンに住んでいたそうです。本来はあの日以前に訪問する予定だったようですが、災害の一週間前、田神の実父が病気で他界し、その葬儀などで休んでいました。その代わりにあの日、顧客宅へ赴いたと考えられています。当時、田神の車は車検に出していて、慣れない車を運転するのを嫌がって代車も借りていませんでした。ニュータウンにはバスで向かっています。そのときの目撃証言もあって、彼がニュータウンを訪ねていたとわかったんです」

その顧客も長赤災害の犠牲者だという。

「なるほど。で、あと一つはどうでしたか」

「田神文生は横浜湘南大学文学部英米文学科を卒業していました」

名取は息を吐いた。

「これで決まりですね」


席に戻ると、名取は江藤との話を美沙子に伝えた。

「田神文生は、的場見輪の不倫相手だったのかもしれないのね」

「そうだ」

「〈匿名パンダ〉が支援物資を送った包み紙の英文は、家庭教師の女性と生徒の恋を描いた悲恋物語だった。田神文生の実家は東京都西東京市だってことだけど、西東京市って、平成の市町村大合併の時期──二〇〇一年に、田無市《たなしし》と保谷市《ほうやし》が合併してできたよね」

当時の、東京都田無市には見輪が住んでいた。

彼女は家庭教師のアルバイト先の家で田神と出会った可能性がある。

「ちょっと待ってね」

美沙子が手帳を取り出した。

そこに二日前の名取と同じように〈わたみまなぶ〉と書き、〈わ〉〈み〉〈ま〉〈な〉に丸印をつける。

「陽君、なにか気づかない？」

名取はその文字を凝視した。

「そうか、そうかいうことか……」

「そうなの。残った『た』と『ぶ』――、それは田神文生《たがみぶんせい》の『た』と『ぶ』なのよ」美沙子は興奮したように言葉を継いだ。「見輪や真帆、奈帆だけじゃない、自分の名前も使っていたのよ」

6

東京は雨が降っていた。

名取はＪＲ東京駅から再び谷川勝に連絡を入れた。

会いたいと申し出ると、相手は少し躊躇した様子だった。すぐに承諾はもらえなかったが、いま事務所にいることだけは教えてもらった。

すでに坂石直たちは山梨県警察の取り調べを受けていた。坂石直も谷川勝も記者会見を行っていた。いわゆる謝罪会見だ。

ワイドショーの話題は、ダイナマイトで深層崩壊現象のような大規模土砂災害が起きるかが中心で、名取の同僚たちはその番組に出演して、「基本的にはダイナマイトの爆発力では、土砂災害を起こす力はない」と発言していた。

番組の主眼は、「巨大台風が接近しているときに、ダイナマイトを使用した撮影をしていたのは信じがたい、非常識だ」という倫理的問題の追及にあるようだ。

名取と美沙子は、青山三丁目の〈谷川勝デザイナーズオフィス〉に向かった。正面玄関のインターフォンを押すと、相手が応じた。

名取が名乗ると同時に、「んっ?」と小さな声が聞こえた。

「実は、長赤災害のときに起きた、的場一家惨殺事件について解決できる兆しがみえてきました。そのために、どうしても谷川さんに確認したいことがあるんです。話を聞いてもらえませんか、お願いします」

判明していないことのほうが多いが、名取はあえてそう口にした。

「それは本当ですか」

案の定、谷川が反応する。

「ですから、もう一度お話を聞かせてほしいんです」

名取が懇願すると、「従業員用の扉からお入りください。いま降りますから」と声が聞こえた。

ビルの脇の、狭い通路に面したところに分厚い扉があった。

名取が小さくドアを叩くと、扉が開き谷川の顔がみえた。

憔悴《しょうすい》した表情だった。当然だ、昨日はマスコミに追いまわされていたのだ。

先日通された三階の事務所に入ると、そこに職員の姿はなかった。

「しばらく臨時休業です」谷川の顔がほんの少し歪んだ。「先日は申し訳なかった。あなたがたの話を聞いて、もう逃げられないと思い、坂石たちと相談して身の処しかたを決めました。で、早速ですが、的場事件のことを教えてもらえませんか。ぼくたちはダイナマイトの件で、あの犯人にされそうになっているんです」

ダイナマイトの使用を的場家の誰かに気づかれ、口を封じるために安曇野大生が一家を惨殺したのではないか、という憶測のもと、安曇野大生犯行説が再燃《さいねん》しているようだ。

そして明日発売の週刊誌には、三番目の容疑者として、名前はわからないものの、犠牲者となった安曇野大生が挙げられるはずだ。四番目の名取の父親と並んで――

「ご説明する前に、まずそちらの話をお聞きする必要があります。あの日のことを教えていただけませんか」

名取は訊ねた。

「そうですね」谷川は椅子に深く腰を下ろして話し始めた。「一九九五年七月三十日の朝に車四台に分乗して、長野県を出発したぼくらは正午過ぎにニュータウンから登山道に入る手前で車を停めて、機材を持って山を登り始めました」

長赤ニュータウンの最上部、山頂に続く登山道入口の駐車場に車を置いた。

そこから雑木林を登り、的場家脇の畦道を通り、さらに登山道を進んだ。

「的場さんのお宅のそばを通ったとき、ノゾミンが濡れ縁で雨のようすを見ていた奥さんに声をかけていました」

長赤山中腹三合目の平地に着いたのが、午後一時過ぎだった。

これまでの報道で、坂石たちが三合目を撮影場所に決めたのは、以前土砂災害で崩れた土砂の山ができていて、そこにダイナマイトを仕掛けて爆破させるためだと伝えられていた。

自然にできた土砂の小山なので、少しくらい崩れたとしても、台風による大雨のためだと考えられるだろうという計算があったようだ。

「芝生の二カ所にテントを張って、撮影機材とわれわれも着替えをしました。撮影を始めたのは午後三時です」

ダイナマイトは火柱が鮮明に撮れるように、午後七時前後に発火させる予定だった。

的場事件が起きたのは、見輪が実家の母親と通話をし終えた、午後六時十分から土砂災害が発生した午後八時十分までの間である。

見輪の母親は午後六時四十分以降に何度も電話をしたが、まったく応答しなかったため、午後六時十分から六時四十分の間の犯行であると考えられた。電話に出なかっただけかもしれないが、大きな違いはないだろう。

名取はこの間の行動を訊ねた。

「撮影を開始して、途中に休憩を入れながら、いくつかのシーンを撮り終えました」

「ダイナマイトの音声は、午後六時五十分に報道の画像テープに録画されていました」

「確かそのころでした。アルミ素材の小型スーツケースのなかで発火させました」

「その現場には、メンバー全員が立ち会っていたんですか」

「いえ、実は坂石とも話し合って、ノゾミンだけには直接爆破する場面を見せないほうがいいということになったんです。音響担当も別の者に任せることにして、ノゾミンには早めに山を下りてもらいました」

「ひとりで?」

「そうです、トイレ休憩も兼ねて」

それが的場家だったのだ。

「船津さんがいなくなって、午後六時五十分にダイナマイトの撮影をされたあと、どうされたんですか」

「坂石たちと食料の調達に出かけました。事前に準備していたんですが、車のなかで何人かが食べてしまって、仕方なく買いに出かけたんです。盆地まで下りたのは、メンバーのひとりが『肉が食べたい』と言い出して、仕方なく甲州牛《こうしゅうぎゅう》を買いに行くことになったんです」

その後、長赤災害が発生する。

「その日はどうするつもりだったんですか」

「そこのテントで泊まる予定でした。翌日、雨がやんだあと、爆破した形跡が残っていないか、確認する必要があったので」

「女性も？」

「瑛子さんとノゾミンは一旦山を下りて、車で寝《やす》んでもらうつもりで……」

そこで谷川が言葉を止めた。

「どうかしましたか」

谷川はそれに答えず、腕を組んで首を捻った。

なにかを思い出そうとしているのだとわかった。言葉を発する様子はなく、しばらくそのまま押し黙っている。

谷川が首を傾げた。

「ノゾミンが……なにか、口走っていたような気がします」

「なにを、彼女は言っていたんですか？」名取は訊ねた。

「よく覚えていません。本当にぼんやりとですが、なにかを『見た』だったか……そんなことだったかもしれません」

船津希望はなにを見たのか。

「もう少し正確に思い出せませんか」

名取の言葉に、谷川は唇を結んだ。

船津希望は撮影の合間に、的場家にトイレを借りに行った。「見た」という発言は、トイレから戻ってからのことである。

「大切なことだから、その前後のことを思い出していただけませんか。それは六時五十分にダイナマイトを爆発させたときのことですよね」

「そうだ……ノゾミンは泥だらけになっていたんです。暖色系だった雨合羽も汚れていました。戻ってくる途中で、派手に転んだとかで……」

谷川はさらに首を捻った。

名取は彼の記憶が蘇ることを願って待つことにした。やがて谷川は「ああっ」と声をあげた。

「なにかを……預かった気がします」谷川は胸の前で、両手を使って四角の形を作った。「このくらいの小さな物体だったような……」

なにかが、名取の頭に引っかかった。しかしその正体がわからない。

「それは谷川さんが預かったんですか」

「ぼくじゃありません。坂石か瑛子かどちらかだったような……」

「そのとき、坂石さん、瑛子さんもその近くにいたってことですね」

「そんな気がします」

「あの……その物体って――」美沙子が口を開いた。「もしかして、カセットテープレコーダーじゃないですか。希望さんがいつも持ち歩いていた……」

「そうだ、船津さんのお母さんが、娘はいつも首に下げて外の音を録音していたって言ってたな」

　名取は、船津希望の実家で聞いたカセットテープの音声を思い出した。

　船津希望は音声の蒐集《しゅうしゅう》が趣味だった。だからカセットレコーダーをいつも持ち歩き、鳥の啼き声や川のせせらぎ、雨の音などの音声を録音していた。

「そうかもしれません。断言はできませんが。ただ、ノゾミンがいつもカセットテープレコーダーで、周囲の音を録《と》っていたのは覚えています」

「それで、さっきの船津さんの『見た』という発言について、なにか思い出しましたか。箱を預けたことと、その発言は関連があるんですか」

「いや、『見た』と言った以外、思い出せません。この発言も、あの的場一家事件のことだったのかもしれないと考えないでもなかったのですが、ぼくたちはダイナマイトの件もあり、あえて誰かに知らせようとは思いませんでした。正直、それきり忘れていました……」

「船津さんは当時の撮影のときも、レコーダーで音を録音していたんですね」

「ええ、そうです。いつもそうしていました」

「それについて、もう少し思い出せませんか。その預かった箱がその後どうなったか、わかりますか」

「確か、そのレコーダーらしきものは、ノゾミンと同じく泥だらけになっていて……だから坂石がそれを預かったかどうかして、山を下りたんです。買い出しに行く車のどこかに入れた気がします」

「じゃあ、いまも存在しているんですか」

「わかりません。ただ持っているとしたら、坂石だと思います。あのときの物品は、彼が一括して管理していたから」

「カセットテープのことをどうしても知りたいのですが、坂石さんに連絡を取ってもらえませんか」

ダイナマイトの件が明るみになったいま、坂石に会うことは可能なのだろうか。

しかし、行動するしかなかった。

「やってみましょう」

谷川が電話をしたところ、坂石は昼間、山梨県警に出かけており、いま東京の自宅に戻ってきたばかりだという。

谷川は名取たちのことを丁寧に説明したうえで、船津希望の話を訊ねた。

「ノゾミンのレコーダーとカセットテープは坂石のところにあるそうです。いまから持ってくるそうです。ただ土砂や泥とかがこびりついているようです」

谷川の声が沈んでいるように聞こえた。

7

二時間後、坂石直と瑛子が手提げの紙袋を持って姿をみせた。

坂石はサングラスをかけ、ランニングをするかのようにスエットを着ていた。

瑛子はジャージ姿だった。途中、公衆トイレに寄って着替えをしたという。衣服は紙袋に入っているのだろう。

陽が傾きかけていた。名取たちは奥の会議室に移動した。

「お手数をおかけして、大変申し訳ありません」

名取は頭を下げた。

「いや、気にしないでください」坂石直は答えた。「ぼくたちのことで、安曇野《あづ》大の仲間に疑いの目が向けられそうになっています。ぼくはなんとしてでもそれだけは食い止めたい。そのためだったら、なんでもしますよ」

坂石の目は血走っており、顔は蒼白だった。一気に老けたように肌艶が悪く、髪もぼさぼさになっている。

「これがそうです」

坂石が紙袋のなかからカセットテープを取り出し、テーブルの上に置いた。

谷川の言うとおり、カセットテープは変色した細かな土片で硬まっていた。名取はそれを手に取った。まるでコンクリートに覆われているようだ。これを取り除いて、テープの表面を出すことができれば、再生できるかもしれない。

「あらためて説明させてください」

名取は坂石たちにこれまで判明していること、推測されることを伝えた。三人は名取の話を真剣な表情で聞いている。

「つまり、その渡見という人が、犯人である可能性があるというわけですか」

「まだわかりません。そのために、このテープになにが録音されているか知りたかったんです」

「わかりました」

坂石直は答えると、隣の瑛子を見た。

二人は互いに頷くと、暎子が口を開いた。

「さっきの谷川君の話だけど、ノゾミンは『見た』なんて言ってないの」

「じゃあ、あのときなんて……」

谷川の問いに、坂石が答えた。

「トイレ休憩からノゾミンが血相《けっそう》を変えて戻ってきて、突然、『坂石さんの犯罪の記録を撮ったよ』と言ったんです。聞いたのは、そばにいたぼくと瑛子の二人だけでした。彼女には見せていなかった。ダイナマイトの爆発シーンを目撃されて、それをテープに録音したんだと思いました。

ノゾミンは眼が血走っていて、ぼくに掴みかからんばかりの勢いだったんです。そしてそのまま、その場に倒れてしまった」

「それからどうしたんですか」名取は訊いた。

「ノゾミンを介抱して、テントのなかで寝《やす》ませました。その泥だらけになったカセットテープレコーダーを受け取って、自分の鞄に入れました。たぶん、谷川はそのときの様子を少し離れたところから見ていたんだと思います。それからすぐに、ぼくと谷川、瑛子の三人で食料を買い出しに、山を下りたんです」

「そのあと、長赤災害が起きた――」

「そうです。だから、ダイナマイトのことは決して誰にも知られてはならないと考えました。ましてや、その音声が入ったテープを世に出すわけにはいかない。そう思って、ぼくと瑛子はあのテープを自分たちで保存してきたんです」

泥だらけのレコーダーからカセットテープを取り出すことはできたが、しばらくそのままにしていたので、粘着性の泥が固まり、内容の確認はできなくなった。

「それがダイナマイトのことだと考えていたわけですね。的場事件のことだとは思わなかったんですか」

「まったく」坂石は首を振った。「あのとき、ダイナマイトの爆破音が想像よりも大きくて、誰かに聞かれたのではないかとかなり不安になってたし、『坂石さんの犯罪』とノゾミンに言われたので、ずっとダイナマイトのことだと思ってました。実は、出かける直前、使用するダイナマイトは工場から盗んだものじゃないかって訊ねられました。ぼくは否定しましたが、そういうこともあってぼくの犯罪と言ったのだと思っていたんです」

「ぼくがお訊きしたからでしょうが、いまになって明かしてくださるのは、どうしてですか」

「ダイナマイトのことはもう明るみに出ています。隠す必要はありません。で、さっき谷川から連絡を受けて、もしかすると的場事件と関係あるかもしれないと思い、こうして持ってきたんです」

ここで瑛子が口を開いた。

「あのとき、雨が降っていて、ノゾミンの声があまりよく聞こえなかったんです。わたしもこの人と同じく『坂石さんの犯罪の記録を撮ったよ』と聞こえたんですが……さっき谷川君から連絡を受けて、もしかしたらノゾミンは『坂石さんの犯罪』って言ったんじゃなくて、『坂石さんっ』ってこの人の名前を叫んだあと、すぐに『犯罪の記録を撮ったよ』と続けたんじゃないかと思ったんです。それなら、意味が違ってきます」

――坂石さん、犯罪の記録を撮ったよ。

もし船津希望がそう口にしていたのなら、その犯罪は的場事件のことではないか。

「でも、夜だし、あんなに雨が降っていたんだよ。それが犯罪なのかどうか、わかるもんなの」

谷川が疑問を口にすると、坂石が答える。

「いや、的場さん家《ち》は庭に外灯が点いていた。だから雨のなかでも見ることはできたはずだ」

「そういうことか……」

谷川は呆然としている。

的場家の外灯と聞き、名取はあることを思い出した。

「みなさんが食料の調達に出かけたとき、的場家の様子はどうだったんですか」

長赤山を下りる際、谷川たち三人はだれひとり異変に気づかないまま、的場家の前を通り過ぎている。

「あのとき、大雨で地面がぬかるんでいて、カッパのフードを目深《まぶか》にかぶり、周囲がよく見えなかったんですが……正直なところ、ダイナマイトの威力を目《ま》の当たりにして動揺してたのと、ノゾミンの言葉で焦ってもいて、早足で駆け下りたんです。だから足元が明るくなって、外灯が点いていたことしかわからなかったんです」

このとき的場家の異変に気づき、少しでも足を止めていれば、彼らも長赤災害の犠牲になっていただろう。当時、それだけ切迫した状況にあったのだ。

「だから……」坂石が語調《ごちょう》を強めた。「ぼくたちにできることがあれば、なんでも協力したいと思います」

その瞬間、全員の視線がテーブルに置かれたカセットテープに向いた。

「でも……これがこんな状態じゃあね」谷川が呟く。

「でも本当にだめなんですか」美沙子が言った。「泥でかちこちに固まっているけど、取り除けばなんとかなるんじゃないの」

美沙子がカセットテープを取り上げた。

彼女はそれを手のなかでまわしてみる。細かな砂の粒が落ちた。

「ほら、少しは砂が取れるじゃない」

周囲の砂は脆いが、その内側はコンクリートのように固まっている。

「砂を取り除けたとしても、なかのテープが損傷していたら、音を再生できないかもしれない」

名取の言葉に、坂石が身体を乗り出した。

「あいつなら、これを聴けるようにできるかも」

「あいつって？」谷川が訊ねる。

「うちのスタッフの一人で、音響の道に進んで、自前の音響研究所を作っている男がいるんです。彼ならこの砂を除去して、テープの音を聞けるようにしてくれるかもしれない」

名取たちは音響研究所に向かうことにした。

名取や坂石ら五人は時間差をつけて外に出ると、坂石と谷川は別々のタクシーを拾い、名取と美沙子は同じ車に乗った。

瑛子は所用があるため、別行動を取り自宅に戻った。

〈研究所〉という名称から大きな施設を想像していたが、まったく違った。

東京都多摩市にある4LDKの分譲マンションの一室だった。二部屋をリフォームでつなげたという十畳ほどのスペースに、音響機材が所狭しと並んでいた。入口に〈音響室〉と看板があった。

ペンチや道具箱などがあちこちに置かれており、音響室というより工作室にみえた。

河野隆市《こうのりゅういち》と名乗った三十代半《なか》ばの男は、坂石から話を聞いて頷いた。

「慎ちゃんジョカンから、船津希望ちゃんの話は聞いていました。ぼくと同じくらいの年で、ぼくと同じ音響の世界に進みたかったと聞いて、ぼくなりにシンパシーを感じていたんです。そうですか、その彼女が録音したのがこれですか」

河野は、砂で固まったカセットテープに目をやった。

「このテープの音を聴けるようにできるか」

坂石が問うと、河野が頷いた。

「任せてください。これを動かせるよう、まずは砂を取り除きます。時間は大丈夫ですよね」

「大丈夫です」名取は答えた。

河野はカセットテープを手に取って、何度も角度を変えて調べた。ぱらぱらと細かい粒子が床に落ちる。

彼は清掃用のウェスを丸め、なにかの液体を沁みこませて砂の塊を上から拭う。病院の消毒液のような匂いがした。

「ほんとに時間がかかりそうです。みなさんはリビングで待っててください。できましたら、呼びますから」

名取たちはリビングに向かった。


午後九時を過ぎたころ、江藤亭から連絡が入った。

「現時点で、わかっていることだけお伝えします」

田神文生《たがみぶんせい》と五十嵐見輪は、東京時代に交際していた。当時、二人は結婚の約束を交わしていたようだ。

見輪が家庭教師のアルバイトをしているときに、二浪中の同じ年齢の田神文生と出会った。やがて見輪と田神は恋仲になるが、見輪が山梨県に戻ることになった。二十三歳のときだった。

これは見輪の大学時代の友人の証言から得た情報だという。

「田神は横浜湘南大学文学部を卒業後、見輪を追って山梨県の甲斐第一銀行に就職。そのころには、見輪は結婚していました」

「江藤さん、これは推測ですが……田神は彼女と再会し、二人の隠れた関係が以後続くことになったのではないでしょうか」

「そうかもしれませんね。それと、名取さんからいただいたメール画像の渡見学の英文や和文の筆跡ですが、田神のそれと一致しました」

これで渡見学が田神文生であることが判明した。

田神は生きていたのだ。だが、それでなにかが証明されたわけではない。

それでも田神文生が自身の名前を捨て、ずっと大阪で生きてきたことが、事件の核心と結びついているといえないだろうか。

「的場事件の犯人は田神文生ではないでしょうか」

「いや――」名取は否定した。「まだなにも証明されておらず、想像の域を出ません」

「そうですが……」

「それに、渡見学は『男が妻子を殺害した』と懇意にしていた女に話しているんですよ」

「普通、自分が犯人だとは言わんでしょう。少なくとも田神文生はかなり黒い存在であることは間違いありません。とにかく田神が犯人の可能性はあるので、われわれはその方向で追ってみようと思います」

焦っているのか、江藤はどうしても田神を犯人にしたいようだった。

深夜になって、さらにわかったことがある。

甲斐新報東京支社の記者を総動員して調べたところ、見輪の大学時代の女友だちから証言を得た。

「五十嵐見輪さんは、家庭教師先の、同じ年齢の男性と恋愛関係にありました。『ブンちゃん』と呼んでいたその彼氏にゾッコンで、将来は結婚したいとまで言っていました。見輪って、こうと決めたら、とことん突き進んじゃう性格だったんです。いい意味で、純粋だったんでしょうね。山梨県に戻って一年もしないうちに、別の男性と結婚するって聞いたときはびっくりしました。あとで聞いた話ですが、両親がかなり強引に見合い結婚を進めたそうで、だからブンちゃんと引き裂かれたのかもしれません」

友人には二人が交際を始めたきっかけも話していた。

夜遅くに帰る見輪を、毎回田神が最寄駅まで見送った。途中、ひとけのない暗い道があり、女性のひとり歩きはあぶないという理由だった。その間に二人は愛情を深めたという。

「これは、英文小説の内容と酷似《こくじ》しますね」

江藤は興奮した口調で報告する。

江藤は山梨県内でも調査を行っていた。現時点でわかっていることを、甲斐放送の深夜のニュース枠で流すという。東京の中央テレビがそれを二次素材として使うらしい。

いよいよ迷宮入りしていた難事件の解決が近づいている。

江藤の口ぶりからそんな高揚感《こうようかん》が伝わってきた。

日付が変わったころ、深夜の全国ニュースで、的場一家惨殺事件に関する新情報が出てきたと報じられた。行方不明になっていた田神文生が大阪で生きていたことは、深夜枠であっても非常にニュースバリューの高い情報だった。すぐにネット上で話題になった。

まるで田神が的場一家惨殺事件の犯人であるかのような扱いを受けている。

急遽出演オファーを受けたであろう元警視庁刑事が、「決して断定できないが、田神が事件に深く関わっている可能性は高い」と慎重にコメントしたのが印象的だった。

これで、きょう発売の週刊誌記事は、砂上《さじょう》の楼閣《ろうかく》のごとく崩れ落ちた。神田ふねの孫、安曇野大生、そして名取の父親に、疑惑の目が向けられたとしても、犯人にされることはない。

しかし、現実にはなにも解明されていない。

報道を冷静に眺めながら、名取は複雑な思いになった。

今回の件で、的場見輪は田神とのことを公にされプライバシーが暴露された。

これでいいのだろうか。田神が姿を隠し続けたのは、見輪や娘たちに、好奇の目を向けられるのを避けるためだったのではないだろうか。

名取はそんなことを思った。

8

夜が明けた。

名取はソファーに腰掛けたまま、窓の外を見た。

空には低い雲が垂れ込めていた。いまにも雨が降り出しそうな様相だ。

隣で美沙子が身体を横たえ、薄めの毛布にくるまって眠っている。

「いま何時？」

気配に気づいたのか、美沙子が目を覚ます。

「五時半を少し過ぎたころだ」

「二晩《ふたばん》も家を空けちゃった。悪い母親だね」

名取はすでに休暇届けを出している。美沙子は昨晩のうちに、二日目の休みを申請していた。

「恭子ちゃんはどうしてる？」

「ゆうべ電話したら、佳代の家で、元気にしてたわ。『ひとに勉強を教えるのって、自分の勉強にもなるね』って、生意気言ってたわよ」

それを聞いて、名取の胸に幸福感が湧きあがった。

そのとき、谷川の声が聞こえた。

「名取さん、結果が出たようです」

美沙子が頭を上げた。ハンカチで目元を拭って、名取のあとからついてくる。

音響室には熱気が漂っていた。

「カセットテープは少し傷《いた》んでいましたが、再生可能な程度になりました。これはサウンド・スペクトログラフといって、音響を分析する記録器なんです」

河野は手元の機械を示した。

「カセットテープの汚れを取り除くのに一苦労しましたが、それ以上に音のなかの解析も困難を極めました」河野が説明する。「カセットテープの音声データは、すべて機械に取り込みました。では音を出してみます」

激しい雨音が聞こえてきた。

当時の台風第十号による大雨だ。モニターに、朱色の棒グラフがあらわれ上下する。

「こんな感じで、ばかでかい雨音しか聞こえません。あと船津さんらしい女の人の慌てたような息遣いが入っていました。だから特段なにもないんだなと、諦めかけたんですが……」

河野はそこで早送りして、再度音を出す。

雨音のなか、小さな声が聞こえた――ような気がした。

河野は音を止めた。

「もう一度、再生します」

河野がスイッチを押す。

『やめて』という小さな声だ。

「もう一度、再生します」

――やめて。

女の声に聞こえた。

「もう一度、繰り返します」

――やめて。

やはり女性の声だ。

「これを人物Aとします。次が人物Bです」

別の声がした。

さっきとは違う人物の声だとわかったが、なにを言っているのかは聞き取れない。

「何度も確認しましたが、この箇所以外は希望さんがたてる物音だけでした。音のあるところだけ繰り返します」

『やめて』のあとに、同じ女が『なんで……』と言っているのがわかった。

さらに何度も聞いているうちに、それは『なんでお母さんを』と発していると認められた。その後、同じ声が『やめて、お姉ちゃーん』と叫んだ。

名取は戦慄《せんりつ》を覚えた。

続いて、はっきりと的場一家惨殺事件の被害者の名前が聞こえた。

――なほ……

非常に小さいが、名取にはそう聞こえた。

何度も再生するうちに、それは『奈帆、許して』であることが確認できた。

続いて判別したセリフに、どよめきが起きた。

――お姉ちゃんと一緒に死のう。

そんな発言をする人物は的場真帆しか考えられない。

河野は再生を止めた。

「このテープのはじめに、年月日と場所が録音されていませんでしたか」

名取は船津家で聞いた録音テープを思い出した。

「これですね」

河野が機械を操作する。

――平成七年七月三十日日曜日午後六時五分、長赤山三合目の広場です。

船津家で聞いた同じ声が流れた。

この時刻から、姉妹の声らしき録音の時刻を割り出せないか。そう考えたとき、河野が先に口を開いた。

「いまの録音された時刻から、『やめて』という発言は、午後六時二十五分のことだとわかりました」

何度も確認しているためか、河野は落ち着き払っている。

「はじめの三つの言葉の話者《わしゃ》を人物Aとします。続く二つの言葉は人物Bによるものだと考えられます」

河野が分析結果を説明する。

「発言の内容からみると、『お姉ちゃん』と叫ぶ人物Aが的場奈帆、『奈帆』と呼びかけている人物Bが的場真帆——」

名取が自身の推測を口にすると、隣で美沙子が頷く。

「その可能性が高いわね」

「このほかに、船津希望さんの声らしいものはありませんでしたか」

名取は河野に訊ねた。

「いまの場面のあとに、少しだけ入っていました。『えっ』と叫ぶような声です。それからしばらくして、『わぁっ』という声があり、そこで録音が途絶えています。たぶん転んだ拍子に、レコーダーのスイッチが切れたんだと思います。人間《ひと》の声らしい音声はこれだけでした」

船津希望は『犯罪の記録を撮ったよ』と発言していることから、この姉妹の声の場面を目撃した可能性がある。

名取はそのことを口にすると、坂石たちに訊ねた。

「坂石さん、谷川さん、もしもこの録音された声が的場姉妹の会話だとしたら、船津さんは二十分間でどこまで行ったと思われますか」

当時、現場にいた彼らには土地勘があるはずだ。

「ノゾミンの下りるスピードを考えたら、的場さんの家の近くかもしれません。あそこはノゾミンも慣れてる場所だから――」

船津が時刻と場所を録音したとき、すでに歩き始めていたとすれば、多少の時間のずれはあっただろう。

「的場家近くにいたと仮定して、船津さんと声の主はどのくらいの距離だったのか、この音声からわかりますか」

「さっきの音の状態、大きさから、そんなには離れていなかったと思いますよ。あくまでも音の大きさからの推定ですが、十から十五メートル程度の距離だったかもしれませんね」

河野が答えると、坂石が補足した。

「的場さん家《ち》はあの田畑から長赤山の登り口の近くにあって、われわれが歩いて畦道を通るとき、濡《ぬ》れ縁《えん》に出ている奥さんと顔を合わせることもありました。だから三合目から森林地帯を降りて、あの畑に出たとしたら必ず的場さんの家の前を通過します。もしかしたらノゾミンはその畦道あたりにいたのかもしれません」

しかし、それは推測でしかない。

「坂石さん、その場所から的場家の屋内《なか》の声や音を聞くことはできるんですか」

「わかりません」

坂石がそう答えると、谷川も頷いた。

「ぼくもわかりません」

「ただですね――」河野が言った。「まわりの雨音と、声の混じり具合から推定すると、もしかしたら屋外《おくがい》のような気がしますね。これは断定できませんが」

以前、名取が仮説を立てたように、的場事件は屋内ではなく、屋外で起きていたのかもしれない。少なくとも、この収録された音声を発した人物は、屋外に存在していたと考えられる。

いずれにしても、船津希望は現場近くにいて、その場面を目撃していた可能性が高かった。

船津希望はその後、体調を崩して、テントに横になった。もし長赤災害が起きなければ、いや半日でも災害の発生が遅れていれば、彼女の目撃証言によって、的場一家惨殺事件は迷宮入りすることはなかったかもしれない。


名取はスマートフォンを手に、バルコニーに出た。

江藤にこれまでにわかったことを伝える。

「え、なんですって」

江藤は名取が告げたことに、すっとんきょうな声をあげた。

無理もない。的場事件の犯人は田神文生《たがみぶんせい》だと信じ込んでいたのだ。

「ちょっと……驚いています」江藤が言葉を発した。

「ただ江藤さん、田神文生が犯人でなくても、田神が事件となんらかの繋がりがあった可能性はあると思います」

「われわれも名取さんの話だけで、動いているわけではなく、提供していただいた情報のウラを確実に取って、記事にしていきます。だから誤報を打つことはありません。ただ個人的に問題なのは、田神文生は事件後も大阪で生きていて、『田神が的場一家全員を殺害した可能性がある』と編集局長にまで伝えて、編集局全体の態勢が動き出してしまっていることです。これではわたしの立場が怪しくなってしまう」

確かに、そのとおりだろう。

「ちょっと待ってください。冷静になって考えてみます。的場姉妹の音声があるんですね。名取さん、いまどこにいるんですか」

江藤は怒鳴り声になっていた。

それに気圧《けお》されて、名取は場所を伝えた。

「いまからそちらに向かいます。いいですか名取さん、そこを動かないでくださいね」

江藤が姿を見せたのは二時間後のことだった。

マンションの外には、ほかのスタッフも待機しているという。江藤の立場を悪くさせた責任の一端は、名取にもある。

「とりあえず、そのテープを聴かせてください」

名取は江藤を音響室に案内した。

河野に事情を伝えて、了承をもらった。名取たちの後ろから坂石と谷川もついてくる。

美沙子はリビングでスマートフォンを片手に誰かと通話していた。

「再生しますね」

河野が手元のボタンを押す。

人物A『やめて』『なんでお母さんを』『やめて、お姉ちゃーん』

人物B『奈帆、許して』『お姉ちゃんと一緒に死のう』

「もう一度、その音声を聞かせてください」

音響室の外、廊下側から美沙子の声がした。河野が再生する。

人物AとBの音声が流れた。

「真帆ちゃん！」という大きな声が聞こえた。

名取が振り返ると、美沙子の隣に美智子が立っていた。

美智子は人を掻き分けて、名取のそばまでやってきた。その目に涙を溜めている。

「これは……真帆ちゃんの声です。十五年前と同じ……あの子の声ですっ」

そこで名取は理解した。

名取たちの周りで、真帆の声を識別できる人物がひとりだけいた。それに気づいた美沙子が妹を呼び寄せたのだろう。

「江藤さん、これで間違いないと思います」

「そのようですね。ただし正式な鑑定が必要です。それはわれわれにお任せください」

江藤は力強い口調になっていた。


甲斐新報のスタッフが研究所に運び込んできたのは、ビデオテープの再生機材だった。

「本当は別の音響研究所に持ち込もうと思っていましたが、こちらでもソナグラフがあるから、簡易の鑑定はできそうです。だから、ここでやってみることにします」

「ソナグラフ?」

名取が問うと、河野が答えた。

「周波数分析装置《しゅうはすうぶんせきそうち》のことですよ。こいつです」

音声とともに、色のついた棒グラフを上下させていたものだ。

江藤たちの取材用録画テープには、真帆の高校時代と、奈帆の中学時代の映像があった。事件後、繰り返し放送されたものである。

真帆、奈帆の声だけを抽出して、河野の機械に取り込み、それを再生させてみる。すると先ほどと同じく、音の発生とともに色のついた棒グラフが上下した。

「人間が声を出すとき、まず肺に吸い込んだ空気を腹筋の力を使って吐き出します」河野が説明する。「その吐き出された空気は、一定の圧力に達すると気管を経て流れを作り、喉頭部《こうとうぶ》の声門《せいもん》裂《れつ》を閉じていた左右一対の声帯を押しのけながら通過するんです。その際、声帯は上下と左右の両方向に形を変えながら振動し、音を発するわけです。人の声は声帯筋《せいたいきん》の張力《ちょうりょく》や呼気圧《こきあつ》によって決定されて、違いが生まれるのです」

その違いは、声の調子・強弱・音色が、言語音を構成する三要素によって判別される。

ソナグラフは周波数や強度の時間的な変化を分析する装置で、個人識別を可能にするのだという。

「真帆と奈帆の声の判別はいかがですか」

江藤が訊ねる。どこか焦りを感じるものだった。

「この中学校の教室で収録された女子生徒の声は、人物Aとほぼ一致します。高校の陸上部の練習のときの女子生徒の声、これは人物Bとほぼ一致します」

河野は断言した。

9

名取は、三十分後にリビングに集まってくださいと呼びかけた。

それまでの時間を利用して、名取がスマートフォンで調べものをしていたとき、「そのぐんまちゃん、お揃いなんだね」長内美智子に声をかけられた。

びっくりしていると、「いいと思うよ。可愛いし、お似合いだよ」と彼女は微笑んだ。

わずかに頬が強張っているように思えた。

羽生はるかに二件、問い合わせをしていた。その回答が届いたとき、ちょうど時間になった。

リビングダイニングは十二畳と比較的広いが、七人も入ると狭く感じられた。

これまでの調査で、判明している事実を総合した結果、名取にはひとつの〈絵〉がみえ始めていた。それは、はっきりと焦点を結ぶほど、明確なものではない。

すべてのピースをつなぎ合わせてみないと、わからないものだ。しかし挑戦してみる価値はあり、それに必要なメンバーがいまここにいる。

長赤災害後、名取は心的外傷後ストレス障害《PTSD》と診断された。悪夢を見る日が続き、ある時期から、非常に冷静に世間を、そして自分を観察するようになり、交際相手にも心を動かすことはなかった。

それがいまは、自分の娘の存在を知り、どうしようもなく心を、身体《からだ》をつき動かされている。恭子と父娘《おやこ》の対面を果たし、美沙子母娘《ふたり》とやり直したいと心から願っている。

名取の心を破壊した長赤災害から、長い歳月が流れた。

十五年前に埋《うず》もれた的場秀雄一家惨殺事件。

その真実の一端がいま姿をみせ始めている。ここまで来たら、事件の真相を土砂の深層部から引きずり出したい。

この事件解決とともに、長年まとってきた固い鎧《よろい》を脱ぎ捨てることができるのではないか。

名取はそう信じたかった。

名取はバルコニーに面した窓際の西端に立った。

二人掛けソファーには坂石直と谷川勝に、一人掛けソファーには河野隆市に座ってもらった。長内美沙子は名取の反対側の窓際に、江藤亨が玄関に通じるスペースにそれぞれ立つ。長内美智子はキッチンカウンターの向こうで名取に視線を向けている。

名取は一同を見渡した。

「これから進めていく話は、的場一家惨殺事件の性質上、信頼度の低い情報も交えて推論していかなければなりません。話の途中で確かさの目安になるよう、信頼できる度合《どあい》ごとに、信頼度A、B、Cと格付けしていこうと思います」

「どこかで聞いたことのある分類ですね」江藤が言う。

気象庁が発表する週間天気予報には、A、B、Cの三段階の信頼度が付与されている。

名取はそこから思いついた。

「信頼度Aは証言や物証などから事実として認められているもの、あるいはそれに近いと考えられるもの。信頼度BはAによってある程度の確度のあるもの、あるいはそれによる推測――と定義します」

名取は自分で発言しながら、〈ある程度の確度〉に曖昧《あいまい》さが残ると思った。

論文でこういう表現を使うと、査読者から厳しい指摘が必ず入る。数値によってその確度を示せ、と。ここでは推測に頼らざるを得ないものもあるため、あえて曖昧にした。

「信頼度Cは想像の域を出ないもの——邪推でしかないもの、とします」

名取はそこで江藤を見た。

「よろしいかと思います」

「こうした信頼度を確認しながら、現時点での、わたしの推論をお話しします。そして甲斐新報で事件の取材をしてこられた江藤さんには、詳細情報の精査をお願いしたいと思います」

「わかりました」

「あと補足すべきことがあれば、ご質問、ご意見でもけっこうです。おのおの自由に発言していただければと思います」

それは美智子に投げかけた言葉だった。

「それでは事件の概要から始めます」

名取は、事件に関する現在報道されている事実を、江藤に確認しながら挙げていった。

遺体の発見、それぞれの裂傷痕《れっしょうこん》、生活反応によって推定された死因の別、見輪の母親の証言による犯行時刻の絞り込み、静岡市の歯科医院のエックス線画像による白骨遺体の身許確認、そして的場秀雄、見輪、真帆、奈帆の職業や学年、それぞれの性格、周辺からの証言などを述べた。

「まず先ほどソナグラフで確認の取れた、信頼度Aの事象《じしょう》から話を進めましょう。的場奈帆が誰かに向かって、『やめて』、『なんでお母さんを』と言い、続けて『やめて、お姉ちゃーん』と叫んでいます。この相手は奈帆の実姉である的場真帆と考えられます。これに対して的場真帆は、『奈帆、許して』、『お姉ちゃんと一緒に死のう』と発言しています。もちろん相手は妹の奈帆で、最後の言葉から奈帆に無理心中をしかけているように解釈できます。ですが、こうした推察は信頼度Bとなります」

「どうしてBなんですか」江藤が問う。

「もしかすると、姉妹で〈無理心中ごっこ〉をしていたのかもしれないからです。信頼度Aだと判断できるのは、それらの声の主が真帆・奈帆姉妹だということだけです。正式な音声鑑定、声紋鑑定の結果を待つ必要がありますが、これは真帆さんと交流のあった長内美智子さんの証言からも確からしいと考えられます」

名取はそこで深く息を吸ってから吐きだした。

自分でも緊張していることがわかる。論文を書くときと理論立ては同じだが、証拠の少ない的場事件を解明できるか、心もとない。

「この姉妹のやりとりのとき、的場見輪はどうしていたんでしょうか。坂石直さん、谷川勝さんの証言では、ダイナマイトを発火させる前に、船津さんにトイレ休憩を取らせています。カセットテープの記録から、的場姉妹の声が録音されたのは午後六時二十五分と推定されました。一方で、的場見輪の母親が午後六時十分に電話で娘と話しており、六時四十分以降に何度か、電話したものの連絡が取れませんでした。自宅を離れていた、あるいはそこにいた人物が電話を取らなかったという可能性も考えられますが、およそ三十分の間に絶命していたとも考えられます。信頼度Bとなります」

「的場見輪はその間に、何者かに殺害されたということですね」

江藤が応じる。

「そうですね。姉妹の争いごとのとき、母親の介入はなかったようです。つまり、もうすでに死亡していると考えられるのです。真帆が奈帆に無理心中を図ったと推察できること、奈帆の『なんでお母さんを』という信頼度Aの発言から、真帆が母親である見輪に対して、すでになんらかの危害を加えていた可能性が考えられます」

「信頼度Bですね」江藤が言った。

「そうですが、もしも的場奈帆を殺害したのが真帆であれば、母親の見輪も真帆が殺した可能性が高くなります。見輪と奈帆は、ともに右の腰骨あたりを斧で傷つけられていました。決して致命傷ではないが、そのままにしていれば、出血多量で死に至る。実際に、そうだったのでしょう。見輪も奈帆も死因は失血死でした。女性の力だったために、腰あたりの高さにしか斧を振れなかったのではないかと考えられます」

「いまの信頼度はBでしょうか」

「いや、Cですね。かなり想像が入っています。Cであることを前提に、さらに推論を申し上げます。見輪も奈帆も右腰を傷つけられていたのは、犯人は左利きだったと考えられます。事実、的場真帆は左利きでした。ですが現場保存ができず、被害者の血痕がどのように飛び散ったのか、犯人と被害者の立ち位置はどうだったかなどの、当たり前の捜査ができなかった的場事件では、裂傷の部位と利き腕の関係に意味がありません。背後から襲えば、右利きでも同じ場所に傷を負わせることができますからね。だから警察捜査でも利き腕には着目していなかった」

「ただ」と長内美智子が発言した。「真帆ちゃんが左利きだったのは、信頼度Aの事実です」

「長内さん、ありがとうございました」

名取はもう一度、一同を見た。

「では、的場真帆はいつ、誰に殺害されたのでしょうか。ここまでの推論から、真帆は見輪や奈帆のあとに死亡したと考えられる。だから真帆を殺害したのは、見輪でも奈帆でもない。そしてここからは、真帆を殺害した人物を的場秀雄、岩見条、田神文生《たがみぶんせい》の三名のいずれかだと仮定して、確からしい推論が立てられるか、検証してみたいと思います」

全員、固唾《かたず》を呑んで聞いている。

「ですがその前に、まず田神文生についてお話しします」

名取は大阪・あいりん地区やスナック〈あや〉で得た、さまざまな証言、田神と渡見学《わたみまなぶ》の筆跡が酷似《こくじ》していることについて説明した。

「これらのことから釜ヶ崎で長年生活していた渡見学は、長赤災害において行方不明となっている田神文生である可能性が非常に高いと考えられます。信頼度はAかBでしょう」

「Aでいいんじゃないですか」河野がコメントした。

「いや、まだAとは言い切れません。筆跡も顔貌もわれわれの目で確認しただけで、専門家の鑑定はまだです。ただ彼が横浜湘南大学文学部英米文学科を卒業していること、五十九歳という年齢であることから、限りなくAに近いBと考えていいと思います」

名取はそう結論づけた。

「渡見学が田神文生であると仮定した場合、重要になってくるのが、彼の『ある男に妻子を殺されたので、逃げてきた』という発言です。わたしは東都新聞出版の編集者に依頼して、過去十数年の殺人事件を調べてもらいました。先ほどその回答が届きました。母親と子どもが殺害された事件で未解決は数件しかないとのことです」

名取は、羽生はるかから届いた調査結果を伝えた。

「その数件のご主人は、別に存在していたことから、的場事件とは別の事件であると考えられます。つまり田神文生が口にした事件は、的場一家惨殺事件である可能性が高い。田神がスナックの女性に『死んだら的場家の墓に入りたい』と告げていたこと、的場見輪が製作したと思われる、二女奈帆のものと同じレッサーパンダの図柄が入った巾着袋を持っていたこと。これらはともに見過ごせない事実です」

「的場真帆、奈帆の父親は、田神文生だったというわけですね」

江藤が名取の話を継いだ。

「そう推察することができます」

「彼が口にした『妻』というのは、どういうことでしょうか」

「田神にとって、的場見輪は妻に等しい存在だったのでしょう。たとえば、真帆は中学時代、生徒手帳に『お母さん』、『浮気?』と書き記していたようです」

「そのとおりです」長内美智子が同意した。「わたしが目撃しています。信頼度Aです」

「このころ、真帆はすでに母親の浮気を疑っていた。でも生徒手帳には相手の名前は書いていなかった。つまりそれが自分たちの父親だとは気づいていなかったのでしょう」

「つまりその相手が田神だった――」

江藤が名取の言葉を受けた。

「そう考えていいと思います」名取は続けた。「田神と見輪は長年愛し合ってきた。だからこそ、田神はそうした彼女への想いから、『妻』と表現したのだと思います。ただ、このあたりはまだ推論の域を出ていません。現時点ではこれらすべて信頼度Cとしますが、DNA鑑定で証明されれば、Aに跳ね上がります」

「それは準備中です。田神文生の検体が見つかれば、すぐに着手できるでしょう」

「彼と懇意にしていた大阪在住の女性に探してもらっています」

西成警察署で遺留品や警察監察医による検体の保存がなされていれば、DNA鑑定も可能だ。

「ここまで仮定を二つ続けましたが、もう一つ仮定の話をします。もしも田神文生の発言――『ある男に妻子を殺された』が事実であったなら、それはどういう意味だったのか。ここまでの推論で、見輪と奈帆を殺害したのは真帆である可能性が出てきた。それなのに、田神はどうしてこんな発言をしたのか。ここでは推論を進める便宜上、『ある男』と『妻子を殺された』の二つにわけて、考えていくことにします。じゃあ、『男』とは誰だったのか」

名取がその疑問を一同に投げかけると、数名が「ううん」と唸り声をあげた。

それが最大級の謎となる。

「ここでは的場秀雄か、岩見条のどちらかだと仮定して推理を進めていきます。そこで頭に浮かぶのは、長赤災害が発生してから二年後に発見された、白骨化した遺体です。司法解剖の結果、肋骨と左胸の胸骨の二カ所、斧のような鋭い刃物で創られた、割創《かっそう》が認められています。激しい土石流によって衣類は剥ぎ取られていましたから、本来なら身許の確認に手間取るはずですが、実際にはそうはならず、すんなりと割れました」

「山梨県警が事前に行方不明者の歯列などを県内、県外の歯科医院に照会して、診療録《カルテ》、問診票、各種エックス線画像記録を入手していました。その照合によって、発見された白骨遺体が的場秀雄であるとの確認が取れたんです。信頼度はAです」

事件当時、現場で取材していた江藤は流暢に説明した。

「ありがとうございました。では、田神文生はどうして『ある男に妻子を殺された』と思ったんでしょうか。その『男』は、いまどうしているんでしょうか」

「それは……『男』を特定しないと、解決できない謎かもしれませんね」

「それを解くためにも、もう少し整理していくことにしましょう。田神は『妻子を殺された』とだけ発言しています。では的場見輪の婚姻上の夫である的場秀雄については、どうして言及していないのでしょうか。ここでは『男』が誰なのかは一旦脇において、何者かによって『妻子』とともに、的場秀雄は殺害されているのです。なのに、田神文生は『妻子』としか口にしなかった。それはなぜでしょうか」

「こうは考えられませんか」谷川が発言した。「そもそもスナックで知り合った他人《ひと》に、正確な事実を伝える義理なんかないでしょう。田神にとっても、もっとも大切なのは『妻子』だから、的場のことなんてどうでもよかった。眼中にさえなかった」

「その信頼度は?」隣の坂石が訊ねる。

「まあ、Cかな」

「いや、そのとおりだったかもしれません」名取は頷いた。「田神の興味は、見輪と二人の娘にしかなかった。それは当たり前のことだと思います。でも、こういう考え方もできます。的場秀雄を殺したのは田神本人だった。だから田神にとって、殺されたのは妻子だけだった。もちろん、これもC――まったくの邪推でしかありませんが」

「でも」

長内美沙子が小さな声をあげた。全員が美沙子に顔を向けた。

美沙子も名取と同じ疑問に気づいているはずだ。

「でも……的場秀雄が真帆さんを殺したのなら、実の娘だと思っている人を手にかけたわけですよね。そんなことができるものなの」

「でもさ、親が我が子を、子どもが親を殺害するなんて事件は、ざらにあるよ。いまだって、的場真帆が母親を殺害した前提で話をしてるんだし」

谷川が発言する。名取は彼を見た。

「長内先生の意見を擁護するつもりはありませんが、動機は置くとしても、真帆が見輪をどうにかしたというのは、カセットテープの音声記録があるので、この件については確度が高い。しかし彼らが十七年という長い時間、父娘《おやこ》として過ごしてきたことを考えると、的場秀雄が真帆をどうにかしたというのは受け入れがたいものがある」

「あくまで感情論ですね」谷川が言った。「ついでに勝手な邪推を述べると、いろんなことが考えられる。的場秀雄は妻が浮気をしていたことを知っていた、娘二人も実の子どもではないことも知っていた。だから見輪や姉妹に憎悪の目を向けた。あるいは犯行を終えて、斧を持って佇む真帆を的場が見つける。娘を問い質《ただ》したら、真帆が襲いかかってきた、格闘になり、的場が真帆を殺害してしまう。すべてぼくの想像でしかありませんが」

「このあたりは想像するしかないでしょうね」

江藤が言うと、谷川が軽く頭を下げる。

「申し訳ありません。信頼度Cの邪推だから、気にしないでください」

「いまの谷川さんの話には、確度を上げられる要素が隠れています」名取は言った。「これは信頼度Aの、すでに認められている事実です。的場真帆が受けた傷は、左脇腹部の裂傷だけです。傷も浅かった。だから長赤災害が起こっておらず、その後手当を受けていれば、一命《いちめい》を取り留めていたというのが通説になっています。つまり犯人は真帆に対して手加減をしたことになります」

名取は江藤を見た。

「そのとおりです。事件当時、その鑑定が出ています。では、やはり的場秀雄による犯行のセンも、ありえるわけですね。そして田神が的場を殺した――」

「そうとも言えますが、別の考え方もできます」

「別とは？」江藤が訊ねる。

「白骨遺体は的場秀雄ではなかった、と――」

「いやいや、それはないでしょう。法歯学による鑑定結果が出ているじゃないですか」

議論が進んでいくなか、江藤の口調は熱を帯び始めている。

「気になるのは、その鑑定対象となった歯科医院が静岡市のものだったことです。どうして、そんなところの歯科医院で受診したのでしょうか」

「当時、われわれも同じ疑問を抱きました。話によると、的場は日ごろから営業の仕事で県外に出かけることが多く、医者の診療も県外の方が多かったようです。静岡市の歯科医院の記録と担当医の話では、的場は出張中に親不知がひどく痛みだして、立ち寄ったそうで、同時期、的場が静岡県に出張していることが確認されています。信頼度はAです」

「治療は歯列のエックス線撮影をして、麻酔をかけて親不知を抜歯したんですよね。持っていた健康保険証を使った。これもAですね」

「おっしゃるとおりです」

「ちょっとお訊ねしますが、みなさんはいま健康保険証をお持ちでしょうか」

名取は右手を挙げて、挙手を促した。すると、長内姉妹と河野の三人が手を挙げた。

「いまはどこの健康保険組合でもカード式になっていますから、持ち歩くのに便利になりました。でもいつも持っているとはかぎらない」

「しかし名取さん、的場は出張が多かったので、出先でなにがあるかわからない。所持していても不思議じゃないでしょう」

「わたしもそう思いました。だから、健康保険証をどうして持っていたかの疑問は解消するなと考えたとき、思い出したんです。ひとり、健康保険証を所有していない人物がいた、と――」

「んっ?」

江藤が顔をしかめた。報道現場にいた彼は知っているはずだ。

「そういえば……岩見条は健康保険に加入していなかった。信頼度はAです」

「そうです。彼は風邪一つひいたことがなく、頑健だったといいます。兄の秀雄が自分の健康保険に入れようとしたときも、『そこまで世話になりたくない』と断っています。確かに、身体は丈夫だったんでしょう。でも、歯だけは予防していても痛み出すことはある」

「名取さんは、的場秀雄の健康保険証で静岡市の歯科医院で、親不知を抜いたのは岩見条だとおっしゃるんですか」

「そうなんです。信頼度はB以下になりますが、その可能性は捨てきれないと思っています」

「なぜ、そんなことをしなければならないのですか」

「単純です。全額負担にならないよう、岩見条に歯科医院を受診させるためです。県内の歯科医院だと、身代わりがばれてしまう可能性がある。だから静岡県に行ったんです。ちょうど静岡県に出張しているついでにね。当時、親不知を抜いたあとの受診記録はない。それ一回きりだった。信頼度Aです。たぶん、初めから応急処置のためだったんだと思います」

「歯科医院に残された問診票の筆跡は、鑑定の結果、的場秀雄のものだと証明されていますよ。信頼度Aです」

「それは静岡市の歯科医院に残された、〈的場秀雄〉と名乗る人物の記録でしかありません。でも、受診したのは的場ではないと考えます」

「的場が問診票を、岩見の代わりに書いたのはなぜですか。その必要があったんでしょうか」

「これも想像でしかありませんから、信頼度Cですが、もしかすると、岩見は利き腕の右手を怪我していたんじゃありませんか。彼は飼い猫に引っ掻かれて、右手にひどい炎症を起こしていたことがあります。事件の二年前のことでしたから、時期的に一致します」

山梨県警は、遺体が発見されていない住民の氏名を日本歯科医師会に照会していた。事前の歯科情報が、遺体身許の誤認《ごにん》に繋がったのではないかと名取は考えた。

指紋は人体組織のなかで最後に消滅するので、採取できた可能性がある。歯列の記録で身許が割れたため、指紋による身許確認をしなかったのかもしれない。

「でも名取さん、その歯科医師は事件後に、テレビや新聞で的場秀雄の顔写真を見ている可能性がありますよね。どうして別人とわからなかったんでしょうか」

「診療を受けたのは、事件の二年前のことです。白骨遺体が発見されたのがその四年後のことで、その間報道も頻繁ではなかった。その空白の時間分、記憶が薄れていたのかもしれません。患者の、すべての顔を覚えているわけではありません。これも信頼度Cになりますが」

名取はあらためて全員を見渡した。窓の外では弱い雨が降っている。

「ここまで非常に信頼度の低いCの推測も交えながら進めてきましたが、いよいよ核心に入ります。的場秀雄と岩見条の誤認が実際にあったとしたら、岩見条は〈的場秀雄〉として遼硅寺《りょうけいじ》の的場家の墓に納骨されていることになる。そして実際に行方不明となっているのは的場秀雄のほうだと考えられます。ここで先ほどの問題に立ち戻ります。長内先生が疑問を唱えられた〈我が子に対して、斧で傷つけることができるのか〉という点については、的場秀雄を岩見条に入れ替えることで解決しませんか」

「実の娘、あるいは実の娘として育ててきた人物をなぜ傷つけることができたのか、という疑問が取り除かれることになりますね」

江藤が言う。

「そうです。ただそれでも、同じような疑問は残ります。叔父と姪という関係であったにも関わらず、なぜ岩見条は真帆に斧を振るえたのか。殺害する意図はなかったとしても、結果的に傷を負わせてしまっている」

谷川が顔を上げる。

「さっきぼくが言ったように、真帆が岩見条に襲いかかった、それを防ぐために格闘になり、逆に真帆を傷つけてしまったという説もありえますね。Cですが」

「ここからはどんな推測であっても、すべて信頼度Cにならざるを得ません。ただ一つだけ、信頼度をCからBくらいにはレベルアップできる材料があります」

「斧の購入ですね」江藤が応じる。

「そうです。ここであらためて、信頼度Aの、ある事実を確認したいと思います。それは、兇器と考えられるグレンスフォシュ製の斧を購入したのが、的場真帆自身であるという事実です。事件の二日前——七月二十八日午後五時半過ぎのことです。これは彼女の通学路にある金物屋の店主が証言しています。不思議に思った店主が真帆に訊ねると、彼女は『条叔父さんに頼まれた』と話しました。条叔父さんとは岩見条のことですが、実際に岩見に頼まれたのかどうかはわかりません。カセットテープによる音声記録と先ほどの推定から、彼女の口実だった可能性が高いと考えます」

「では、真帆が岩見と犯行後に鉢合わせになり、驚いた彼女は叔父に襲いかかる。それを制止しようとして、岩見は真帆を傷つけてしまったわけですか」

「その可能性はあります。あくまで可能性でしかありませんが、叔父が姪を傷つけてしまうという結末を考えれば、正当防衛によるものだと考えるのが自然かもしれませんね。信頼度はCですが、的場秀雄の場合よりは、多少現実味があるかもしれません」

「ちょっと待ってください」江藤が右手をあげた。「いまの話だと、的場真帆は事件の二日前から犯行を計画していたってことですか」

「そう考えられます」

名取が答えると、江藤が身体を乗り出した。

「名取さん、その犯行計画は、実の母親と実の妹を殺害する——というところまでですか。それともその先、父親の的場秀雄や岩見条まで手にかけるつもりだったんでしょうか」

「まったくわかりません」名取は首を振った。「ただ、真帆の『お姉ちゃんと一緒に死のう』の発言から、そこまで考えていなかったようにも思えます。岩見条の登場は予定外のことだったのかもしれません」

名取は話をしながら、すでに信頼度Cを大きく下回っていることに気づいた。

ここからはどのような推察を論じても、まったく確証は得られない。

「真帆と岩見条が、相撃《あいう》ちになったというのはどうでしょう」

坂石直が顔を上げた。

「両者が互いに斧を持って争ったということは、少し考えにくい。もっとも、これも断定できませんが。それに、岩見は腕力の強い人物に襲われているようにも思えます。先ほど申し上げた胸部の二カ所の割創《かっそう》からもそう考えられます」

これは信頼度Bあたりだろうと思った。

斧は使い慣れていれば、楽に扱える道具かもしれない。

それに上から振り下ろす原理を考えれば、力の弱い女性でも男の胸に撃ちつけることは可能だ。

「その人物が田神文生だというんですね」江藤が発言する。

「そのとおりです。少し寄り道をしましたが、ここで再び田神文生を登場させて、こんどは『妻子を殺された』について考えていきたいと思います。田神がスナックの女性にそう語ったのであれば、その現場に、あるいは現場近くに彼が存在していた可能性が高いと考えます。田神は長赤ニュータウンの顧客宅に赴いたと考えられています。そのあと見輪たちのことが心配になって的場家に向かった。そしてそこで――岩見条と遭遇したのかもしれない。このとき、岩見条が手に斧を握りしめていたのかもしれない。あるいは血まみれになっていたのかもしれない。そばには的場見輪やその娘たちが倒れている。岩見条が的場母娘を殺害したのだと思い込んだと思われます。ここで、どうしても触れておかなければならない事実《こと》があります。それは避難で無人だった家に空き巣が入った事件です」

「猫に餌をやっていたという推測から、岩見条の仕業《しわざ》ではないかと考えられていましたね」

「もしそれが的場事件の犯人なら、盗難事件の現場周辺からなんらかの血液反応があってしかるべきではないでしょうか。雨で洗い流されていても、ルミノール血液反応検査では微量な血痕でさえも検出できるはずです。それなのに一切なかったのはおかしい」

「どういうことですか、名取さん」

「盗難事件は、的場事件とまったく関係なかったと考えています。だから誰も猫に餌などやっていなかった。その猫が盗難被害宅あたりで餌を見つけて、またやって来ただけかもしれないのです。信頼度はCか――いや、Bですね」

「Bにする根拠はなんですか」

「田神が犯人であれば、留守宅に忍び込む必要なんてないんです。甲府市内の自宅に戻って、それから姿を消せばいい。田神が岩見を殺害したと仮定します。バスで来ていた彼は徒歩で現場を離れたのでしょう。長赤災害が起きたのは彼がニュータウンを通って、安全な場所まで来たときだったのかもしれない。彼も江藤さんと同じように、目の前でその瞬間を目撃したのかもしれません」

名取の言葉に江藤が反応する。

「どうしてそう考えられるのですか」

「もしも土砂災害が起きていなければ、田神はすぐに長赤警察署に向かったはずです。事件の通報をするために。正当防衛でひとを殺したことも、供述していたかもしれません。それがなされていないのは、その直前に土砂災害が発生してしまったことを知ったからだと考えます。彼は呆然としたはずです。現場が残っていれば、彼の証言は現場検証から証明されるでしょう。しかし現場が崩壊したいま、誰が彼の話を信じるでしょうか。だから、逃げるしかないと考えたのです」

名取は説明しながら、田神文生は自宅に近づいていないと確信していた。

田神が自宅に戻れば、なんらかの痕跡をそこに残すことになる。そんな危険なことをあえてするとは思えない。

「ちょっと待ってください、名取さん。そのとき、的場真帆はどうしていたんです。彼女は土砂災害が発生するまで生きていたんですよね。田神は彼女に気づかなかったんでしょうか」

「田神自身はのちの報道で知り、深い悔恨《かいこん》の情を抱くことになったのかもしれません。信頼度はCですが、真帆は自力でどこか別の場所に逃げて、隠れていたときに気を失ったのかもしれない。そして田神はそのことに気づいてやることができなかった……」

「それが本当なら残酷な話ですね」

江藤が溜息を吐いた。同時に、坂石がわずかに目を伏せた。

名取は続けた。

「ここで議論を、現場の的場家に戻します。田神は愛する女性と我が子の無残な姿を目にして、逆上し、岩見に襲いかかる。格闘の末、彼から斧を奪い取り、あるいは落ちていた斧を手に取り、彼の胸部を一撃二撃した。その後は山を下り、自宅に戻り、山梨県をあとにした。甲府駅での目撃情報はなかったようなので、別の駅から電車に乗り姿を晦ましたのでしょう。一部の事実関係を除いて、すべて信頼度Cですが」

「もしそれが真実だとしたら、田神が岩見を殺害したということですね」

「そういうことになります。肝心なのは、田神文生は真帆が見輪と奈帆を殺害したことをまったく知らなかったということです」

「ふと疑問に思ったんですが」坂石が顔を上げた。「もしいまの話どおりであれば、この一連の出来事の間、的場秀雄さんはどうしていたんでしょうか。自宅にいたのなら、彼はなぜそれを止めようとしなかったんですか」

「いい質問だと思います」名取は頷いた。「わたしもそれを考えました。そこで思い出しました。的場が週末に、長赤ニュータウンの知り合いの老夫婦宅で将棋を指すことがありました。あの日の前日まで的場は出張だった。だから彼にとって週末の休みはあの日曜日しかない。そのご夫婦も災害の犠牲になられていて、証言を得られませんが、彼はそのお宅で将棋を指していたんじゃないでしょうか」

　その将棋の場に名取の父親も参加していたことから、週刊誌に容疑者であるかのように書かれることとなった。

「でも、名取さん、あんな土砂災害が起きた日に、将棋ですか」

「江藤さん、われわれは長赤災害が起きたことを知っているから、『あんな日に』と考えますが、彼らにとっては普通の日曜日に過ぎなかった。いつもの日常だったのです。違うのは台風で普段より多くの雨が降って、テレビなどで騒がしく報じられていること——それだけです。まさか自分たちが災害に巻き込まれて、死亡してしまうなんて露ほども考えていなかった。まさにわたしが講演会で話した〈正常化の偏見〉です」

「自分に都合の悪い情報を、無視または過小評価する特性のことですね」

　美沙子が補足する。

「長内先生のおっしゃるとおりです」名取は一人ひとりに視線をとめながら部屋をぐるりと見渡した。「いまお話しした信頼度Cの推論が、事実であったとして話を進めます。つまり邪推のうえに邪推を重ねていきます。的場真帆はなぜ母親と妹を殺害したのでしょうか。まずは母親について考えてみます」

　全員が息を殺して聞いている。

「これは聞き及んだ話です。真帆の女子高では、このころちょっとした騒ぎがあった。二十八歳のイケメン担任教師が結婚すると発表したのです。彼は真帆の担任で、所属する陸上部の顧問でもあった。これは江藤さんも御存知だと思いますが、当時の真帆の周辺の人から聞いた話では、真帆はイケメン担任教師に惚れていた、片思いをしていた」

「あくまでも噂でしょう」谷川が発言した。「証拠はありませんよ」

「いえ、好きでした」

美智子がすかさず言った。

「どうしてそう断言できるんですか」坂石が質問する。

「当時、わたしはある男性《ひと》が好きでした。ちなみに、これは信頼度Aです。そのことを、陸上の大会で一緒になった真帆さんに話したことがあります。そうしたら、彼女も自分の好きな人を教えてくれました。それが陸上部顧問の先生でした。『お互いに片思いだね』とわたしが笑うと、彼女はまったく笑顔をみせませんでした。かなり真剣に先生のことを考えているんだな、と思った記憶があります」

「わかりました。Aでよろしいかと思います」谷川が頷いた。

「いまの話にあるように、真帆は気性の激しい娘でした。彼女は中学時代、親切にしてくれただけの男子生徒に、好意を持たれていると勘違いしてしまうほど思い込みが激しく、恋愛に一途だった。真帆は自分と先生の恋愛を真面目に想い描いていたのかもしれません。そんなとき、いきなり先生の結婚の話を聞いた。これで動揺しないわけがない。江藤さん、動揺した的場真帆はどうしたと思いますか」

「どうもしないでしょう。どうなるものでもないし、諦めるしかない」

「長内美智子さんにお聞きします。真帆さんがお母さんのことを口汚く罵っていたというのは、本当のことでしょうか」

「真帆ちゃんはお母さんのことを罵っていました」

「どういう内容だったか覚えていませんか」

「実はわたしも忘れてしまっていたんですが……思い出したことがあります。真帆ちゃんは母親のことを『淫売《いんばい》』だと蔑んでいました……そして『死んでしまえ』とも口にすることが……ありました」

「それはいつのことですか」

「事件の直前のことです」

美智子は以前、言葉を濁し、覚えていないと話していたが、それは嘘だったのだ。

真帆が母親を口汚く罵った理由はなにか。

「長内美智子さん」名取は美智子を見た。「もしかすると……真帆さんが実の母親を『淫売』と蔑んだのには、なにか原因があったんじゃありませんか」

美智子が涙を溜めた目を向けてくる。

「あなたが知っていることを、ここで話してもらえませんか」

「それが……真帆ちゃんを……真帆ちゃんの立場を悪くすることであっても、ですか……」

「美智子さんの情報だけでは、あの豪雨の夜になにがあったのか、推定することはできても、断定することはできません。ですが、たとえ的場真帆さんの立場を悪くしたとしても、真実をあきらかにすることが彼女のためになると考えます。話していただけないでしょうか」

名取は美智子が口を開いてくれるのを待とうと思った。

美智子は面《おもて》を伏せ、唇を真一文字に結んでいたが、やがて意を決したように顔を上げた。

「真帆ちゃんは『見てしまった』とだけ言いました」

「それは『淫売』と母親を罵ったときに、ですか」

「夏休みにお父さんと妹さんとで北海道旅行に出かけたとき、真帆ちゃんは体調を崩して、ひとりで一日早く戻ることになったそうです。家には母親しかいなかった。岩見という人も別の旅行に出ていたようですから。そして、真帆ちゃんが『家に帰ったときに見てしまった』とだけ言っていました」

なにを見たのか。それは容易に想像がつく。

真帆はかねてから、母親の不貞を疑っていたという。思春期の女の子が、自分の母親の不貞現場を目撃したのではないか。それが事実なら、彼女にとって計り知れない衝撃だっただろう。

「どうして、これまでそのことを黙っていたんですか」谷川が問う。

「正直、いまここで聞いた話はまったく想像もしていませんでした。犯人は巷《ちまた》で言われているように、留守宅に侵入した空き巣、あるいは岩見という人だと思っていました。それに真帆ちゃん自身が被害者なので、彼女が加害者だなんて考えたこともありませんでした」

「長内美智子さん、ありがとうございました」名取は続けた。「これは信頼度Aとして伝えられている話です。的場真帆にはエキセントリックな面があったそうです。思春期特有の親への反発心もあり、真帆と母親が言い争いになったことも過去にあった。大学進学に関する意見の相違もその一因でした。そんなとき、見輪の不貞現場を目撃——『見てしまった』。母親を『淫売』と表現するほど、汚らしいと感じた。激情傾向の真帆は、その怒りが妹も含めての無理心中を企てるほど、高じてしまったのではないでしょうか」

「いや、いくらエキセントリックな性格であっても無理がありますね」江藤が疑問を口にする。

「おっしゃるとおりだと思います。また信頼度Cの話になってしまいますが、真帆の母親の相手がイケメンの担任教師であったらどうでしょうか」

「名取さん、それは飛躍のしすぎでしょう」

「少なくとも、その相手は田神文生ではありません。いまの長内さんの話では、真帆は一日早く帰ったといいます。七月二十二日から三泊四日の旅行だったから、帰宅したのは七月二十四日のことでしょう。その日、田神はどこでなにをしていたのか」

「確か、父親が亡くなり、一週間東京の実家に戻っていたはずです」

「ご逝去されたのは、長赤災害の一週間前だから七月二十三日のこと。翌二十四日は通夜か葬儀だったのではないでしょうか。そんなときに逢引をしているとは考えづらい。確認すれば、彼のアリバイはすぐに成立するでしょうね」

「だからといって、真帆が『見てしまった』という母親の相手が、担任教師だとは決めつけられませんよ」

「江藤さん、まずは長内美智子さんに確認したいことがあります」

名取の言葉に美智子が顔を上げる。

「長内さん、先ほどあなたが口にされた、真帆が『見てしまった』と発言したのは、正確にはいつのことですか」

「七月二十四日の夜のことです」

「それは間違いありませんか」

「あのとき、ある事件でインターハイに出られなくなって、むしゃくしゃしていました。そこに真帆ちゃんから電話がありました。はじめはわたしの愚痴を聞いてもらっていたんですが、そのうちに彼女も悩みを口にし始めて……」

「それで『見てしまった』と言い、母親のことを『淫売』と蔑んだ」

「そうです」

「イケメン教師の話に戻ります。そのころ真帆が教師に詰め寄っていたといいます。誰かとつき合っているのか、という感じで。そこへ二人の話を小耳に挟んだ友だちがやってきて、そこで教師は『大学時代の彼女と結婚する』と発言して、大騒ぎになった」

「そうでしたね」江藤が相槌を打つ。

「なぜ、真帆は教師に詰め寄っていたのでしょうか」

「もしかして……真帆さんに関係することがあったからですか」江藤が訊ねる。

「江藤さん、その関係することってなんだと思われますか」

「さっきの、『淫売』や『見てしまった』という真帆さんの発言から推測すると、先生の相手は彼女の母親だった……」

「わたしもそう考えます。ちょうどこのころ、真帆は東京の体育大学に進みたかったが、母親に反対されていた。見輪は地元の大学に行かせたかったと聞いています」

「そのとおりです」長内美智子が答える。「だから何度も母親とぶつかったと言っていました」

「このとき、見輪は何度も学校に足を運んで、担任教師に相談をしています」

「それも真帆ちゃんから聞いています」美智子が応じる。

「あくまでも推測でしかありません。邪推です。それを前提に聞いてください。真帆が先生に詰め寄った際、こういう会話がなされた。『先生はうちのお母さんとつき合っているんですか』、『なにを言うんだ』、『わたし、見たんです。わたしたちが北海道に出かけていて、留守にしていたとき、先生とお母さんが……』。以下は、省略します。そこで生徒たちに囲まれる。先生も真帆さんも、本当のことを口にするわけにはいかない。そこで、先生はかねてから交際をしていた

――か、どうかわかりませんが、大学時代の恋人と結婚すると口にして、うまくその場を言い逃れることに成功した――」

「なんだか、すごい話になってきましたね」河野が嘆息《たんそく》する。

「でも、いまの話は確かめることができますよ」谷川が口を開いた。「その先生って、ご健在なんでしょう。だったらご本人に訊いてみればいい」

「わかりました。これも甲斐新報《ウチ》で確認してみましょう」江藤が言った。「ただ、それが事実だとしても、犯行に直接結びつきはしない気がします」

「わたしもそう思っていました。先ほどある事実を知るまでは――」

それは、羽生はるかから届いた回答の一つだった。

「長内美智子さん、その騒動が起きたのはいつなのか、御存知でしょうか」

「七月二十八日のことだったと思います」

「まさかそれは……」江藤の声がうわずった。

「七月二十八日金曜日の午後五時半過ぎ、的場真帆は金物屋で斧を買った。つまり、真帆は教師との騒動の数時間後――高校からの帰り道に斧を購入していることになるんです」

名取はそこで息を吐いた。

「これは信頼度Aの事実からの推測です。真帆が斧を購入した二十八日と翌二十九日土曜日、母親は実家に出かけていて不在だった。そして犯行当日三十日は、久しぶりに父親が出張から帰ってきていた。父親が知人宅に将棋を指しに行くときだけ、母娘《おやこ》三人になる。犯行が起きたのは、真帆が斧を購入してから初めて母親と妹の三人だけになれたときだった。まさに斧の購入が、一直線に犯行に結びついているといえませんか」

「でも、本当に犯人は真帆なんでしょうか」江藤が声をあげた。「いままでの話や、音声記録を聞いても、いまだに信じられません」

「同感です」名取は言った。「実は、わたし自身もいまだに信じられません。ただ犯人が真帆である前提で、当時のいくつかの事実に、別の角度から光を当ててみると、また違った解釈ができるようになります。たとえば事件発覚当初、山梨県警は的場真帆が一家惨殺事件の被害者だと考えていたからこそ、ある事実を見落とすことになった」

「ある事実とはなんですか」

「真帆の身体から検出された血液です」名取は言葉に力を込めた。「これは信頼度Aの事実です。彼女たちの遺体は土砂災害による衝撃で損傷を受けて、着衣《ちゃくい》も一部が剥げていました。そのわずかに残った真帆の着衣から見輪、奈帆の血液が検出されています。見輪の身体にも真帆の血液が付着していたことから、見輪と真帆の二人、あるいは奈帆を含む三人が、折り重なって倒れていた可能性があるとみられています。しかし、その解釈は間違っていた——」

「どういうことでしょうか」

江藤の問いに、名取は一同を見渡した。

「的場真帆は見輪と奈帆の返り血を浴びていたんです。見輪の身体から真帆の血液が検出されていることについては、こんな状況が考えられます。見輪と奈帆を斧で傷つけ、その場で遭遇した岩見条によって、こんどは自分が斧で傷つけられた。その傷みを覚えた時点で、彼女の心に悔恨《かいこん》の情が生まれた。そして母親の身体を抱き起こそうとした。そのときに付着した可能性があります。信頼度はCですが」

「つまり、名取さん……彼女たちは折り重なって倒れていたのではなく、単に真帆は返り血を浴びただけということですか」

「のちに、田神が真帆を見つけていないと考えられることから、少なくとも三人が同じ場所で倒れていたというのは考えづらいですね」

　そのとき、長内美智子がか細い声を出した。

「あの……先ほど真帆さんの動機は母親を、『汚らしいと感じた』という話がありましたが、わたしはそれが真実《ほんとう》ではないように思えます。たとえば、これはある人の話です。その人はある男性が好きでした。でもその男性は自分の姉と恋愛関係になった。もしも彼の相手が姉ではなく、自分の知らない誰かであったなら、こんなに心を掻き乱されることはなかった。姉だったからこそ、それも子どものころから信頼できて、大好きだった姉さんだったからこそ、二人に対する憎しみが高まって、許すことができずに長い時間を過ごしてしまった」

　感情の昂《たかぶ》りから、美智子は目を見開き、一オクターブほど声高《こわだか》になっている。

「真帆ちゃんは、実はお母さんのことが大好きでした。大好きだからこそ、本音でぶつかることもあったんです。でも……憧れの男性を、その母親に奪われてしまった。母親だったからこそ、憎しみが高まった。母親への愛情よりも憎しみが上回ってしまい、自分でどうすることもできない、どす黒い感情に支配されてしまった。だから、真帆ちゃんにとっては母親ではなく、ひとりの女だったんです。わたしも肉親《おやこ》に対して『地獄に堕《お》ちればいい』と呪ったことがあります。真帆ちゃんもそれと同じように、母娘という立場に関係なく、ひとりの女性として強い怨念を持ったのだと思います」

美智子は身体を壁にもたれかけた。

名取は美智子の言葉を受けて言った。

「実の母親を斧で傷つけるという行為の裏には、途方もない怒りがあったはずです。真帆の嫉妬や怒り、それこそが唯一無二の動機だったのではないでしょうか。その想いは、妹に対しても向いてしまった。妹を殺したのは、母親を殺害した絶望感から自分も死のうとして、その道連れに、妹にも衝動的に刃を向けたと考えられます。真帆の『お姉ちゃんと一緒に死のう』という発言に、そうした心理があらわれているように思います。あとは江藤さんにお任せします」

名取陽一郎は話を締めくくった。

やるべきことはすべてやったという充実感と同時に、本当にこれでよかったのかという思いに苛《さいな》まれた。真実がすべてハッピーエンドとはかぎらない。

ここで散会となった。

江藤は外で待機していた甲斐新報スタッフとともに、すぐさま調査を行うためにマンションをあとにした。

長内美智子もぐったりした表情で帰途についた。坂石と谷川は研究所に残るという。

名取陽一郎は長内美沙子とともに住宅街を並んで歩いた。

「きょうの仮説が正しかったとしたら、どうして田神文生は自殺なんかしたの」

美沙子が呟く。

「そうなんだ、彼が自殺した動機がいまだにわからない」

「確か……事件から十五年になろうとしていたのよね。あの日、陽君が山梨県を訪れたあの日――〈七三〇鎮魂祭《ななさんまるちんこんさい》〉の日に」

名取は空を見上げた。

正午ごろに降っていた弱い雨は、もう止《や》んでいた。

遠くにカラスの啼き声が聞こえた。

10

〈音響研究所〉を出てからの江藤亨の行動は素早かった。

民間の音響科学研究所において、河野宅で入手したカセットテープの音声記録と、事件当時に報道された映像内のそれを照合解析した。

その結果、船津希望が録音したカセットテープの音声の人物が、それぞれ真帆、奈帆であることが証明された。

録音テープのなかで、「お姉ちゃん」と呼ぶ人物Aこそが的場奈帆であり、「奈帆」と呼びかけている人物Bが的場真帆であったのだ。

さらに詳細な分析を行ったところ、室内でテレビが点いていたことがわかった。

その音量と真帆や奈帆の声のそれとの比較から、彼女たちがテレビのある屋内から少し離れた場所――屋外にいた可能性が指摘された。

的場家の墓に埋葬されている人物が的場秀雄なのか、岩見条なのか。これはいまだに不明だった。

また真帆の担任教師に確認したところ、はじめ言《げん》を左右にしていたが、やがて的場見輪と関係があったことを認めた。

一九九五年七月二十八日金曜日の騒ぎの真相は、次のとおりだった。

「真帆さんが入学したときから、彼女のお母さんに色目を使われていました。夏休みに入ってすぐのことです。娘の進路のことで、どうしても話をしたいとお母さんから連絡があり、家を離れられないので、自宅に来てほしいと頼まれました。仕方なく伺うと、真帆さんのお母さんから露骨に誘惑されたのです。『家族は旅行に出ている』とお母さんは言いました。保護者とそういう関係になってはいけないとわかっていましたが、誘惑を退けることはできませんでした。後日、部活が終わったあと、真帆さんから『お母さんとつき合っているんですか』と単刀直入に切り出され、『わたし見たんです、二人が寝室にいるところを』と言われ否定することもできず、『そうだ』と答えました」

その後、二人の話を聞きつけた女子生徒たちに囲まれて、「先生、誰かつき合っている人がいるんですか」と訊ねられ、真帆の母親だと言えず、当時交際をしていた女性と結婚すると口にした。

見輪とのことは墓場まで持っていこうと考えていたようだ。

甲斐新報の取材を受けて、的場見輪の大学時代の友人が重い口を開いた。

「ある年の同窓会でのことです。夫の浮気が話題になったとき、見輪さんは『浮気されてもまったく気にならない』と言ったんです。そのときは理解のある奥さんだな、と思ったんですが、逆だったんですね。夫にまったく興味がなく、愛してもいなかったんだと思います。だから、嫉妬とか裏切られたとかの感情はまったく芽生えなかった。やっぱり見輪さんは田神さんを愛していて、夫に隠れてでも二人の時間を作って、彼との愛情を育んでいたんだと思います。的場さんからすれば、大変な裏切り行為でしょうが。長女の真帆ちゃんが生まれたとき、『強引に結婚を決めた父親をずっと恨んできたけど、これで復讐を果たせた』と物騒なことを口にしていました。

いまから思うと、あれは田神さんとの子どもをもうけることで、彼女なりに親への恨みをはらしていたんだと思います」

見輪の教師時代を知る当時の同僚の女性は、次のように証言した。

「見輪さんは採用されたときから、とてもいきいきとしていました。この仕事にやり甲斐を感じているんだなと思っていたのです。ですから、結婚を機に退職すると聞いたときは驚きました。送別会のあと、二人きりになる機会があって訊いてみたら、『夫になる人に、辞めてほしいと言われた』と大粒の涙をこぼして、『わたしは一生、あの人を恨んで生きていく。一生かけて復讐してやる』と怨嗟《えんさ》の言葉を口にしたのを覚えています」

田神文生の母親は次のように話した。

「文生は誰かを恋焦がれていたような——好きな女性がいるような気がしていました。今回のことで、ひとさまの奥さまとの間に子どもをもうけていたと知り、文生はどんな気持ちであったのか、我が子ながらその思いは計り知れません」

田神文生の遺骨は遼硅寺境内《りょうけいじけいだい》で発見されて、母親の元に戻っている。

11

八月二十一日土曜日。

長内美沙子が上京し、名取の部屋の狭いキッチンスペースで昼食を作ってくれた。

「恭子が好きだから、週に一度はこれなの」

美沙子が料理したのは〈ＭＩＳＡＫＯスペシャル〉と自分で呼んでいる、オムライスだった。ご飯に、炒めたガーリックを少し入れるのがコツだという。ライスを包む卵はとろふわで、絶妙な柔らかさだった。おかわりしたくなるほど美味で、これを毎週食べられる恭子は幸せだなと思った。

食後のコーヒーを飲んでいるとき、いつかの疑問が名取の口をついて出た。

「それでも……やっぱりわからない。田神文生はどうして自殺したんだろうか」

これまでの推理どおりならば、田神の行為は正当防衛が十分成立する。少なくとも計画的な殺人ではなかったはずだ。

「ことしの七月三十日に、時効が成立していたんだよね」

美沙子が首を捻る。

「それは違う気がする。何年か前に改正されて延長されているはずだ。時効といえば……」

なにかが名取の記憶にひっかかった。

名取は赤城綾乃に連絡を入れた。

渡見学と〈時効〉について話したことがあるかと訊ねると、綾乃は答えた。

「教授とはしてへんけど、ほかのお客さんとやったら、そんな話をしてたわ」

自殺を図る直前、田神文生は図書館に通ってなにかを調べていた。綾乃の話では、熱心に新聞に目を通していたという。

名取はネットの検索サイトで〈時効〉と打ってみた。いくつかの記事が見つかった。

二〇一〇年四月二十八日付の日本経済新聞には、次の記事が掲載されていた。

殺人などの時効廃止が27日成立、即時施行

殺人など凶悪犯罪の公訴時効の廃止や延長を盛り込んだ改正刑事訴訟法が27日、衆院本会議で賛成多数で成立し、政府の持ち回り閣議を経て、異例の即時施行となった。時効が未完成の過去の事件にも適用される。時効廃止を待ち望んでいた被害者遺族らは、一様にスピード審理による即時施行を歓迎した。

法案の成立から公布・施行までは1週間程度かかるのが通例だが、政府は「なるべくすき間が生まれないように」（千葉景子法相）との観点から、即時公布を決める持ち回り閣議を実施。成立から約4時間後の午後5時半に官報の「特別号外」を発行し、異例の即時施行となった。その結果、1995年に発生し28日に時効を迎える見込みだった、岡山県の夫婦殺害放火事件の時効が撤廃された。

警察庁によると、過去15年間に起きた殺人や強盗殺人の未解決事件で現在時効が完成して

いないものは、95年7月に東京都八王子市のスーパーで起きた女子高生らの射殺事件など約370件（暴力団関係のものを除く）。いずれも時効廃止の対象となった。

名取は記事から目を上げた。

改正刑事訴訟法が成立したのは、二〇一〇年四月二十七日のことだ。翌二十八日には朝刊各紙で大々的に報じられた。

田神文生が自殺したのは、この報道の十二日後――五月九日である。

名取はネット検索でヒットした記事すべてに目を通した。

ほかの記事には、「二〇〇五年（平成十七年）一月一日に刑事訴訟法が改正され、十五年だった時効が二十五年に延長された」と掲載されていた。

今回の時効廃止の決定がなければ、的場事件は十年後の二〇二〇年七月三十日に時効が成立していたはずだ。

「二〇〇五年一月か……」名取は首を捻った。「田神文生が珍しく酔って荒れていたと綾乃さんから聞いたことがある。二〇〇四年十二月、スマトラ沖地震があった前後だったらしい。二〇〇五年一月一日施行ってことは、その前に報じられていたはずだ。彼が普段みせないほど悪酔いをしていたのは、時効の延長を知ったからじゃないのか。つまり、田神文生は的場事件の公訴時効を待っていた――」

公訴時効、それが田神にとって一筋の光明だった。

時効が成立しても、田神が警察当局に出頭することはなかっただろう。それでも、殺人罪で逮捕されるかもしれないという恐怖からは逃れられる。

「自首して本当のことを話したとしても、誰にも信じてもらえないと、田神は思っていたのかもね」

「少なくとも司法機関は信じなかっただろうな」

十五年間逃げ延びれば、自分は自由になる。

田神はそう考えていたのかもしれない。

「事件から十年目を迎えようとしていた二〇〇四年暮れ、公訴時効が二十五年に延長された。衝撃を受けた田神は、気持ちがすさみ、悪酔いをしたこともあった。それでも前を向いて、残り十五年を待とうと思った。それなのに――」

大阪釜ヶ崎・通称あいりん地区で、長年身許を隠して暮らしていた田神文生は、こんどは公訴時効の撤廃を知った。

自分の将来に絶望し五月九日の夜、田神文生は住み慣れた簡易宿泊所の一室で、ドアノブに紐を結びつけて、自分の首に巻き体重をかけて死亡した。

名取は〈あや〉のトイレの落書きを思い出した。

The strongest of all warriors are these two ——Time and Patience.
（あらゆる戦士のなかで、もっとも強いのがこれらの二つだ、時間と忍耐力）

渋沢明美によれば、田神文生はこのトルストイの言葉が好きだったという。

田神にとって、〈時間と忍耐力〉こそが、心の拠《よ》り所だったのだろう。

——諦めずに継続することが大切です——

名取の著書の、この一文に田神はラインを引き、花マル印をつけていた。

いまならその心情がわかる気がした。

田神文生は忍耐とともに時間を過ごしてきたのだ。諦めずに継続しながら——。

「考えてみて——」美沙子が言った。「この前の推測が正しければ、田神さんはわたしたちと同じ、いえ、それ以上の経験をしたことになるのよ」

名取も美沙子も、長赤災害により変わり果てた両親の姿を目の当たりにした。二十歳前後の若者だったこともあり、大きな衝撃を受け、名取はのちに心的外傷後ストレス傷害《PTSD》と診断された。

田神はどうだったのか。

真帆の姿は見つけられなかったものの、愛する見輪や奈帆の無残な姿を目にした彼の心情はどんなものだったのか。想像さえつかない。

大切な人の非業《ひごう》の死、そしてみずからも人間《ひと》の生命《いのち》を奪ってしまったという現実。こうした心理的な圧迫を抱えて生きていくことになったのだ。不眠に苦しむこともあっただろうし、悪夢を見ることもあっただろう。

田神文生が、ＰＴＳＤの症状に見舞われていたことは想像に難くない。

しかも名取たちと違って、心療内科の診療を受けることができない。彼は医師に原因となった体験を述べられないからだ。

そのため田神は医学書で勉強し、心理カウンセリングの本を読みながら、心を平静に保つ努力を続けていたのだろう。

田神文生の心の糸は、十四年と九カ月間、ピンと張りつめたままだった。

ひとり孤独と恐怖を抱え、それに打ち克《か》ちながら過ごした歳月。それが時効撤廃の法案成立によって崩れてしまった。

時効撤廃は、多くの未解決事件の被害者遺族を救う光明《こうみょう》となった。

しかし田神にとっては、残酷な決定だったのだ。

「やっぱり、田神の犯行は正当防衛だったんだ」名取は言った。「田神の自殺が――彼がみずから死を選んだことが、それを証明しているんじゃないか」

「どういうこと？　正当防衛だったのなら、逆に死を選ぶことはなかったんじゃない」

「正当防衛だったからこそ、殺意や害意《がいい》がなかったからこそ、それを証明する術《すべ》を持たない田神にとって逃れることができたのは、唯一、公訴時効だけだったんだよ」

すべては想像の産物だ。

だが、名取はそう思いたかった。

12

それから二カ月が過ぎた。

渡見学の作業着に付着した血痕が、明美によって発見された。工事現場で働いていたころのものので、土木作業中に腕を怪我したときの血液の痕跡がわずかに残っていた。

それを山梨県警察本部が保管していた真帆、奈帆のＤＮＡ検体と照合したところ、親子である可能性が高いとの結果がでた。

あらためて筆跡鑑定、指紋照合、歯列《しれつ》照合がなされ、それらすべてから渡見学が田神文生であることが証明された。その後の捜査で、福岡県にある美容整形外科医院で、ほくろ除去、一重から二重瞼《ふたえまぶた》への整形手術を受けていたことも判明した。

また、白骨遺体が岩見条である可能性が高くなった。

山梨県警があらためて捜索したところ、岩見が幼いころに過ごした長野県の診療所に古い診療記録《カルテ》が残っていた。そのころ健康保険に入っていなかったため、社会保険の記録による医療機関の調査では該当《ヒット》しなかったのだ。

そのカルテとの照合の結果、幼少期の治療記録が一致したのである。

かわりに、的場秀雄が行方不明者となった。


名取は過ぎ去りし日々を思った。

一九九五年七月三十日日曜日午後八時十分──。

深層崩壊による未曾有《みぞう》の土砂災害が発生し、長赤山はその山体《さんたい》のほとんどが崩れ落ち、大量の土砂が人や動物、建造物を呑み込んだ。同時に、的場一家惨殺事件も大きな謎を残すことになった。

深層崩壊現象が起きなければ、的場秀雄宅の現場保存がなされて、事件は早々に解決されただろう。死体の身許誤認もなかったはずだ。

それが解決不能と呼ばれるほどの迷宮入り事件となったのは、すべて土砂災害による現場崩壊が原因だった。

深層崩壊が、的場一家惨殺事件の〈真相〉をさえ崩壊した。単純な殺人事件を、日本の犯罪史上類をみない特殊な事件にしてしまったのだ。

そんな事件の解決も、公訴時効撤廃の決定と田神文生の自殺をきっかけに解かれることとなった。

その糸口となったのが、田神が携えていた名取の著書『日本の土砂災害地図』だった。

読むひとの胸に響く作品を、と心がけて執筆に取り組んできたが、こうした形で事件解決に結びつくとは名取は想像もしていなかった。

名取の四冊目の著書『長赤災害―深層崩壊の真実―』は、来年三月に東都新聞出版から発刊することが決まっている。

テーマは防災、減災である。

日ごろから〈危機を察知する能力〉を高め、台風接近時では〈危険〉をいち早く感じ取り、次の防災行動に移すことが大切である、という内容にする予定だ。

これからも自分のできる範囲で、防災に資する活動をしていこうと名取は決意した。

終章　深層の終焉

1

名取陽一郎は、眼下に広がる光景を見つめた。

奈良県、和歌山県、三重県の三県にまたがる紀伊半島の広い地域で、大規模な深層崩壊による土砂災害が発生した。すでに関係者からは〈紀伊半島大水害《きいはんとうだいすいがい》〉という呼び名がつけられた。

死者・行方不明者は九十八名を数える。

名取はその現地視察に訪れて、地元テレビ局がチャーターした報道用ヘリコプターに乗り込んだ。

二日前の九月三日、〈大型で強い〉台風第十二号が日本の南海上をゆっくりと北上し、高知県に上陸した。その後、岡山県に再上陸したあと、日本海に抜けた。

台風が日本海にあっても、紀伊半島には大雨が降り続いた。

台風に吹き込む南南西の風と、遠く離れたアリューシャンの南に中心をもつ高気圧からの縁辺《えんぺん》流《りゅう》による南南東の風が、紀伊半島付近でぶつかり合い、風の水平収束《すいへいしゅうそく》が起き、帯状の降水帯が形成されたからだ。それが〈止《や》まない雨〉と表現されたように、長時間、同じ場所で非常に激しい雨をもたらした。

二〇一一年九月一日から四日までの間、強弱を繰り返しながら降り続いた結果、総降水量は、三重県紀宝町《きほうちょう》で一六〇〇ミリ超、和歌山県田辺市熊野《くまの》で一三〇〇ミリ超、奈良県北山村《きたやまむら》で一八〇〇ミリ超、大台《おおだい》ケ原《はら》で二四〇〇ミリ超と、記録的な大雨となった。

急峻な山岳のあちこちで、山肌が無残に削り取られ、茶色い地層が見えていた。所々に空の青さを映した堰止湖《せきとめこ》ができていた。

これらが元通りになるのには、長い年月がかかるだろう。

人間の営みは自然災害に見舞われても、幾度となくそこから復興を遂げてきた。

人間《ひと》にはそれだけの強さがある。

弱くなっても、やがては立ち上がり、歩き出す。

それは名取も同じだ。あれから長い道のりだった。わずかながらも前進してきたように思う。

名取は堰止湖や深層崩壊の視察をしながら、十六年前の長赤災害と、一年前の出来事を思い出した。

的場一家惨殺事件については、大きな進展があった。

昨年の段階では、名取の仮説を裏づける証拠はなに一つなかった。あるのは音声鑑定結果だけで、それではなんら犯罪に関する断定はできない。裁判所で的場真帆を犯人と認定することはなく、したがって被疑者死亡のもとでの起訴処分も行われなかった。

名取が推理を語ったときの、信頼度でいえばCの状態に留まっている。

これをグレードアップする方法は一つしかない。同じ思いだったのだろう、山梨県の世論が大きく動いた。

真実の一端が判明していながら、それを証明できないため、真相は結局うやむやになってしまう。どうしても解決に導きたいという山梨県民の熱い思いが、証拠となる兇器を発見しようという大きな声に繋がった。

それは、現在〈虹《にじ》の丘《おか》〉と呼ばれている、慰霊公園を掘り返すことだった。

山梨県警察本部もこれに乗り気だったが、はじめは反対意見もあり、実施されるまで難航を極めた。数カ月の討議がなされて、昨年末に県議会による過半数以上の賛成を得て、議会承認された。

作業は年明けから始められることになった。

だが、虹の丘慰霊公園は五百ヘクタールもあり、やみくもに掘り返すのは効率的ではない。

長赤災害の発生前の家屋状況と的場家の位置関係を調査し、さらに過去に発見されたさまざまな家財などから、どの家屋がどこに移動したのか、再現模型を制作した。

そのうえで、最新のスーパーコンピュータを利用した計算結果に基づき、さまざまなシミュレーションを行なった。

この作業には、名取を含む明央《めいおう》防災科学研究所の調査メンバーも加わった。

過去に捜索した箇所などのデータを踏まえて、的場家が流されている蓋然性《がいぜんせい》の高い、地点A、B、Cの三地点を選定し、掘削作業を開始した。

ことし一月から始まった作業は、ほとんど成果もないまま半年が過ぎた。

作業終盤に入った八月中旬、田神文生が犯行後、兇器をビニール袋で包んでいたと仮定して、再度あらたなシミュレーションにより想定された地点Dで斧が発見された。

発見された斧は、犯行当時に確認されていたグレンスフォシュ製のもので、製造メーカーの刻印番号から、的場真帆が金物屋で購入したものだと判明した。

斧は警察庁科学捜査研究所に持ち込まれ、法科学第二部物理研究室において検証され、まず塩化ビニル樹脂が検出された。

犯行後、田神は斧を常に持ち歩いていたビニール袋に入れていたのだ。斧の柄長は六九〇ミリ、赤城綾乃の話どおりなら、斧身と柄の両側から二枚のビニール袋で包んだのかもしれない。

斧の柄から炭酸マグネシウムの成分が検出された。体操競技や棒高跳びなどで使う白い粉で、的場真帆が滑り止めのために使用したと考えられた。

その後の検証で、斧の刃に的場見輪、真帆、奈帆、岩見条の四人の血痕が付着していたことがわかった。

非常に時間を要したが、レーザー光を用いた詳細な鑑定作業の結果、斧の柄の部分からわずかながら的場真帆、岩見条、田神文生の指紋が検出された。ビニールで保護されていたこと、炭酸マグネシウムで凝固した血液に指紋が付着したこと、地中での寒冷な環境下にあったことが幸いしたようだ。

さらに微細な分析がなされ、斧の柄に付着した指紋の重なり具合から、はじめに真帆が持ち、次に岩見が、そして最後に田神が柄を握ったことが判明した。

カセットテープに録音された、的場真帆と奈帆のやりとりは、音声分析により屋外でのものだと判定された。

雨に打たれた斧に血痕がわずかに残っても、指紋は流されてしまうはずである。指紋が残っていることから、犯行の大半は屋内で行われたと考えられた。

真帆が母親を殺害し、次に異変に気づいた奈帆に刃を向ける。その最中の会話が録音されたものだ。室内で真帆が妹を手にかける。それ以降は推測したとおりのことが行われた。

犯行後、最後に斧を持った田神文生がそれをビニール袋に入れて、現場を立ち去ったのだ。

これにより、的場一家惨殺事件は発生から十六年の時間《とき》を経て、ようやく全容解明ができたのである。

兇器の発見後、掘り起こされた箇所の埋め戻し作業が開始された。

その作業中に、地点Cから骨片が見つかった。慎重にその周辺を再度掘削したところ、頭蓋骨が発見された。

急遽、鑑定が行われ、前回同様、歯列のエックス線画像との照合の結果、それが船津希望《ふなつのぞみ》のものであることがわかった。船津もまた、十六年後、ようやく両親の元に帰ることができた。

ダイナマイトの件では波紋が生じた。

ダイナマイトの破壊力は、地面に二、三メートルの穴を開ける程度で、土砂災害を誘発するものでは決してない。地面に大きな衝撃を与えるためには、戦時中の米軍B29爆撃機が大量に落とした爆弾程度の破壊力が必要となる。

しかし安曇野大生遺族や山梨県の長赤災害遺族会から、坂石直ら三名は告訴されることになった。

昨年、実証実験などが実施され、裁判で争われた結果、甲府地方裁判所の判決で、「松ダイナマイトの破壊力では、深層崩壊のような大規模土砂災害を引き起こすことはない」と結論づけられた。

その後、名取には一つ気になることがあった。謎といえば謎だが、たいした問題ではない。

最近になって、〈あや〉に電話し赤城綾乃に訊ねたところ、彼女はこう答えた。

――わたしもめっちゃ気になってたから、あとで明美ちゃんに教えてもろたんよ。〈ガチャピン〉のあだ名の由来。

――なんだったんですか？

――教えへんよ。奥さんと一緒に来店してくれたら、教えたるわ。まあ、偉い研究所のひとでも、一つくらい、わからんことがあってもいいんよ。そのほうが人生楽しいやん。

その言葉で、とてつもなくくだらない理由なのだとわかった。

2

九月十八日日曜日。

名取陽一郎は再び関西地方を訪れた。

三連休初日の昨日は、南西諸島付近に位置する台風第十五号からの湿った気流により、西日本の広い範囲で大雨となった。

雨は昨日のうちに止んだが、いまも上層雲《じょうそううん》主体の薄曇《うすぐも》りとなっていた。しかし日中は薄日も差し、少しは日照もありそうだ。

ユニバーサル《U》・スタジオ《S》・ジャパン《J》は、朝から大勢のひとで賑わっていた。慣れない喧騒《けんそう》のなかに身を置いて、名取は落ち着かない気分だった。

ジェットコースターの列に並びながら恭子の表情《かお》を覗くと、少し緊張がみられた。美沙子とは一週間前に会ったばかりだが、恭子とは二カ月ぶりの再会だった。

昨年九月、名取は美沙子の勧めで、恭子と二人で甲府駅近くの喫茶店に入った。

しばらく沈黙が続いたが、名取は気になることを訊ねた。

――恭子ちゃん、好きな食べ物はなに？　ちなみにぼくは、〈ＭＩＳＡＫＯスペシャル〉。

――な、なんですか？　それっ。

この会話を皮切りに、互いの好みを話すようになった。

別れ際、恭子が言った。

――はじめは〈名取さん〉からでいいですか。

――いいよ。ぼくは〈恭子〉でいい？

――うん、いいです……いいよ。

――じゃあ、そう呼ぶね。

――それから名取さん、もうお気づきだと思いますが、お母さん、けっこうめんどくさいです。

――そうみたいだね。

――たまに『きょうお年寄りに道を教えた』と言ってきて、『おばあさんに親切にしたお母さん、褒めて』って騒ぐんです。だから名取さん、これからあたしの代わりに褒めてあげてくださいね。

――わかった。そうするよ、恭子。

――たまに頭を撫でて、『よしよし』してあげると、ご機嫌になります。

そこで、思わず二人で爆笑した。

笑顔は人間関係を良好にするのだろう。それ以来、たびたび恭子と電話で話すようになり、次第に打ち解けてきた。言葉遣いも多少の変化があった。


三カ月前、美沙子と婚姻届を提出した。

仕事の拠点が東京と山梨とで離れているため、ともに暮らすことはできない。

恭子のことを考えると、名取と娘との距離を徐々に縮めていくのに時間が必要だと美沙子は主張した。中学生にしては物分りがいい恭子だが、思春期の女の子であることに変わりはない。

恭子の気持ちを一番に考えようと二人で決めた。

名取は結婚式を執り行うことも考えたが、「いまさら子連れ結婚もないし恥ずかしいから、どこかで写真を撮るだけでいいよ、でも時期は六月がいいな」と希望した。

結婚して、甲府の写真館で恭子とともに記念撮影をした直後、甲斐大学に美沙子を訪ねてきた男がいた。

平《たいら》と名乗った彼は、父親が生前地元の信用金庫に勤めており、美沙子と名取の両親とは中学時代の同級生だと語った。

「甲斐大学の知り合いから、長内さんが高校時代の友人とご結婚されたと伺いました。それが名取さんの息子さんだと聞いて、どうしてもお話ししなければならないと思い参りました。もしよろしければ、ご主人さまとご一緒のときにお伝えしたいのですが」

昨年末、父親が病気で亡くなる際に聞かされた話だという。

連絡を受けた名取は一週間後、美沙子とともに甲斐大学のカフェテラスで平を迎えた。

「長赤災害が起きた一九九五年七月三十日、父に長内さんから電話がありました。娘が妊娠し、相手は名取の息子だと言います。『二人を結婚させることを考えたい。ついてはその資金の相談をしたい』との話でした。『名取の息子は未成年だが、子どものことを知らせて、親としての責任を取るつもりがあるか、糺そうと考えている』と言い、長内さんは続けてこうおっしゃったそうです。『昨晩、名取とさんざんそのことで話をした。はじめは怒りで名取を殴ってしまったが、それでも互いの子どもたちの未来のために、親ができることをしてやろうという話になった』と」

平の言葉を聞いて、美沙子の身体が前かがみになった。

「じゃあ、お父さんたちはわたしたちのことで、揉めていたわけじゃなかったんですね」

「むしろその逆で、お喜びになられていた様子だったと、父は申しておりました。名取さんの息子さんは学校に出かけていて、『午後七時くらいには帰るように言ってあるから、場合によってはそのときに四人で息子に話す』ということでした。ですが第三者もいたほうがよいとのことで、父もその場に立ち合おうとしたそうです」

「じゃあ、お父さまは――」美沙子が訊ねる。

「幸い災害に遭わずに無事でした。甲府市にある実家が床下浸水していると聞いて、急遽名取さん宅を出たそうです」

平の話は、別の意味で衝撃だった。

やはり名取と美沙子の行動が原因で、二《ふた》家族の両親は長赤災害に巻き込まれたことになる。

平はそれを察したように話を続けた。

「ただ、ご両親さまはそこに留《とど》まっていたわけではなさそうです。うちの父親が名取さんに連絡して、避難したほうがいいと伝えたところ、『いまから長赤中に避難するところだ』という返答があったようですから、その後、避難行動を取ったと思われます」

かつて名取自身が語ったことがある。

大規模な土砂災害により樹木や家屋がすべて押し流されたら、そのとき人が屋内にいたのか、屋外にいたのか、判別は不能になる。

「そのことをどうして……いまになって教えてくださるのでしょうか」名取は訊ねた。

「父親は、ご両親さまがともに長赤災害の被害に遭われたときから、そのことを伝えるべきかどうか迷っていたといいます。名取さんは高校を卒業後、山梨県を離れられました。長内さんもシングルマザーとして立派にお子さんを育てていらっしゃるご様子で、いまさら過ぎ去ったことをあえて耳に入れる必要はない、と父は判断したといいます。その数年後、父は実家の家業を継ぐことになり広島県に移って、もうそのことは忘れていたようです」

そのとき両親は離婚し、平は母親のもとに残り、いまも山梨県で暮らしているという。

「それが昨年の的場事件の解決の話とともに、名取さん、長内さんのお名前を耳にして、父親はご両親さまのことを想い出し、亡くなる直前、わたしにそのことを話したのです。今回、お二人がご結婚されたと聞き、これはどうしてもお伝えしたい、お父さま、お母さまの想いを知っていただきたいと考え、こうして馳《は》せ参じた次第です」

平が立ち去ってからも、名取と美沙子は呆然としていた。

——おまえもいつか親になればわかるさ。

父親の最期の言葉を思い出した。

あのとき、名取の両親はすべてを承知していたのだ。すでに親になっていた息子に対する、父親からのメッセージだったのかもしれない。

両親の気持ちを大切にしながら、これからの人生を歩んでいこうとひそかに誓った。

長い列が順調に動き、乗り場が近づいてきた。頭の上から叫び声が聞こえた。

「お母さん、ジェットコースターって、久しぶりなんだよね。恭子、あんたもだっけ?」

美沙子が恭子に声をかける。

「そうでも…ないよっ」

「あんた、柄にもなく、緊張してる？」

「なに、言い出すのよ」

恭子がふくれっ面をする。

「昨日、『寝れない』って言ってたの、誰よ」

「そんなことないよ。でもこれ、『めっちゃ怖いっ』て、友だちが言ってたの、急に思い出したんだ……」

「じゃあ、ジェットコースターやめようか、恭子」

名取も怖くなって、恭子の顔を見た。

「大丈夫」恭子が首を振る。「せっかく待ったんだから、がんばる」

「やればできる娘《こ》だから、恭子は。だから大丈夫よ」

「ありがとう、お母さん。きょうはおしゃべりだけど、ちょっと頼もしいかも」

「かも、は余計よ」

「じゃあ、取り消す」

「どっちを取り消すのよ」

「やめてよ、お母さん」

「頼りになるでしょう、お母さん」

「やっぱり、おしゃべり。一言、多いんだってば。ね、お父さん——」

「ほんとだよ」

恭子の笑顔につられて、名取も笑った。

「え、お父さんまでそんなこと、言うの」

美沙子が口を尖らす。

「おしゃべりでいいじゃない。そのほうがおまえらしいし」

「えへへ、お父さんに褒められたぁ。恭子、うらやましい？」

「勝手にやってればぁ」

家族でじゃれ合っているうちに、ジェットコースターの順番がやってきた。

こういう乗り物は得意でないが、名取は極力笑顔をみせた。

空には上層雲が広がり、秋晴れとは言いがたい。それでも名取の心は晴れやかだ。

不思議な巡り合わせで、ようやくひとつの家族になれた。きょうは三人で、たとえ怖くてもUSJのアトラクションを楽しもう。

いまあらたに、家族の歩みが始まるのだと名取は思った。


（了）

この物語はすべてフィクションです。

作中に登場する、台風名（台風番号）、災害名は一部、創作を含みます。

また作中に同一の名称があった場合でも、実在する人物、団体とはいっさい関係ありません。

◎参考文献

「深層崩壊　どこが崩れるのか」千木良雅弘（近未来社）
「ドキュメント豪雨災害　―そのとき人は何を見るか」稲泉連（岩波新書）
「首都水没」土屋信行（文春新書）
「日本沈没」河田恵昭（朝日新書）
「気象災害を科学する」三隅良平（ベレ出版）
「ＳＡＢＯ　Vol.88　10.2006　深層崩壊発生予測の研究」（財団法人砂防・地すべり技術センター）
「災害とトラウマ」こころのケアセンター編（みすず書房）
「言葉にすれば「悩み」は消える　言語化の魔力」樺沢紫苑（幻冬舎）
「山梨の気象　私たちが住む故郷の空もよう」ＮＮＳ日本ネットワークサービス気象情報室編（山梨日日新聞）
「犯罪捜査大百科」長谷川公之（映人社）
「ＤＮＡ鑑定　その能力と限界」勝又義直（名古屋大学出版）
「死体に歯あり　法歯学の現場」鈴木和男（徳間書店）
「音の犯罪捜査官　声紋鑑定の事件簿」鈴木松美（徳間書店）
「警視庁科学捜査最前線」今井良（新潮新書）

「犯罪と科学捜査」瀬田季茂・井上堯子編著（東京化学同人）

このほかに、気象庁ホームページ、新聞記事、ＮＨＫスペシャル『深層崩壊が日本を襲う』、ＮＨＫ『サイエンスＺＥＲＯ』などの報道資料も参考にさせていただきました。

◎論創ノベルスの刊行に際して

本シリーズは、弊社の創業五〇周年を記念して公募した「論創ミステリ大賞」を発火点として刊行を開始するものである。

公募したのは広義の長編ミステリであった。実際に応募して下さった数は私たち選考委員会の予想を超え、内容も広範なジャンルに及んだ。数多くの作品群に囲まれながら、力ある書き手はまだまだ多いと改めて実感した。

私たちは物語の力を信じる者である。物語こそ人間の苦悩と歓喜を描き出し、人間の再生を肯定する力があるのではないか。世界的なパンデミックや政情不安に覆われている時代だからこそ、物語を通して人間の尊厳に立ち返る必要があるのではないか。

「論創ノベルス」と命名したのは、狭義のミステリだけではなく、広義の小説世界を受け入れる私たちの覚悟である。人間の物語に耽溺する喜びを再確認し、次なるステージに立つ覚悟である。作品の刊行に際しては野心的であること、面白いこと、感動できることを虚心に追い求めたい。

読者諸兄には新しい時代の新しい才能を共有していただきたいと切望し、刊行の辞に代える次第である。

二〇二二年一一月

小早川真彦（こばやかわ・まさひこ）

1961年大阪府大阪市生まれ。元 気象庁予報官。日本大学法学部法律学科第2部卒業。在学中の1984年に気象庁入庁。津、前橋、熊谷の各地方気象台で、予報官として予報業務に従事したのち、2019年早期退職し、執筆活動に専念。2020年「小説野性時代新人賞」最終候補。2022年『真相崩壊』が第1回「論創ミステリ大賞」最終候補となり、2023年本作でデビュー。

真相崩壊《しんそうほうかい》　〔論創ノベルス002〕

2023年4月20日　初版第1刷発行

著者　小早川真彦
発行者　森下紀夫
発行所　論創社
〒101-0051　東京都千代田区神田神保町2-23　北井ビル
tel. 03（3264）5254　fax. 03（3264）5232　https://ronso.co.jp
振替口座　00160-1-155266

装釘　宗利淳一
組版　桃青社
印刷・製本　中央精版印刷

ISBN978-4-8460-2252-5